電　影　館　28

電影館 │ 28

神聖與世俗——
從電影的表面結構到深層結構

著者／顏匯增

編輯　焦雄屏、黃建業、張昌彥
委員　詹宏志、陳雨航、趙曼如

封面設計／唐壽南

責任編輯／趙曼如

發行人／王榮文
出版／遠流出版事業股份有限公司
台北市10714汀州路三段184號7樓之5
郵撥／0189456-1
電話／(02)3653707
傳眞／(02)3658989
發行／信報股份有限公司
電話／(02)3651212
傳眞／(02)3657979

電腦排版／正豐電腦排版股份有限公司
台北市安和路一段33號10樓
電話／(02)7761201

印刷／優文印刷事業有限公司

1992(民81)年9月16日　初版一刷
行政院新聞局局版台業字第1295號

售價160元
ISBN 957-32-1663-9

出版緣起

看電影可以有多種方式。

但也一直要等到今日，這句話在台灣才顯得有意義。

一方面，比較寬鬆的文化管制局面加上錄影機之類的技術條件，使台灣能夠看到的電影大大地增加了，我們因而接觸到不同創作概念的諸種電影。

另一方面，其他學科知識對電影的解釋介入，使我們慢慢學會用各種不同眼光來觀察電影的各個層面。

再一方面，台灣本身的電影創作也起了重大的實踐突破，我們似乎有機會發展一組從台灣經驗出發的電影觀點。

在這些變化當中，台灣已經開始試著複雜地來「看」電影，包括電影之內（如形式、內容），電影之間（如技術、歷史），電影之外（如市場、政治）。

我們開始討論（雖然其他國家可能早就討論了，但我們有意識地談却不算久），電影是藝術（前衛的與反動的），電影是文化（原創的與庸劣的），電影是工業（技術的與經濟的），電影是商業（發財的與賠錢的），電影是政治（控制的與革命的）……。

鏡頭看著世界，我們看著鏡頭，結果就構成了一個新的「觀看世界」。

正是因為電影本身的豐富面向，使它自己從觀看者成為被觀看、

被研究的對象，當它被研究、被思索的時候，「文字」的機會就來了，電影的書就出現了。

《電影館》叢書的編輯出版，就是想加速台灣對電影本質的探討與思索。我們希望通過多元的電影書籍出版，使看電影的多種方法具體呈現。

我們不打算成為某一種電影理論的服膺者或推廣者。我們希望能同時注意各種電影理論、電影現象、電影作品，和電影歷史，我們的目標是促成更多的對話或辯論，無意得到立即的統一結論。

就像電影作品在電影館裡呈現千彩萬色的多方面貌那樣，我們希望思索電影的《電影館》也是一樣。

王榮文

神聖與世俗

從電影的表面結構到深層結構

顏　　匯　　增　　著

目 次

輯五

自　序

之一：電影的意義

豹羣闖入神廟，將獻祭用的聖酒飲乾；這情形一再發生，一次又一次；終於這件事的發生已然可被預計，而且變成祭典的一部分。

——卡夫卡：罪、痛苦、希望與眞理的沉思

問題似乎必須從這裏開始。一次又一次，審判似的，人們這麼盤問著我（甚至同一人，一再重複同一個問題——甚至，在同一部電影）：

「這是導演（或者是編劇）的原意嗎?!」

「我企圖在影片中尋找或挖掘，那些不爲導演或編劇所意識到的意義，或者是他們的潛意識。」我很覺靦覥，在那時的表情與聲調裏。我懷疑在那段「社會科學時期」，也許是這樣的直覺，一次又一次，沉入靈魂中的某個底層，像暗礁，隱隱地，慢慢地，牴觸著那上頭川流不息的意識；以致，後來對於自己的記憶與反省，先從這樣的心情逐次展開，而後，方想到這個問題。而今，再次細細地翻閱這些在我年輕歲月、心中動盪著知識熱情之作時，我再次覺得靦覥。

縱觀本書中各篇文章，我當時所力圖追究的就是「如何從表象鑽

入裏面」。我運用當時我所知道的各種辦法;一次又一次。那時的覷覦來自那樣的責問,一次又一次責問自己的「各種辦法」還不夠廣泛;自己的哲學還很僵硬、牽強,充滿稚氣。而今我的覷覦則來自,當時我還不明白根本就沒有所謂的「一部電影有其『原來一定』的意義」!

然而,吊詭的是,終究我並沒有背叛我的直覺。八七年中開始,在無數個令人沮喪與難以言語的白日與黑夜裏,過去川流不已、成羣結隊的河水,碎裂成一顆顆刺足的石子。穿上球鞋,我在世俗表象的縫隙中,隨風而行。覺得心臟比以前接近著太陽與月亮;腦子已經不能那麼狡黠的在西方學院的道路上,西裝筆挺的快步擺動,而往樹葉與樹葉之間,一個個小小、顫抖不止而模糊的圓圈中游離;眼前所見盡似相仿,卻又分崩離析。「原意」,像棒球裏的蝴蝶球(knock ball)般飄忽不知其何所自與終;「我跟本不當蹲踞捕手的位置」,也許這才是電影所告訴我真正的「原意」。

用下面的圖樣或者更能簡要的表明我現在對於「電影的意義」的心情與認知。

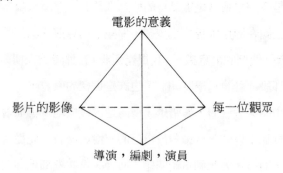

之二:**本書的結構**

(A)形式(form)

只有目地，沒有道路；我們所謂的道路只是一種搖曳不定的
東西。

　　　　　　　　——卡夫卡：罪、痛苦、希望與眞理的沉思

　　常常我是這麼感覺到生命的秘密的：正是在那最矛盾處蘊藏著它
最富戲劇性的所在。在這裏「最富戲劇性」意謂著「最大的曖昧性
(ambiguity)」，意即它同時包含著兩個絕然相反的「存在可能」。例
如，我們說要瞭解他人同時也必須瞭解自己，反過來說，其理亦然：
在進一步瞭解自己之時，事實上同時我們也進一步瞭解他人。

　　對於所謂「看得懂這部電影」這個現象，事實上也包含著兩個要
素：(a)這部電影；(b)「看」這部電影的方式。換句話說，電影研究這
個活動並不能單只研究電影的色彩、聲響、對話、演員、編劇、場面
調度、燈光、結構、意義……等，還必須研究我們研究這些層面的方
法。用通俗字眼來說，前者是所謂的「目的」，後者就是所謂的「手
段」。然而，這樣的區分卻在人心上造成重輕之別，以爲研究「研究
電影的方法」不過是瞭解電影的「身外之物」，而事實上這也是瞭解
電影的「本身」。我常想這很可能是「人類歷史不斷重演」的一個極
具關鍵性問題之所在。

　　我記得在我剛入伍時，在我們這羣預官之間所號稱的「科際整
合」(大家分別來自不同的科系)的閒談中，《獻身與領導》(光啓出版
社)、《魔掌》(中央日報社)這兩本書是我們所討論最多的。似乎對我
們來說，身爲軍人的第一個敵人是我們自己——我們以前對共產黨的
那套陳腐的觀念。「我們所應該研究的，就是共產黨如何成功地在他
們的黨徒身上製造一種心靈狀態。這種狀態使他們相信，他們自己在
世界上獲得了最有價值的理想與目標。」（《獻身與領導》，p.132）；

「軍人的職責是保國衛民，不知道大家是否見過不作戰的軍隊？曾否見過專門訓練士兵掃院子、挑水、修理家具、帶小孩、刷鍋洗碗、替小孩擤鼻涕、替人點火吸煙的訓練班？……」（《魔掌》，p.1）

我們究竟因何驚訝？簡單的說，就是我們看到以前在我們觀念中的「手段」（我們用「花樣百出」來形容共產黨的各種「伎倆」，同時也藐視他們的各種「手段」），竟然成為：(a)共產黨徒的心靈狀態；(b)收買民「心」的利器。或者說這時我們心中原本的邏輯次序顛倒過來了：原本我們所以為的「手段」、「方法」就是目的本身；心靈完完全全給「伎倆」所搬弄、控制與變更！

人類或許是這星球上最矛盾的有機體：人一步步發展出精密的工具來，人類也因此一步步遠離大自然的懷抱、一步步與其他有機體明顯地區分開來，然而，人類卻還將這些工具視為「不具心靈力量的物體」。

我將文稿拿到出版社希望能結集成冊，出版社則希望能有一個一貫的主題。我想起自己在過去的寫作熱情中所飽含的希望也正是如此：(a)在〈中國超現實主義〉的兩篇文章中，我當初所企圖建構的是，探索出「新的中國文化符號」的可能途徑。在這裏所謂的文化符號當然是指電影語言。這個企圖是〈初探〉一文的整個精神所繫之地。選擇鬼片，當時外在環境的機緣是一個很重要的關鍵（那時電影圖書館正放映文中討論的三部片子）；決定從鬼片繼續著手，在〈再探〉的前言中已說得很清楚。剩下來要說明的就是研究方法的問題，這也正是我當時內心中的情感之所繫：結構人類學中的結構主義，以及由語言學發展出來的符號學。這兩者在文章的架構中十分明顯的表現出來，事實上，這也是在一系列關於新電影的文章中的主要研究方法。因此，當然我當時的理想是，非再往電影史同一類型影片中去找

尋，否則難以竟其功。(b)在新電影文章系列中我依然抱著如此「龐大的計畫」的想法。(c)甚至這更進而延伸到企圖建構出一個較爲完整的中國電影美學觀來的想法。〈中國電影美學初稿〉就是在'87亞太影展學術研討會這外在機緣與此內在情感的遇合之作。

在這一篇篇的「初探」與「初稿」的標題中，蘊藏著我當時受著一點點淺薄的人類學訓練，而以爲非在嚴謹的歷史深度與廣度中無以探索出一個問題「可能的究竟」，這樣不顧慮現實問題的態度。在出版無門的情況下，我多半只能被動的在偶爾的邀稿這樣的機會裏，作著半生不熟的理想之夢。然而，如今出版有門，但我已無法再寫類似這樣的文章。在六篇電影散文的部分，前面四篇仍不脫一貫的人類學與語言學研究角度的色彩（由於篇幅的限制，因此對我當時而言，寫來更覺自己的內在是散亂的）。直到〈婚禮・A片・喪禮〉、〈電影中的愛情〉，我已開始反省這樣的研究方法對於我內在世界的限制；這兩篇文章所潛藏的精神，就開始呈顯出當時我在研究態度上的游離味道。

因此，就研究方法的角度而言，本書以個人淺薄的人類學與語言學的觀念和方法，一脈相承下來——即使就那兩篇游離性的文章來說，它們也在這連貫之列。因爲，它們也是相對於那樣的研究方法，試圖尋找另一種「可觀的」觀察電影的方式。再者，就建構一幅完整的台灣電影史的角度而言，個人以爲研究方法本身同時也決定這個歷史形貌的內容。沒有所謂「資料性階段的台灣電影史」，而是「零散與破碎的台灣電影檔案」；沒有所謂的「不借重任何一種派別的研究方法」，而是「文字堆砌式的漫步」。因爲，研究方法的重要性並不全然是在於電影理論的摸索與建構，更重要的是（也是眞正的關鍵處），研究方法在於對現象提出一個「發人深省的問題」。正是由於

這樣一個具有獨到見解的問題，才能使我們洞察出歷史的轉捩點其所以然的可能緣由，才能挖掘出那種種深藏在歷史灰燼中的新的能源，才能使我們對某部電影的視野不爲其架構所限。是這樣的具有創意的問題意識，才能使觀衆不斷去深思台灣電影歷史中的奧秘與未來的希望之基礎。

(B)內容(content)

現在攤開在我面前的是一個前所未有的問題：我當初所宣稱的超現實主義的鬼片，這與當時社會所宣稱的台灣新電影，這兩者之間是否具有什麼「電影史」（就「電影的主題」這分類觀點而言）上的「關聯性」（就我上面所論的「提出一個發人深省的問題（觀察點）」）？

思考的起點似乎必須先從台灣新電影開始。

新電影異於傳統國片的一個引人側目的特質是它的拍攝手法。《玉卿嫂》與《桂花巷》重要的地方，並不在於它們是所謂的女性電影。這種以外觀上顯而易見的題材式的分類法，無法使我們洞察這兩部影片同時在台灣電影史與台灣歷史上極爲重要的象徵意義。無論是侯孝賢與陳坤厚等的「長鏡頭」或者是「深焦」，楊德昌的「割裂、重組與蒙太奇剪輯」，張毅、王童、曾壯祥等的「搖攝、移動攝影」，新電影所共同追求的「客觀寫實」的立場幾乎是一致的；不僅如此，常常在影片中所流露出來的客觀是跡近「疏離」的。侯孝賢甚至宣稱其《悲情城市》，是以一種似「天」般的客觀，從上往下看地上人間之滄海桑田而不動容，所要拍的是「那種壓抑的情感，天意與自然法則」。《玉卿嫂》與《桂花巷》就以這種手法敍述舊社會女人的悲劇命運：新電影工作者就是這麼不帶情感的看著眼前那個舊的電影傳統的逝去——在他們所推動的這股潮流下/這個時代的人眞是以如此壓

抑的心情，冷冷的看著那個悲慘的舊社會的逝世——像舊社會那個時代的人一樣擁抱著相同的壓抑情結與性格？前者，是新電影在台灣電影史上所延伸出來的象徵意義；後者，是新電影在台灣歷史的發展上一個來自象徵思考的質疑。

在鬼片中，以極度誇張的戲劇性手法（蒙太奇式剪輯），表現在舊社會中一再受壓抑的人性（尤其是「性」）；在新電影裏，形式與內容的關係幾乎是與鬼片相反過來：以極壓抑（或客觀）的寫實手法，表現一件盡量力求不具強烈戲劇性的事情的經過。事實上，新電影在性的探討上並不新。《暗夜》、《怨女》、《心鎖》、《殺夫》、《色情男女》、《孽子》所表現出對舊社會性壓抑的質疑與反抗，早已給文學原作在舊電影時代中以「冷冷的文字作盡」。相反的，新電影作為新的創作媒體，不僅在創作上繳了白卷，還一再流露出對女性肉體的剝削；在這一點，新電影恐怕比鬼片還要「傳統」。即使是像號稱女性電影的《結婚》、《海灘的一天》、《恐怖分子》、《我這樣過了一生》，女性意識也並不新。

然而，新電影真正說來最重要的地方反而並不在其手法上，而是在由侯孝賢一系列關於成長過程「內容」的電影，它們「在這時期」（台灣歷史）的象徵意義。從童年鄉野記憶的《冬冬的假期》，青少年時期的《風櫃來的人》、《童年往事》與《尼羅河女兒》，到當兵（轉為成年）前、當兵時的《戀戀風塵》，以及後來回溯到政治歷史的《悲情城市》。「適逢」在台灣宣告正式解嚴（'87/07/15）前的那段日子中，侯孝賢與其工作班底，一步步敍述台灣在戰後個人的成長過程（當然還沒有「成年期」），從童年到成年之前，這對「當時」台灣社會所呈顯出的重要性，其象徵意義恐怕要大於其在電影上的意義。這個「成長」與「過程」或許才是真正使新電影與舊電影截然劃

分開來的最主要的因素，「新」電影在這個角度上確實可以「冷冷的」看著那個代表著陰鬱的舊時代鬼片的逝去。也許，侯孝賢在這成長過程中的止於成年期，就結論式角度而言，象徵地預言了新電影的收場——解嚴之後，台灣電影仍然要在成年之前的曖昧階段作一番摸索（就像他自己的創作過程）。這個饒富趣味的象徵思考引出一個更重要的文化上的問題——這樣的思考乃接連著我當初企圖在「中國超現實主義」中所建構的「新的中國文化符號」的理想——：新電影工作者「壓抑的美學」是否為中國傳統文化中的「壓抑氣質」（這在課堂之上稱作「含蓄」，或叫「天人合一」）的變形(variation)？新電影的收場是否「壓抑的美學」要佔據著一個最重要的位置？壓抑的美學原本在電影中所欲壓抑的戲劇性，如今，一點也不戲劇性的、平行地(parallel)移轉到新電影在現實界中的命運？

戲劇性地，在新電影接近尾聲、台灣宣告解嚴的次月，《倩女幽魂》在台灣與大陸之間的香港，開創出鬼片一個截然不同的新風貌。《倩女幽魂》的出現才真正點出鬼片所象徵的舊社會與新電影所從出的現代社會，兩者之間截然區分開來的一個關鍵處——這個關鍵處才分別凸顯出鬼片與新電影本身最重要的特質。

問題是先從這裏開始的：鬼片與其他傳統國片最重要的分野在於它的巫術與宗教色彩。然而，這兩者到了《倩女幽魂》卻成了失去超自然神秘性的科技(technology)表演大觀。《倩女幽魂》所真正「表演」的是一個百無禁忌(taboo)的時代的來臨，一切人與自然與超自然的關係皆「下降」（這個字眼在阿姆斯壯踏上月球後別具象徵意義）到全然世俗(secular)的層面。人類已經從神聖(sacred)的領域中「撤退」出來。在新電影工作者的理念，也許並沒有什麼題材不能拍，或者解放傳統才是他們心中唯一真正的電影意義與精神——同時在題

材上與電影語言上。他們唯一剩下的禁忌就是電檢；他們還存有的「神聖」領域就是拍電影——電影卻是二十世紀人類全面世俗化的象徵。

解嚴，對這個島嶼上的人，表面上是中國傳統政治文化開始崩解的「可能」，底層裏卻是人的精神領域一個經過法律宣告的「正式撤退」——這也許才是新電影眞正「新」的地方？

福樓拜(Gustave Flaubert)在 1852/05/15（給 Louise Colet 的信）所說的話，也許比一百年後的李維史陀的悲觀（參見〈鬼的再探〉最後一句話，〈中國電影美學初稿〉標題下的引言）之論還要悲觀：

> 1789 年毀了專制與貴族，1848 年消除了中產階級，而 1851 年滅了「人們」。剩下來的只是白癡、庸俗的一羣——我們每個人勢必要變得一樣平庸。連心靈現在也講社會平等——大家都想同樣的事。我們寫書給每一個人看，畫畫給每一個人，爲每一個人研究科學，一如我們替每一個人修道路、蓋候車亭。

'92/04/08 於台北

輯一

跳出歷史的「陰影」

——試論《恐怖的伊凡》

　　如果人們是抱著滿腔的好奇來看《恐怖的伊凡》(Ivan the Ter-rible)，希望觀察艾森斯坦(Sergei Eisenstein)如何探究這位在歷史上有「恐怖伊凡」之稱、殘暴不仁、嗜好屠殺的伊凡四世(Ivan IV)，其殘暴與個人人格間之關聯時，他會在電影院裏找不到這個方向。人們很難理解一部以暴君為主角的電影，竟然能以如此非暴戾的情境來敍述，甚至竟使人墜入一種「幻覺的(hallnucinated)、夢幻般的(dreamlike)」世界❶。即使，「漢尼拔(Hannibal)有很多值得稱道的功績，其中最最值得一提者是：……士兵彼此之間不曾有過衝突……。這只能歸之於他的無人性的殘酷，殘酷再加上他的其他美德，使他在士兵之間受崇敬，而且害怕他，如果沒有殘酷，他的其他美德絕不會產生這樣的效果。」❷然而在本片中，伊凡的「美德」幾乎無法與他的殘暴整合在一起。也許，有人認為片中根本就沒有殘暴，反倒是有推崇伊凡偉大人格的色彩（伊凡在第二部最後的戲中對姑母的饒恕）。從文化相對論(cultural relativism)觀點來看的人，也許不禁要懷疑中國文化裏殘暴的意義（令人想起秦始皇），難道竟與蘇俄文化中對殘暴所下的定義有如此大的差別嗎？

　　艾森斯坦在他的一篇文章中表示對伊凡在遭遇到困難時的疑惑與猶豫不決深感興趣，但這並不是影片的主題，他似乎更強調伊凡通過嚴厲痛苦之考驗的堅強性格❸。艾森斯坦在第一部裏將伊凡一步一步

的逼近到山窮水盡的情境（先是失去妻子，後則沒有任何的友誼，親人——姑母——卻是他的敵人），伊凡令人覺得他像是個被動、薄弱無力的個體了。也許是由於艾森斯坦受到人類學家如 Lévy-Bruhl, Frazer, Malinowski 等人的影響❹，而使得他將一般人所以爲的：暴君使人民感覺畏懼的觀念，以馬克思(Karl Marx)的辯證法則，將之深入到暴君實際上也生活在一種疑惑與恐懼的神秘世界裏之層次❺。如果說，艾森斯坦確實是秉持著這種辯證法的思考來描述伊凡，那他的思維範疇確實與一般人有相當大的差異❻，因爲，誰會料到他要在片中「重建十六世紀詩人對於一個（統一）國家的觀念之形貌」❼呢？

　　艾森斯坦向以豐富的知識與大量的資料來建立其電影或電影理論而見稱，將《恐怖的伊凡》從顏色、音聲、圖案(象徵)、燈光、自覺/半自覺/不自覺、悲劇以及人類學的觀點來考察本片。一方面，筆者認爲要了解這樣一位「折衷主義的思想家」❽尤其要將影片中各個層次的意義尋找出來，亦即是建立本片多層次意義系統。另一方面，由於艾森斯坦的博學多才，我想這種方式會比較符合其精神；並且基於其對各方面自覺的地方較多，這種討論也許較不至於被人斥爲筆者是將「電影當作神話」來分析❾。至於本文分爲二大段，是筆者個人爲文之方便計。

一、表面結構(Surface Structure)

1.顏色(Color)

　　艾森斯坦曾表示，他在《Alexander Nevsky》一片中 Ritter 的

白袍乃象徵著死亡、壓迫與殘暴，而黑色則意味著英雄主義與愛國主義之積極的主題❿。在《恐怖的伊凡》裏白色依然與死亡相關聯。例如，伊凡的妻子安娜塔絲亞(Anastasia)喝毒酒身亡時身著白衣；伊凡的姑母尤弗朗辛妮(Euphrosyne)告訴她的兒子維爾狄莫(Vladimir)刺殺伊凡的陰謀時，脫下身上的黑上衣而露出原來穿在裏面的白衣，死亡或失敗是可以預期的。黑色在本片中似乎象徵個人追求其目標的強烈慾望〔伊凡力圖全國的統一與獨立；姑母千方百計圖謀皇位；王子克布斯基 (Prince Andrew Kurbsky) 追求自我的壯大與成就〕與狡詐 (伊凡運用宗教上的偽善技巧來達到他的目的)⓫。灰色 (在黑白片段時介於黑與白之間的色調) 則象徵著無心機的人 (如維爾狄莫) 或沒有心機的時刻 (伊凡與妻子在婚宴上的穿著)。

至於在第一部與第二部唯一的彩色部分(晚宴)，對觀眾而言這是醒目與期待解決問題的時刻，對維爾狄莫而言卻是他編織美夢的時候(他在寶座上睡著了)。他的驚醒是他邁向死亡的前奏，臉上的綠色燈光無疑是死亡的象徵⓬。紅色與金黃色給予晚宴歡樂的氣氛與情緒上的高潮，黑色則暗示著表面上的歡笑其實裏面正蘊藏著狡詐的陰謀。

2. 音聲(Sound)

如柏區(Noël Burch)所言「在有聲電影裏，由於這種明白不隱的特性(explicit quality)大大的減短影片的長度」⓭。然而艾森斯坦在《恐怖的伊凡》中對於音樂的運用卻加長了悲劇的時間深度。觀眾或許聽不懂尤弗朗辛妮摸著她兒子的頭在唱什麼，但是觀眾的想像與感受仍然在繼續著，理性與情感的持續或以情感的成分居多，不過這才是加長時間深度的主要原因，因為明白不隱的特性減弱了。在晚宴那

場高潮戲裏，縱使觀眾聽清楚（或「看」明白）和聲所暗示將發生的陰謀，然而在觀眾的記憶裏，是那些對他而言模模糊糊的音樂本身豐富了晚宴的影像。

雖然「有聲電影意味著蒙太奇必然會因而黯然失色」❶，但是艾森斯坦之將聲音視爲一個新的蒙太奇要素❶，在某個層次上而言，他還是賦予《恐怖的伊凡》內容與氣氛上的深度。在《恐怖的伊凡》裏他捨棄了影像的蒙太奇剪接技巧，但是蒙太奇的觀念仍然存在著──一種新的蒙太奇代之而起（音樂與影像間的對位法）。

克拉考爾(Siegfried Kracauer)甚至強調《恐怖的伊凡》中加冕典禮的旁白，那種低沉的聲音比那聲音所要告訴觀眾的訊息更加迷人❶。

《恐怖的伊凡》如果是以默片拍成，很可能艾森斯坦便要考慮以異於戲劇風格的形式來拍攝，假如，這種情形(默片)下還有可能造成這部片子的誕生的話。事實上，電影史上由默片而聲片在影片時間長度的加長上，音聲是功不可沒的。

3.圖案(象徵)、燈光

艾森斯坦本人對奇形怪狀的圖案之深表興趣❶，不但賦予本片特殊的風格和劇中人物別具一格的外貌(如牆上的畫與雕刻、人物的服裝)，更值得重視的是，他將某些圖案與影片的內容強烈的結合在一起而製造出扣人心絃的畫面。也許，伊凡在攻打卡山(Kazan)時他所駐紮的巨大帳篷無疑是沙皇頭上的皇冠之象徵(意味著伊凡遂行其統一全國的意志)，是一種平凡無奇的象徵手法。但是，在他那有名的影像(請見《電影欣賞》第一卷第一期第三十頁)裏，伊凡手持拐杖身穿黑袍來接受百姓請求他回莫斯科再度治理國家時，牆上的裂洞正好是伊

凡當時身形的模樣，而由伊凡的袖子轉彎而到拐杖的下半部這個曲線，正與雪地裏百姓的請願隊形一致 ⓲，他這種構想顯然得自他對初民社會(primitive society)的了解 ⓳。

另外，艾森斯坦在片中大量使用低角度燈光(low-angle lighting)將人物的巨大影子投射到其背後的牆上，不但產生奇特與恐怖的特殊效果，而且更富於戲劇性。影片中屢屢予以人物臉部的特寫，並強調燈光的明暗效果，這種帶有雕像造形的設計，令人想到艾森斯坦受到東方劇場之面具與臉譜造形的影響。而劇中人物眼珠的斜視（造成黑白分明）與睜大則賦予畫面無比的緊張、力量和衝突（臉部方向與眼睛方向的不一致）。

二、深層結構(Deep Structure)

1. 自覺/半自覺/不自覺

在第二部最後晚宴與教堂前所發生的悲劇中，艾森斯坦所著重的似乎在於「一種高度緊張的活動之心理過程」 ⓴，而不僅只是單純的伊凡粉碎了波亞人的陰謀（第二部的次標題——Boyar's Plot）而已。

晚宴中，由伊凡的近身侍衛菲爾得(Fyoder Basmanov)戴著一個頭頂皇冠的女性面具來帶動晚宴的「歡樂」高潮。頂著皇冠的面具其實並非用來代表(make-believe) ㉑ 伊凡；我們注意到天花板上有個神的（伊凡與神的關係將在後文討論）圖案往下看（攝影機多次將面具與天花板上的神同在一個畫面中出現），面具雖是一個女姓的面具，戴的人則是伊凡的心腹。這種對尤佛朗辛妮的諷刺，與伊凡在維

爾狄莫身上所製造出來的「鬧劇」（伊凡說「鬧劇(farce)已經結束了」）相呼應。

然而，整個事件更富於變化與戲劇性的是：伊凡、尤弗朗辛妮、維爾狄莫三人心理與過程地位層次的轉變。在事情沒有明朗化前，尤弗朗辛妮表現出一種相當自覺的態度(陰謀的策動者)，伊凡處於存疑的半自覺狀態(陰謀所針對的目標)，維爾狄莫則處於不自覺的心理層面(陰謀的「實踐者」之一──傀儡)。但是，事情發生的結果，先前控制的地位層次完全轉換過來：伊凡限制了維爾狄莫的行動，而尤弗朗辛妮從此籠罩在維爾狄莫死亡的陰影中。上述關係可用下列圖表說明：

事情發生的時間＼人物		尤弗朗辛妮	伊凡	維爾狄莫
前	心 理 狀 態	自　　　覺	半 自 覺	不 自 覺
	地 位 層 次	控 制 者	受 制 者 2	受 制 者 1
後	地 位 層 次	受 制 者 b	控 制 者 a	受 制 者 a 控 制 者 b

2. 悲劇

甲、伊凡

伊凡個人的悲劇性主要來自於他那種要將中世紀的蘇俄轉變成為一個統一、獨立的國家之強烈使命感──那種近乎是「宗教的召喚」(religious vocation)[22]，他確是為他這種英雄式的角色所苦。艾森斯坦似乎更著重描繪這位第一位蘇俄的獨裁者（第一位沙皇）對統一、獨立的國家之懷抱所帶給他個人的痛苦，而不在於他的殘暴。即使，他個人的英雄主義也是「一種為著團結的英雄主義，而不是強烈的創造性或破壞性活動的英雄主義」[23]。

在第一部(次標題即是「恐怖的伊凡」),艾森斯坦有系統的剝奪任何一種可能會妨礙伊凡實現其統一蘇俄這個使命的感情❷。雖然,克布斯基是伊凡最親密的朋友,然而他那只求個人慾望與成就之實現,和他那野蠻的作風(將俘虜綁在十字架上,要他面對其族人叫降),都會阻礙伊凡使命的實現,所以伊凡必須失去友誼。伊凡的妻子安娜塔絲亞對伊凡的情感與忠誠,都不是既要安內又要攘外的伊凡所能全心全意予以接受和回報的,妻子的死是他身負巨任所必須付出的代價之一。伊凡在個人快樂與國家統一的衝突裏,他的選擇使他失去了親情(姑母)、愛情與友情的享有。而生活在這種個人情感的真空之情境裏,而能對於悲傷的敵人(姑母)寬大為懷,使我們在另外一種悲劇(倫理)的發生裏感受到一種溫暖,一種王者氣度的偉大。伊凡也許從他個人的情形中深深體會到:「死亡是一種嚴酷的事,悲傷卻更加嚴酷。」

乙、權力

伊凡將權力當作是他達成目的(統一國家)的手段,而尤弗朗辛妮則把權力本身當作是目的。但是,他們二人不同的態度卻同樣帶給了他們悲劇性的結果。尤弗朗辛妮最後失去了她的兒子,也是喪失了她的權力與希望。權力給予伊凡達成統一國家的有力條件,但他也因此喪失個人感情的擁有。伊凡的悲劇是他的角色所致,而尤弗朗辛妮的悲劇才是由於她德行上的不完美所造成;艾森斯坦對伊凡這種「作為這人個別存在的消滅」❷的觀念,似乎將伊凡「神」化了。但也正由於這個對比,更加深了影片的悲劇意識,更寬廣的層面來說,在政治的前提下,每個人都免不了犧牲(sacrifice)的命運——重大的犧牲。

3. 人類學的觀點

甲、通過儀式(rites of passage)與團契儀式(rites of intensification)

人類學家將儀式(ritual)分爲兩種：通過儀式與團契儀式。儀式是人類爲了通過人生過程中每一個階段的危機(crises)的關鍵（如成年、結婚、生病、死亡），而將生命中某一階段轉移到另一個階段所作的種種儀式活動。主要在使人類對外在世界的轉變產生適應，並在內在心裏中予以形體化(時間是非具體的)。它分爲三個步驟：隔離(seperate)、過渡（或稱中介，或稱爲曖昧 limenality)、整合(aggregation, integration)；例如：成年體、結婚典禮或喪禮等。

團契儀式乃是爲求團體之團結而存在的儀式。例如：祖宗崇拜、過年、作醮或迎新會等。

影片第一部開始時，伊凡的加冕典禮可以視爲伊凡個人的通過儀式，但也是屬於政治性的團契儀式（對政府與人民、對沙皇與大臣而言都是）。但是，當伊凡在典禮中宣佈他的統一政策——一個國家，及以波亞人爲敵時，不但新的團結力量沒因這個儀式而加強，反而使得朝廷內部四分五裂。表面上，儀式已經結束了，然而在伊凡的心理上，在大臣的心理上，儀式不但沒有達成促進新的組合，反而帶來新的轉變。不安（新的不安）繼續存在，心理上更加不能適應外在世界的突然改變，儀式的功能並沒有達成。從此便潛在著一個危機：沙皇與大臣（尤弗朗辛妮、克布斯基、菲利主敎）立場的不一致。一直到維爾狄莫死前伊凡之爲俄國的沙皇實際上是處於一種曖昧(between-and-betwixt)的狀態，因爲鹿死誰手尚是未知之數。戲劇性的是，維爾狄莫「加冕」的假儀式，最後竟成爲伊凡實際上通過儀式的完成（朝廷與伊凡的重新整合）的象徵。而團契儀式的團結功能這時才達

成。它們都指向同一個目標——安內。

乙、比賽(games)與儀式 (ritual)

根據李維史陀(Claude Lévi-Strauss)的說法❷，比賽開始時以對稱(symmetry)的形態出現(參加雙方遵守相同的規則)，而以不對稱(asymmetry)的形態結束——分出誰輸誰贏(分離的 disjunctive)，而比賽必然是隨著各種事件之不同性質而進行。

儀式在開始時則以不對稱 (如神聖與世俗，生與死) 的形態出現，而以結合(conjoin)成一個聯盟(union)告終。表示如下：

項目＼時間	開　　　始	結　　　束
比　　　賽	對　　　稱	不 對 稱 (分 離)
儀　　　式	不 　對　 稱	結　　　合

《恐怖的伊凡》裏，伊凡與尤弗朗辛妮「遵守」政治的狡詐「規則」，而在教堂前一場戲中分出輸贏(維爾狄莫的死)，也就是這個結果 (分離) 才使得原本不對稱 (君與臣的對立) 情形成爲結合的聯盟 (安內已告結束) 。

我們注意到在甲中，是假儀式作爲眞正儀式功能達成的象徵，而眞儀式破壞了儀式的實際功能。

從甲、乙兩組人類學觀點的分析，我們更能清楚的看出艾森斯坦深受馬克思正(thesis)、反(antithesis)、合(synthesis)辯證法的影響——「正」(通過儀式、團契儀式，君臣對立)實蘊藏著「反」，也是由於「反」(假儀式，分離)才達成「合」(安內、結合的聯盟)的結果❷。

無論筆者所指出來的第二個層面，是存在艾森斯坦的意識或潛意識或無意識層面，這個分別已不重要，重要的是我們能發掘出其影片

的多層意義，我想，這比較與他拍片和治學的精神相接近的。

附　註

❶ *Film and Feelings*, Massachusetts, The M. I. T. Press, 1967, Raymond Durgant, p.32.

❷ 《君王論》，臺北，國立編譯館，1966, Niccolo Machiavelli 原著，何欣譯，77頁。

❸ "From History To The Film", Rostislav Yurenyev 著，in Classic Film *Scripts Ivan the Terrible*, New York, Simon and Schuster, 1970, p.12-13.

❹ *Signs and Meaning in the Cinema*, India University Press, 1969, Peter Wollen, p.50～51.

❺ *Theories of Primitive Religion*, Great Britain, Oxford University Press, 1977(edit, First pub 1965), E. E. Evans-Pritchard, p.10。原文是 Primitive man..., living in a mysterious world of doubts and fears,...

❻ Ibid, ch. IV Lévy-Bruhl p.82.原文是 They(Primitive man) are reasonable, but they reason in categories different from ours.

❼ *Classic Film Script Ivan the Terrible*, p.9～10.

❽ *The Major Film Theory*, New York, Oxford University Press, 1976, J. Dudley Andrew, p.42.

❾ 有趣的是，艾森斯坦本人就對神話(myth)相當感興趣(*Signs and Meaning in the Cinema*, p.50)，並以為初民(primitive man)的前邏輯(prelogical)思維世界裏藝術有其深遠的影響(*The Major Film Theory*, p.57)。向來，在我們的眼中，神與玄或不可理解幾乎是同義的。事實上，現在的神話在意義上也與以前人們所謂的神話大異其趣。由法國社會人類學家李維史陀所揭示的「神話學之成為科學」(a science of Mythology)，在當今社會科學界、人文學界所

造成的影響確像是一則「神」話。神話在他的筆下，不是荒謬的代名詞，而是「與音樂最最相似的一種語言；不僅是為因為它們內部高度的組織性，並且更由於它們都有著極其深邃的理性，而造成了它們之間的親和力。」〔*The Raw and the Cooked*, New York, Harper & Row（英譯本），1975,Claude Lévi-Strauss, p.28〕

❿ *Film Sense*，臺北，書林（翻印），1982,Sergei Eisenstein, p.151.

⓫ *Storytelling & Mythmaking*, New York, Oxford University Press, 1979, Frank McConnell, p.82.

⓬ *Film Sense*, p.124。但是，我們要注意到的一點是，艾森斯坦並不以為每一種顏色有其固定的象徵意義，顏色的象徵意義應視其在整個作品中的地位而定。綠色可以是死亡的象徵，也可以是生命的象徵。

⓭ "Sergei M. Eisenstein", Noël Burch 著，in *Cinema-A Critical Dictionary*, New York, The Viking Press, 1980 Richard Roud (edited), p.326.

⓮ Ibid, p.326.

⓯ *Film Form*，臺北，書林（翻印），1982, Sergei Eisenstein, p.259

⓰ *Theory of Film*, New York, Oxford University Press, 1968, Siegfried Kracauer, p.109.

⓱ *Signs and Meaning in the Cinema*, p.65～68.

⓲ *Film and Feelings*, p.52.

⓳ *Film Form*, p.135. Dudley Andrew 稱他這種觀念為 Primary felt symbol.

⓴ *Film Form*, p.67.

㉑ *The Mask of God: Primitive Mythology*, New York, The Viking Press, 1959, Joseph Campbell, p.21～23.

㉒ *Storytelling & Mythmaking*, p.79.

㉓ Ibid.

㉔ Ibid, p.81.

㉕《美學㈡》，臺北，里仁書局，1981，黑格爾著，朱孟實譯，p.316.

㉖ *The Savage Mind* The University of Chicago Press, 1967, Claude Lévi-Strauss, p.30～33.

㉗馬克思說「每件事都會發生兩次，頭一次像是悲劇，第二次則像是鬧劇。」這句話在本片中尤富意義。

輯二

中國電影「超現實主義」表現手法

──「鬼」的初探

一、陰陽怪談

《陰陽怪談》雖然在片頭時表明「鬼之爲物，乃在輔法之不足」的立場，可是，當我們將片中三個分割的單元，作結構(structure)上的關照時，我們將發現一系列與自己文化息息相關的意義來。

1. 標題

片中三個單元的標題分別是「財」、「淫婦」與「柳天素」。財與淫婦其實是食與色的象徵，「食、色，性也」，這二個單元是對人性最根本層面的氾濫所作的描寫。「柳天素」一片我們與其將它架在「天數（天素）」、「輔法之不足」的空泛命題(proposition)下來討論，不如採用李維-史陀的神話分析。柳天素本來是位名醫，由於醫術（文化）高明，縣太爺派快刀趙雄請柳前來醫四姨太的病。不料，師爺因恐姦情（色──自然）洩漏，而殺四姨太滅口並嫁禍於柳。柳借趙雄所示的「血遁大法」(超自然)返家，交代未處理完的病人與家人事項，更重要的是寫下「柳針七篇」(文化)。不料，師爺請來紫陽三祖（超自然）要來化柳，柳借督察大人(法律的象徵──文化)之力得以平反冤屈，並使師爺終遭報應。李維史陀在他的神話分析裏提出二

分理論以爲人類普同的思考模式 ❶：「自然/文化」、「生/熟」、「男/女」等。「柳天素」中雖然出現自然/文化/超自然的三元因子來，實際上，這個超自然亦是文化的一個層面，將它標明並獨立出來，一方面可了解中國人對超自然的認知過程，另一方面則可顯示出鬼在片中的功能(function)。上述「柳」片中的「自然/文化（超自然）」對立關係，可圖示如下：

存 在 類 別	目　　　　標	阻　　　　因	助　　　　因	結　　　　果
人	文　　　化	自　　　　然	超　自　然	超　自　然
鬼	文　　　化	超　自　然	文　　　化	文　　　化

在「財」與「淫婦」二片裏，我們一樣可用「自然/文化」二元理論來分析。食、色旣是自然的象徵，鬼的出現（超自然）用以輔法（文化）之不足。所以，三個單元中鬼的出現(或功能)，便是在肯定我們的文化觀念——「法網難逃」。

2.受害者

考察片中三位受害者（石天的乾娘、淫婦的先生、柳天素）的道德程度，是相當有必要的。欲了解中國人(或中國鬼)，無論是從哲學的觀點，或是人類學之 emic 與 etic 的觀點，道德恐怕是位於中國人思想（或文化）的核心。石天的乾娘在片中表現出一種過度自私自利的道德缺陷，而淫婦的先生導演在片中並無指涉其不道德處，但是，柳天素在導演手下，幾乎具備著聖賢似的道德修養。如果，用數學符號分別來象徵三人的道德程度：

受　　　害　　　者	道　　德　　程　　度
財	－
淫　　　　　婦	○
柳　　天　　素	＋

　　三類不同道德程度的人都成了冤死鬼，如此，導演是否企圖打破中國人的道德觀？柳天素的妻子對柳天素說「做人沒意思，好心沒好報，下輩子投胎不要做人」，這其實是佛家的輪迴轉世。導演很可能只是在述說人類許多情境之三，但是，不巧的（也很可能是有意的）是在此「中國人卻又深信惟有道德始是人羣中最有功利的」❷並沒有在佛家的輪迴轉世中得到印證。即使是師爺投胎成為白豬也是趙雄一手造成，這並不能彌補柳家的損傷。其實，導演既然是用鬼來肯定我們的文化，便無法避免這種矛盾的發生。也許，鬼在本片中的功能應該區別為外顯(manifested)與潛在(latent)功能。外顯功能是：鬼肯定我們的文化觀念。而我們很難自覺到(甚至，不敢想像的)：我們所創造出來的鬼彌補（或安慰）了我們文化中矛盾、不完全的一面；這就是其潛在功能。

3. 三種動物（家畜）

　　本片在三個單元裏各用了一種動物，每種動物在片中各有其重要的文化象徵意義。巧合的是，這三種動物都是家畜，而且依影片順序，剛好是十二生肖的最末三種動物。白豬一則用以嘲諷師爺，另外，由於柳天素在人世與師爺打了個平手(都是砍頭的下場)，導演於是用另一種「下場」(柳天素投胎為人，師爺轉世為豬)來肯定我們文化中的道德觀。淫婦害死其先生將之棄於荒野，凡是受害者所遭受大自然的

災難（海水淹斃，野狗食屍）也一一報應在彼二人的身上。伙計最後著魔作狗狀，不啻象徵著衣冠禽獸的意義。「財」片由接生婆下樓踩到雞，揭開死亡（乾娘）與生產（妻子）的雙重儀式過程。人類既然為錢財而不惜殺害親人，嬰兒的出生必然是個悲劇，因為人類的傳承（出生下一代）如果繼續這種惡習，結果將是悲觀的。「雞是報曉之物，亦是陽明之神」❸，拔雞毛將雞煮熟與孕婦生產過程鏡頭的交互剪接，一者，暗示陽氣喪失陰氣（鬼）上昇；二者，雞由生(raw)→熟(cooked)的演變過程(transformation)，即是本片由自然（人為財死，鳥為食亡）→文化（鬼的出現，法律、正義得到實現）。

二、地獄天堂

看過《地獄天堂》的觀眾，如果也看過《六朝怪談》，不免意識到王菊金在兩部片子中都用到鏡子來作為情節發展的媒體(medium)，而且，同樣它都將片中的人物逼迫到一種難以解除的困境（「鏡」），甚至死亡（「鏡中孩」）。不同的是，「鏡中孩」表現了「因果報應」的主題❹，「地獄天堂」則已逃出《六朝怪談》佛家的思想意識，轉而對儒家功利觀念下的讀書人予以批判。

王菊金似乎有意將鏡子作為其影片中的電影語言，而他這種企圖似乎已達到 James Monaco 所謂的 trope（廻喻）。「在文學理論裏，一個廻喻是一個轉變了的成語，或是一個意義（常識）的改變。」當一朵玫瑰花不再只是玫瑰花「而是另有所指，它便有了一個『轉變』，而這記符(the sign)便開創出新的意義來。」❺ James Monaco 舉布紐爾(Luis Buñuel)的《安達魯之犬》(Un Chien Andalou, 1928)中的一個鏡頭（一隻爬滿了螞蟻的手掌）為例❻說明了這個觀

念：在法語有一個雙關語「手裏有許多螞蟻」，相當於英語的「我的手麻木了」；所以這個廻喻「是將一個普通的經驗轉化爲一個腐爛的醒目之記符」。

鏡子在我們的文化裏，「借鏡」的對象或是他人，或者是別人的事情，有時候借鏡的對象則是自己或發生在自己身上的事情，在這二者中愈是熟悉的事件（譬如，我們天天照鏡子），愈難使我們達到「借鏡」的效果。王菊金在《地獄天堂》裏，將人放進一個鬼的世界，然後來批判、質問劉士安的價值觀，達到了所謂「減低熟悉度」(defamiliarization)的作用。鏡子裏女鬼以紡紗的姿勢出現(右手轉圓)，借鏡的結果是可想而知的。本片的鏡子，已成爲一種永無休止的困境之記符（廻喻）。

王菊金在片中最大的敗筆是在他所創造出來那個鬼的世界。他的鬼大概是我們所看過最沒有力量的鬼。先是女鬼的父親爲法師所制，後則女鬼被劉士安的香符（法師的香符）所害，而其他的鬼魂除了口口聲聲說「人間難求」外，他們的行爲更像是一般的販夫走卒。而導演所謂的天堂（本片英譯標題是 "Those Days In the Haven")，更像佛家那種無欲的理想世界，似乎《六朝怪談》裏佛家思想的影子還留在本片中。更何況，沒有人會同意導演在本片中那種區分天堂（女鬼的佛家無欲世界）與地獄（劉士安生活的「人間」）的觀念。因此，減低熟悉度的技巧並不成功，而只是一個鏡子的轉喻，並不能挽救整部片子的失敗。柯波拉(Francis Ford Coppola)在《彩虹仙子》(Finian's Rainbow, 1968)的一句對白，我想，很可以作爲本片的借鏡：「她給你一個新的外表，但並沒給你一個新的內心」❼。

同樣的，本片中的鬼具有外顯與潛在的功能。外顯功能是：用鬼來對我們的文化觀念（儒家的功利觀）提出質疑。潛在功能是：鬼的

世界（佛家的無欲世界）可作為人類天堂的借鏡；只是這個功能太過於薄弱。《失去的地平線》(The Lost Horizon)中的「香格里拉」也許是較為觀眾所信服的天堂——人間的天堂。

三、山中傳奇

在分析《山中傳奇》(在後文我將拿它與《地獄天堂》作幾項比較分析）之前，有幾點個人淺見與劉森堯先生在〈《山中傳奇》企圖表達什麼〉一文的觀點相左的地方，尚請劉先生或各方觀眾、專家指教❽。

我個人認為胡導演對片中那場晚宴戲的安排絕不是「冗長無趣」的。這場晚宴至少表現了五個要點；第一，片中主要人物一半以上出現在晚宴上，尤其是發動以後奪經的三個人都在場。第二，晚宴上的真正支配者樂娘，其實也就是以後奪經的主謀者；人物（或鬼）層次地位已在此顯現出來。第三，從他們之間眼神的傳遞（尤其明確的是樂娘的鼓聲），暗示著他們的動機不是善良的、純正的。第四，石雋已步入一個已設計好的陷阱中。第五，今後，解救石雋的主要人物（之一）便是被拒於屋外的「番僧」（所以，當「番僧」抗拒不了樂娘的鼓聲遁走之後，何雲青無所依憑而昏迷在地上）。導演在這場晚宴中，已將一個陰謀的發動、動機、瓦解的可能性都作了伏筆，怎麼能說「情節結構的鬆散」？我同意「唯美唯情的蜜月『蒙太奇』……，與劇情的推展或與全片氣氛的釀造毫無關係」；但是，我不能同意於「石雋山中酒寨巧遇張艾嘉……一場浪漫脫俗的山中漫步……又是只為表現，……我們摸不清楚導演的全片意圖到底何在？」的說法。導演的意圖似乎是在「醒酒草」，而不在山中漫步。這一個場景是何雲青的一個轉機。崔鴻至酒後吐真言，「醒」的應是何雲青；而莊依雲的正

式出現，更爲以後奪經過程的戲劇張力注入一股淒美的含意。

　　生在二十世紀的人恐怕很難接受《山中傳奇》那種以法術來解決事件的世界！導演的一大敗筆是（假如他要講法術的話），他手底下的鬼太像人了，太像人的鬼施展法術會給觀衆一種荒謬感，也許，在適當時間讓羣鬼露出鬼相、現現原形，會比較「合理」。

　　「中國人言鬼魂……如言其人驟死，如寃死、溺死、或自縊死，或突遭強暴死，往往易有鬼魂出現，正命死者則否。」❾所以，《山中》一片韓將軍（爲國捐軀，屍必厚葬）沒有變成鬼，而《地獄天堂》裏的鬼是戰場上的殘屍變成的❿。事實上，由於鬼含有寃，「寃有頭，債有主」，人們才認爲鬼害人並不是無所區別的。也因此，大部分遇見鬼的人以爲鬼是爲報復而來的，這是人們爲鬼魂出現的原因（動機）所作的解釋：所以，《地》片裏的劉士安害死了對他毫無惡意的「鬼妻」，《山》片裏的何雲靑知道莊依雲是鬼後，他也不敢觸摸這溫柔的女鬼。中國人試圖對鬼魂的出現加以解釋，不料，這種解釋卻反而使得人們在面對鬼魂時更覺恐懼，Jurij Lotman 說「符號固然可用以傳達消息，常常它卻是達到了相反消息(disinformation)的效果」⓫，《地》片中女鬼的死是其一，而像劉士安這類迂儒口唸「非禮勿視」來抗拒外界的誘惑，又是一個明顯的例子。在這個層次上，我們似乎不應全力指責儒家的功利觀，更大的問題恐怕是，我們如何來重建新的文化符號——在一個新的時代？

　　鬼似乎除了具有超自然的力量外，在其他方面鬼似乎比人類還不如。有時候，鬼的「生命」甚至比人類短很多。更重要的是，鬼存在的價值觀點並不是要作一個鬼，鬼無法安於現狀。「人類創造了自己的歷史，但是，他們並不知道他們是創造了自己的歷史」⓬，這句話與其用來說明人類的無意識(unconscions)，不如說它顯示出人類的無

力感、無奈感。鬼自己都無法預知自己的「未來」，法術對樂娘而言似乎是個諷刺，《地》片中的糊塗女鬼更料想不到她會死於非命，柳天素變爲鬼後卻飽受威脅，鬼似乎比人類更無奈。他們作爲人已落得一個悲劇的下場，爲鬼則被另外一種悲劇所籠罩——脫離鬼的存在。

我想，如果我們試圖找出《山中傳奇》的主題，而只將注意力集中在片中惟一是人的何雲青身上，而說導演只表現了「人生如夢」的主題似乎有點以偏概全。何雲青與《地》片的劉士安兩個人雖然都遇見了鬼，而且都受到生命的威脅（如果不是法師在劉家的話，則女鬼的父親侵犯劉家的後果，劉士安恐怕眞的作了鬼），不同的是，劉士安脫離鬼世界後「懷抱著痛苦以爲其存在秩序的一部分」❸，而何雲青似乎絲毫未受影響。即使，《枕中記》的盧生亦有「人生如夢」之感，但是：

> 生蹶然而與，曰：「豈其夢寐也？」爾謂生曰：「人生之適，亦如是矣。」生憮然良久，謝曰：「天寵辱之道，窮達之運，得喪之理，死生之情，盡知之矣。……」稽首再拜而去。❹

何雲青喜歡寄情於山水之間，「夢」（？）醒後他仍舊回到山水之間（片子開始時何站在一塊瀕臨大海的岩石上，片子結束時，他又回到這裏來），他的存在價值觀（放情山水——大自然）絲毫沒受到懷疑。剛好相反的是，《山》片中的鬼世界與《地》片中的人間都表現出一種爭奪的功利觀，而《山》片的人世則與《地》片的鬼界都呈現一種無爭的境界來。

中國的導演對鬼所作的呈現，似乎與西方的「超現實主義」具有相同的功能，他們都是用來彌補現實所無法表現的人的心靈活動。

《山中傳奇》更詳細的說，它表現了一系列的命題，而這一系列

的命題，都有著道家「圓」的思想。樂娘在人世時爲爭寵（自利）而不惜殺人，爲鬼時爲求超渡，不但控馭羣鬼更圖迫害人(何雲靑)，但是，她的下場是萬劫不復。即使，她的情境有很大的轉變(由人而爲鬼)，仍舊無法改變她的性格（自利心太重）所造成的悲劇。導演最後將所有參與奪經的有「心」鬼「一網打盡」，他似乎在肯定何雲靑的價値觀（追求大自然)。鬼世界的奪經，其實是將人世間爭名奪利的現象，用一種更爲切身之情境表現出來，《山》片的鬼是人的化身，也是人類處境的延伸──永無休止。

我們都還記得，「大手印」的起式就是個圓吧！

附　　註

❶《結構主義之父──李維-史陀》，臺北，華新出版社，1976，黃道琳譯，第35～36頁。

❷《從中國歷史來看中國民族性與中國文化》，臺北，聯經出版社，1980，錢穆著，第 110 頁。

❸《中國神明槪論》，臺北，新文豐出版公司，1979，沈平山著，第 369 頁。

❹《電影生活》，臺北，志文出版社，1970，劉森堯著，第 144 頁。

❺ *How To Read A Film*, New York, Oxford University Press, 1977, James Monaco, P. 140.

❻ Ibid, P. 141.　Roy Armes 的 *Film and Reality* (Penguin Books Led. 1975)封面便是以這個影像作爲設計的。

❼這句對白是羅京斯參議員被女主角夏朗變爲黑人後，在森林裏遇見大仙奧格兩人談話時奧格說的。

❽以下引文皆引自劉森堯先生的《電影生活》（見註❹），第 138 頁。

❾《靈魂與心》，臺北，聯經出版社，1981，錢穆著，第 144 頁。

❿ 《地獄天堂》裏的法師說「那不是鬼,是活死人,眞正的鬼活在人的腦子中。他們的腦子已被『媼』破壞,徒具行屍走肉而已。」這段話似乎在影射劉士安無異是個「活死人」。另外,片中早已暗示本片的悲劇意識。劉士安在與鬼妻拜堂時,媒婆拿了一盆水跟一條魚來。魚(劉士安)雖進了水(天堂),但是牠還是要跳出來的。

⓫ *Film Theory and Criticism*, New York, Oxford University Press, 1979, Gerald Mast and Marshall Cohen(Edied), I Jurij Lotman: From Semiotics of Cinema, P.56.

⓬ *Structuralism & Semiotics*, Great Britain, Richard Clay(The Chancer Press)Led, 1978, Terence Hawkes, P.33。這句話原本是李維-史陀在 *Structural Anthropology*(P.23)引用 Marx 的話。

⓭ *Natural Symbols*, Penguin Books Led, 1978, Mary Douglas, Chap7. "The Problem of Evil" P. 136.

⓮ 《唐人小說》,臺北,河洛圖書出版社,一九七四,汪辟疆(校錄),第 38~39 頁。

中國電影「超現實主義」表現手法

——「鬼」的再探

前　言

　　我們當前的社會現象，一方面，科學和理性像帝王般被尊崇、擁護著。但是，另一方面，在這層表象之下，奇幻異術和非理性的行為，它們也以各種不同的、非正式的表現形態和這股潮流相對立、相抗衡，並廣受一般民眾的歡迎。雖然，在此我並無意去指出這兩股時代潮流誰是誰非，或者更進一步去解釋，為什麼是、為什麼非。但是，關係到我們文章的主題的，吾人所要認清和說明的，肯定中國的鬼電影的成就和某些價值，並不就意味著筆者是站在反對科學和理性的立場上。

　　也就是說，在文章裏肯定鬼片的某些存在價值和成就，並不是說筆者在肯定鬼是存在，中國電影裏某幾部鬼片，它們之所以值得我們重視，其中一個理由就在於它們並不是意在大談「鬼經」。鬼是否存在不是筆者所能力辦的，更不是本文所關切的主題。

　　我們如果認為這些影片只是為講鬼而演鬼、不合乎現代科學，那根本是錯認了中國人的藝術觀。「像大舜孝感動天，天遣象來替他耕田，聽起來簡直是神話。其他如『臥冰求鯉』、『哭竹生筍』等故事，對那些只具實證頭腦而不懂道德和藝術的，簡直毫無意義。怎麼哭法

和筍的生長會有因果關係？王祥赤身露體睡在冰河裏，冷不死已算奇蹟，怎麼還可以在冰河裏捉一條大鯉魚回家孝敬母親去？」❶中國人的藝術觀並非是不科學的，而是中國人不拿科學的有限視野來限制藝術的題材。用科學的有色眼鏡，來否定中國鬼片的價值，根本就是把藝術和科學混為一談。為什麼人們不去批評「蜘蛛人」是不科學的？那也是現代科學所不承認啊！恐怕這不是科學、不科學的爭執，而是在於文化偏見，或者是我們已經遺忘了我們的文化觀念這個問題上！

　　本文所關心的問題是在於：中國人對鬼的各種觀念會給中國電影帶來哪些特色？這些特質或本質，能對中國電影產生什麼樣的貢獻？又可能會給中國電影帶來哪些困境？鬼片在中國電影之中，它的成就和地位我們該不該給予一個適當的評價？在這個類型電影裏，我們能找出哪些是中國電影所共有的缺點和問題？而中西「超現實主義」的比較分析，除了部分回答上述那些問題外，我們期望比較的結果，能使得我們更清楚中西方不同的那些作法和觀念，對彼此雙方有哪些獨特的意義？另外，比較的目的，也在斟酌哪些西方文化觀念是不適合中國電影所引用；哪些是可行的或可以一試的。

　　在〈中國電影「超現實主義」表現手法──「鬼」的初探〉（以下簡稱〈初探〉）那篇文章裏，筆者粗略的討論了鬼在中國電影裏獨特的功能意義。本文的方向由功能轉到結構，一樣是針對上述那些問題；不同的是，本文期望由另一條不同的途徑和方法，來對上述那些問題作更完整、更具體的討論。

　　因此，本文的方向，首先，我們偏重於從中國的文化觀念著手來討論：究竟我們的文化觀念對鬼片產生了哪些影響？其次，我們除了把中國的鬼片所包含的文化觀念以及特質作系統性的論述外，並先將中西「超現實主義」的幾個重要的觀念提出來作簡略的比較。在以後

的文章裏，我們將較著重在這個比較方向上。筆者希望由此能找出不同的文化觀念所製作出來的電影會有哪些不同？有哪些相同的地方？但是，這些問題仍然是與上述的哪些關聯在一起的。

事實上，中國電影（無論是那一類型的電影）對現代的中國人，還具有一個更重大的意義。

今天中國人的生活方式或學術研究，所面臨到的一個重大的問題是在於：我們如何能夠在西方文化的衝擊下，還能跟傳統的中國建立起緊密的關係。這個問題並不在於說，由生物學上的事實來看，我們身體裏都流著中國人的血液，而是在於，現代中國的「新的文化觀念」能使我們在心理上真正覺得自己體內是流著祖先的血液？

雖然，中國電影裏的鬼片還不能做到這一點——至少，目前為止是如此。但是，中國的鬼片它的其中一項成就，就在它使得我們（中國的觀眾）得以從這個類型電影裏，找到許多代表我們中國人的文化觀念。因而，從各個觀點作比較來看這個問題，我們更能意識到傳統文化對我們獨特的意義和存在現象是如何。然而，隨著這個成就卻引發出另一個問題。我們看到、也體認到，或許，某些文化觀念在這種類型電影裏是保留的很好，不過，它們並不是跟現代生活緊密關聯在一起。《閻王的喜宴》（見本文二、乙）在這個方面上雖然做得不太成功，不過這已是值得我們欣慰的，畢竟，這樣的嘗試和構想，在國片裏並不多見。如此，就整體來看，中國的鬼片的成就似乎擺脫不了有「逃避現實」的缺點。如果，我們的鬼片永遠只是沉醉在傳統裏而跳不出這個範圍，那麼我們真是在逃避現實了。這項成就也未嘗不可以說就是它的弊端。

當然，我們之所以說它有這項成就，絕大部分理由還是相對於當前中國電影的情況。實際上，這種既是成就又是弊端的現象，是相當

諷刺的；我們都能體會到，這種對現代生活有逃避的嫌疑，在今天的中國社會裏，卻能使得某幾代的中國人，一個能夠比較「真實」而直接（並且較不抽象）的面對中國某些傳統文化的機會。鬼片相對於其他類型的中國電影，這個特質對我們所具有正面的意義還是更多於負面的。

本文分為五大段。

第一段，旨在把前文裏議論功能的幾個觀點，清楚、簡明的羅列出來，以使本文及以後在行文上的方便。

第二段「影片分析」，這部分旨在對影片作「情節與結構」和「主題和思想」方面的分析；以使我們對這部影片所表達的東西先有一個清楚而概要的輪廓。而更完整的意義，則要再把它落入到鬼片這個類型的脈絡裏，我們才可以對某部影片作更客觀的論斷。此外，我們希望能找出它的優點和缺點。它本身的優點和缺點是不是能給予中國電影在當前所面臨的種種問題中，具有那些特殊的意義或參考價值。

第三段「悲劇與喜劇中的鬼」，旨在由不同的電影形式的表現作比較，以期能更進一步深入中國鬼片的特質。另一方面，隨著其中所討論的幾個觀念，我們順此把中西「超現實主義」幾點分歧而相當重要的基本立場作提綱挈領式的比較。

第四段「中國鬼電影的結構問題」是本文的中心所在。當然，在本文其他的每個段落裏，我們對前面一開始所提出的那些問題付出同樣的關心。甲「『報』的觀念」，在於指出什麼是中國的鬼片裏人鬼互動最基本的原則，更重要的，我們在乙後面的文字裏，再解釋這個互動的基本原則或觀念，乃是根基於中國人的理性觀念。這是我們在肯定鬼片的價值和意義時最首要的一個觀念，也是用以去除一般人對

鬼片抱以「鬼扯」的輕蔑態度的頭一步工作。乙「爲什麼是『鬼』，而不是『神』？」我們期望由題材的選擇，加以比較，來了解鬼片在中國電影中它所依據的文化觀念有哪些與衆不同、獨特的地方，尤其是，這與中國觀衆的心理或思維有著哪些不可割捨的關係。丙「中國人的思維結構」則討論到電影結構上的幾個最重要的思維模式。前面的甲、乙另一方面也給丙提供了某些了解上的基礎。

第五段「傳統或現代」所關心的主題已不只限於只有鬼片才會碰到的問題；我們所面對的是在於中國電影在「傳統」和「現代」的文化觀念之間掙扎時所面臨的一些問題。

《山中傳奇》所要表達的幾個訊息，我們〈初探〉一文裏簡略的談到一些。我們在〈初探〉中的討論最主要是去肯定《山中傳奇》裏的鬼對於影片在表現上所有的功能。也只有先將這一層最不爲人所了解、所接受的表現方式解釋清楚後，我們才有可能對《山中傳奇》的成就作更進一步的了解。由於本文所著重的方面既在於電影的結構問題上。因此，我們在這裏也只能偏向於這一方面的說明。但是，由於《山中傳奇》影片裏所運用的「傳統」的結構觀念，不但較不爲人所熟知，而且還有可能被我們（在〈初探〉中筆者也犯了這個錯誤）拿西方的藝術觀來否定這部影片的藝術水準；因此，這已是觸及到拿西方的藝術觀來批評中國的藝術是否得當這個普遍性的問題；所以，筆者將它獨立到另一個段落裏，把它和《再生人》在「融合」（我想說「融合」這個字眼用在《再生人》身上是相當不恰當的；勉強加之其身，它的成就也一定比不上《閻王的喜宴》）「傳統」與「現代」所犯的大錯誤放在一起看，主要也是期望這點淺見能對中國電影在以後這個方向上能有某些參考價值。而對於《山中傳奇》更完整而詳細、客觀的批評，我想應把它放在胡金銓導演一系列的作品這個脈絡中來

中國電影「超現實主義」表現手法：再探　四九

討論才是公平、妥切的。

一、前文提要—功能分析

在〈初探〉❷一文中，筆者嘗試將中國電影裏的鬼在影片中的功能(function)指涉出來，現在再將其整理、條列出來，以便本文在分析中國鬼電影的結構(structure)問題時，能由於功能關係與結構關係的互相對照下，將中國「超現實主義」不同層面的特質予以勾連在一起，進而使得我們以後在將中西「超現實主義」作比較分析時，二者之間的相同與不同的關係在各方面都能清楚的顯現出來。

對《陰陽怪談》(導演：丁善璽)的分析，我們得到的結論：影片中的鬼

甲、外顯(manifested)功能：鬼肯定、加強我們的文化觀念。

乙、潛在(latent)功能❸：鬼彌補、安慰我們文化中矛盾、不完整
　　　(不完美）的一面。

《地獄天堂》(導演：王菊金)裏的鬼

丙、外顯功能：鬼對我們的文化觀念提出質疑，甚至批判。

丁、潛在功能：鬼的世界作為人類社會改進上一個可似借鏡的方
　　　向。

戊、伴隨著丙、丁兩項功能而生的，鬼（鬼的世界）有將現實
　　　(reality)的現象「減低熟悉度」(defamiliaization)的功
　　　能，而能使觀眾對現實有新的發現與審查；並可造成一種客
　　　觀的距離（也就是美學上所謂的「心理的距離」(psychical
　　　distance)。

《山中傳奇》(導演：胡金銓)影片中的鬼

己、把人世間爭名奪利的現象，用一種更爲切身（脫離永世的不
　　得翻身，備受煎熬之苦）的情境表現出來。

二、影片分析

甲、《人嚇人》（導演：午馬）

1.情節與結構

　　《人嚇人》由朱達長（洪金寶）的一場惡夢而揭開序幕，這種手
法在國片裏確實相當少見。這場惡夢之值得我的重視，是因爲在夢中
朱達長扮鬼嚇唬一對姦夫淫婦，卻想不到他自己最後眞成了鬼（被淫
婦的鬼夫招死）。這個惡夢的結果（朱達長作了鬼）竟然也發生在現
實世界裏！

　　朱達長爲了幫助童年的好友馬祥麟（午馬）報他遭人謀財害命之
仇，而把身體「借」給馬祥麟，馬祥麟雖憑著眞本事（功夫而不是法
術）報了仇，孰料「借屍還魂」的時辰已過，朱達長的靈魂再也無法
與軀體結合，朱達長因此作了鬼。

　　這兩場戲的特點同樣都是，由於朱達長爲了伸張正義、好打抱不
平這個動機而來，而兩件事最後發展的結果反而都給他招來殺身之
禍。這種「眞」(現象)與「假」(夢)的不可分與一致性，不但構成了
本片的情節結構，而且也成爲本片的主題之一。

　　由於這種「眞」、「假」所造成影片的能力，我們另外可從影片的
另一個角度來看：詐騙相對於眞誠。

　　整部影片一連串事件的相繼發生乃起因於馬祥麟的詐死
（「假」）。馬祥麟爲了爭取父親留下來的遺產，於是他與一對夫妻串

通好要來騙取這份遺產。朱達長的介入是阻撓這個騙局進行的因素之一，也由於他的誠心相助（「真」）（開膛剖腹要驗馬祥麟的「屍」）給馬祥麟帶來了不少的困擾。影片前半部的戲劇張力就維繫在這種「真」與「假」彼此相持不下的情形。

當那對夫妻在無意中發覺他們可以不跟馬祥麟合作也能得到遺產時，於是他們設下圈套殺死了馬祥麟。這時詐死成了真死（「假」成了「真」）。但是，騙局還在進行，破壞（但不是揭發）這個騙局的不是別人，就是已成了鬼的馬祥麟（陰魂）；而「身體」則是「借」用朱達長的。就中國人精神與肉體的不可分而言（見後文四、丙、1），在此「真」、「假」已不可分了──也不必區分。

騙局雖毀了，受害者（朱達長）卻又多了一個。而在劇末時，小雲（真心愛朱達長的人）將朱達長從鬼門關救了回來，用的方法不是像馬祥麟之憑真材實料，而是用欺騙（「假」）的方法（用酒將押解朱達長的小鬼灌醉，並將朱達長藏起來）。凡此種種，常常給人一種影片中「假」的力量更甚於「真」的力量的感覺。這些個極富變化的「虛假」（見後文四、丙、3）的戲，也就是「影片」所強調的「真」的地方。

2. 主題與思想

前面我們說過本片的主題之一就是這種「真」、「假」的不可分。既然劇中人物不斷周旋（見後文四、丙、4）在這種「真」與「假」的情境之間，那麼他們生活的原則又該是如何呢？朱達長在從鬼門關重回人世時，抱起小雲然後說道「做人不一定要活得長久，但一定要活得精彩。」，這種「及時行樂」的論調，當然不及第一個主題來得遍及於全片，所以它也只能歪歪斜斜的支持劇中人物的「行的哲學」。

乙、《閻王的喜宴》 (導演：丁善璽)

1.情節與結構

　　《閻王的喜宴》在所有中國有關鬼的電影中，我想是最能與現代社會緊密勾連在一起、也是極富時代意義與精神的片子。這個使得中國鬼片所牽涉的層面更為寬廣的特色，首先在本片那絕妙的開頭中即表露無遺。

　　片子開始的時候，銀幕上出現一排排身著中國古裝衣服的人，個個埋頭於算盤之中。電影所塑造出來的氣氛，觀眾馬上就能感覺到「速度」、「大量」(工業社會的特色)的味道。而接下來的對白，的確也反應出這麼一種情境。忽然，裏面跑出一個人來，向坐在一旁監督的碧麗公主 (這名字我們是到後來才知道的) 伸訴說點燈用的油又快沒了。原因是：「上面」(人世)不停的試爆原子彈，這使得他們的「生死紀錄簿」需要不斷的修改；唐山大地震一下死了八十萬人，造成「下面」(陰曹地府)的人要日夜不停的加班。

　　接下來的一場戲，閻王爺在宣判一名小偷 (葛小寶飾) 是應該上天堂還是下地獄的案子上，由於碧麗公主的指正，才發覺自己竟然判錯了。最主要的原因，乃在於「生死紀錄簿」上的資料「現在」常常發生錯誤了。

　　在這兩場戲的戲劇形式上，首先我們要注意到一點，本片在電影形式的表現上，已顯現出所謂「鬧喜劇」(slapsitck comedy)的型態。由於這種形式風格，更能使得本片在表現廿世紀文明那種混亂的情形❹更加出色。

　　其次，這二場戲說明現在的閻王老爺也無法控制生命的出生、預計死亡的數目，甚至都不能正確的判決某人死後 (鬼) 是應該到哪個

世界去報到（因果報應的無法實現）。這一切的差錯，也正反應地府「資料庫」的不健全。

於是，閻王爺決定派人到「上面」去學習廿世紀最新的資訊科技——電腦，以求改善並建立地獄「資料庫」的健全與完整。陰司判官動身到「上面」請了電腦工程師林天鵬來地府「差事」。從此，林天鵬每晚八點半就上床就寢(林天鵬的太太也因而懷疑他有外遇)，入夢的時候也就是他到地府「上班」的時間（以後，我們會討論到夢在中西「超現實主義」裏的不同地位）。

林天鵬在一次整理資料的過程裏，竟發現他太太只剩下二十二天的壽命，於是他暗中竄改了資料，延長他太太四十年的壽命。導演藉林天鵬的口說「這是人類企圖以科技向死亡所作的挑戰！」。挑戰的結果，人類在現階段的科技發展上自然還不是死神的對手，所以，他太太死了。但是觀世音這時出現了，「她」（電影中認爲觀世音是女的）說由於林天鵬的太太「一念之善得以補回其陽壽」，而且還送了八個「娃娃」（象徵人類生命的繼續傳遞，雖然死還是威脅著人類。因爲人類尚有「善」之性）給他。

本片在情節的構想上，的確相當具有創意。導演利用電腦對這個時代的重大意義，把它延伸到「地府」（死亡）的層面上去，確能觸及到這個時代的潮流與永恆的問題（人類以新的能力面對死亡）上去。但是，導演在這個題旨上並未作深層的發揮。導演在情節的安排上，在在都藉重於電腦的重要性與世界的混亂，即使在衝突的製造上(林天鵬的太太欲與林天鵬離婚，林天鵬對「死亡」的挑戰)，也只是表面上的描述性居多。人性在面臨這種種特殊的個別事件中，如何表現出人之作爲一個人的存在，他的價值觀、人生觀會作哪些轉變、決定？他的思維受到哪些本能上與文化上的限制呢？片中的林天鵬是一個人，

卻是一個教人遺忘的人。

2. 主題與思想

本片有幾個重要的主題，其中之一在影片開始時我們便能察覺到。人類的科技發明（電腦）確實產生了劃時代、具有革「命」性的影響——不但人也有了重大的改變，而且這種發明更進而動搖了地府（死亡）對人的（這種辯證上的關係詳細情形見諸本文中的四）影響。

第二個主題主要在說明人類科技能力的有限——至少目前為止。人類企圖以科技對抗死亡(如果成功的話，人類便取代了神的地位)，但是，死亡並不受科技所決定。也許，死亡多少受科技文明的影響，人類還是需要一種超乎人類科技系統之外的信仰體系——神(如觀世音)——的存在。當然，我們也可以說這個信仰體系是與人性光輝的一面(如林天鵬的妻子的「一念之善」)並行的。

綜觀以上二部片子，我發現由於鬼的出現所引發出來的「因果報應」(如《陰陽怪談》、《山中傳奇》)的思想，在二部片子裏雖然也還存著，可是已經不是影片所主要要傳達的訊息了。

《人嚇人》中的鬼，我們可以從三個層面來討論。首先，馬祥麟死後借朱達長的身體，以達到他報仇（「報」的觀念，見後文四、甲）的目的，這時他的「冤」已報，所以馬的鬼魂也就消失了。其次，馬祥麟（已成了鬼）的苦苦「要求」(其實是強求)朱達長幫助他報仇。這場戲裏馬祥麟的鬼魂真是把鬼那種乞丐的本質（如果你不給他所要的，他會吵得你不得安寧）❺充分發揮。然而，以上這二點都不是與影片的主題所緊密相關聯的題旨。從上面的分析我們知道，片中將「真」、「假」弄到一種不可分的情境，完全是在於馬、朱二人最後都意想不到的成了鬼（此原先在他們以為這只是一種「假相」而已）。本

片中鬼的出現（功能），即在將現實界中人們所以爲的「假相」提升到人們心目中所謂的「眞實」同等的地位，這才是本片中鬼與主題密不可分的地方。

在《閻王的喜宴》裏，電影擺脫了冤鬼這種傳統的意識形態，鬼在片中是陰曹地府的代名詞，更正確的說是死亡的象徵。從上面的分析，我們清楚的看出導演利用電腦這種最新的科技，一者將死亡的問題「現代化」；另外，由於科技對死亡挑戰的失敗，因而也就給予死亡永恒存在的肯定。

三、悲劇與喜劇中的鬼

在〈初探〉一文所談的鬼片，在電影的戲劇形式上我們可將之劃入悲劇的範疇中。而在本文中的二部鬼片，我們則可將之劃入喜劇的範疇中。如此，在不同的電影形式中，鬼所扮演的角色有何不同？這個比較工作的先行，一方面在求對中國鬼片的特質更進一步的發掘，另一方面也在爲我們以後的中西「超現實主義」比較工作鋪路。

拜倫（Byron）曾在〈唐璜〉中將喜劇與悲劇的差異下一個相當簡明扼要的定義：

所有的悲劇皆以死亡作結束，所有的喜劇都以婚禮爲收場。❻

這個定義使我們意識到，在悲劇與喜劇的差異中死亡與人類生命的延續（婚禮）的對比。但是，我們還要注意到一點，雖然，《人嚇人》與《閻王的喜宴》二片在最後的收場裏都有與婚禮十分相關的意義（人類生命的延續）的呈現，然而，劇中的人物（朱達長、林天鵬的妻子）都是死而復生的。爲什麼會這樣呢？

我們再看一段以下有關喜劇的特質的話，那麼問題就能真相大白，而且我們也可以把問題延伸到更寬廣的層面上去，而不只是局限於此：

喜劇是一種逃亡，並不是逃避真理，而是避開絕望；❼

在〈初探〉一文中，我們看到無論在《陰陽怪談》、《地獄天堂》或《山中傳奇》，鬼的出現幾乎都是「正面」指涉出人類社會的缺陷、文化的漏洞（其實這種現象乃是由於悲劇的本質使然）。在這些悲劇片中鬼的出現也能對絕望作最後的補償（見本文一之甲、乙），進而使人面對真理（見本文一之丙、丁）。

而在喜劇的範疇中，中國電影很矛盾的一個現象就是：影片中所表現的既如早期影壇喜劇演員代表人物之一的麥克‧森奈特（Mack Sennett）所言：「生命之笑柄即是尊嚴的喪失。」❽但是，卻又在影片結束時表現出人性中高貴的一面（在此電影形式又近乎悲劇的風格，如小雲備嚐艱辛將朱達長從鬼門關救了回來；林天鵬妻子的「一念之善」）；不但把人的尊嚴又挽救了回來，而且是「避開了絕望」。

在中國鬼片中這種對人的肯定（這也就是我們將在後文四、乙的3.中所提到的「人文主義」）是西方「超現實主義」所沒有的。

西方「超現實主義」「把所有不同時空的東西並列的結果，說明了一種想把統一、協調帶入我們所處原子世界的苦心」❾，但它以這種方式來「企求統一戰」卻「含有對人的侮蔑，因為每件東西都同等重要，人類就失去了他的卓越性及權威感了。」❿

另外一個使得中國的鬼片充滿「人文主義」的原因，是由於中國鬼片裏的鬼、鬼的世界，歷經幾千年來文化的灌輸，中國人早已是耳熟能詳了。

在這方面我們求證於所謂的「志怪小說」。在中國所孕育出來的鬼怪小說，數量之龐大也許不是其他民族所能望其項背的。六朝的「鬼神志怪書」在這方面首開其風，唐傳奇更擔負起承先啟後的工作，北宋時代，「志怪的作品仍得風行一時」❶。明清之時志怪小說又蔚為「風尚」，以蒲松齡的《聊齋誌異》和紀曉嵐的《閱微草堂筆記》為最著；而儼然為當時此道「祭酒」的《聊齋誌異》不但是「和易可親」❷，而且還是「雅俗共賞」！❸

由於這種文化背景的緣故，中國「超現實主義」的表現，在許多前提上中國的觀眾早已是耳熟能詳了。對視覺這種複雜、必須經過學習的活動❹而言，西方「超現實主義」將物體抽離出平常的情境，轉換到「任意的、令人吃驚的」位置❺，這個觀點下所製造出來的電影，對我們而言那才是真正的「鬼扯」。對中國觀眾，石雋青（《山中傳奇》）的遇鬼所帶來的驚奇，絕對比不上《奧菲遺言》（The Testament of Orpheus）裏的考克多（Jean Cocteau）死了又爬起來的那幅情景。中國人所能理解的人死了又爬起來的情形，是像《山中傳奇》裏的樂娘——是鬼爬起來而不是人。

我相信西方「超現實主義」在很多方面，使得中國觀眾不能理解的其中一個重要原因（要素），是由於西方人牛頓的「位置學說」❻與中國人「有機哲學」（請見後文）根本上的衝突所致。

這種電影與不同文化背景間的問題我們在本文中的㈤將會再碰到。

底下我們先來討論中國鬼電影的結構問題。功能分析雖然多少指出了中國的鬼片的特質，也說明了它與中國文化間的關聯，但這僅能使我們見到「樹」、見到「點」，但尚無法看清整個「林」、整個「面」。用這個角度來審查「客體」（電影），我們所掌握的一些觀念與問題，看

起來只是解決了幾個比較關鍵性的地方(點)。這幾個關鍵性的地方，雖然闡明了影片某些要素彼此「相互關聯的方式」❼，但是影片中幾個主要思維觀點的運作情形，我們並不十分清楚。如此，我們目前為止所攫獲住的只是「靜」(static)的一面。要打破這種僵硬的情形，我們必得訴諸對影片本身結構上的探討。在這裏要分清楚的一點，我們這裏所討論的是「電影影片本身的結構關係」，而不是像法國《電影筆記》(*Cahiers Du Cinéma*)之以「結構主義」(structuralism)的觀點，把約翰‧福特(John Ford)的《Young Mr. Lincoln》的歷史背景(包括當時好萊塢的情形)，與林肯有關的著作、法律等與影片勾連在一起的分析方法。

結構層次的關照，不但用以反應出對「過程」的了解(如此，我們則進入到「動」dynamic 的層次)，把影片本身各部分勾連在一起，而且，進一步將我們所提過的片子都關聯在一起。這些影片的主題與目的之所在，我們由於能用相同的方法(見四、丙、2.)把它找出來，所以，我們所得到的結果不只是問題之間的相關性，有時候我們甚至可以用問題來解決問題 (當然，也有可能引出更多的問題來)。

這個方面的探討，不只在於對影片「各部分之間的關係的著重」❽，更重要的是，由於我們能經由這條路徑進入到中國人的思維方法 (深層結構) 對電影創造過程上的影響，而這種關切更深深的與中國人的宇宙觀密合著。這將使得許多問題更能與中國文化背景相關聯，相關聯的結果，也許能使我們更清楚今天中國電影的問題是出在哪裏。 (請見五)

四、中國鬼電影的結構問題

甲、「報」的觀念

不只由於在中國哲學的探討方向裏，對人事的相互關係的考慮是最爲首要的❶，而且，根據楊聯陞先生的說法，「報」是「中國社會關係的一個基礎」❷。對於人鬼之間的關係，我們不得不先從「報」這種人事間互動的基本原則著手。

「中國人相信行動的交互性（愛與憎，賞與罰），在人與人之間，以至人與超自然之間，應當有一種確定的因果關係的存在。」❷這種的「交換行爲」❷，在積極方面，所表現出來的就是報恩的行爲；在消極方面，所表現出來的就是報仇的行爲。

在這裏的討論，我們所涉及的自然是有關於報仇的這個層面；不僅因爲這種鬼的報仇的觀念具有相當的普遍性──人類學家發現在初民社會中初民（primitive man）亦有此觀念❷，再者，中國人的觀念中，鬼除了給人帶來各種的不幸外別無其他❷。鬼的行爲，既是依人世間的習慣與價值的標準來決定❷，鬼的出現報仇乃勢在必行的行爲。但是，在人世中既有「君子」道德與「小人」道德，兩種不同道德標準的同時並存❷，所以，《陰陽怪談》中的柳天素之爲一名仁醫，卽使成爲冤鬼，他的行爲並不像《人嚇人》裏的小人馬祥麟那般急於去報仇雪恨（我們看到的是「仁心」與「憤恨」的強烈對比）。但這並不是說影片裏報仇的觀念就沒有了。導演用快刀趙雄來表現這種意識形態。《山中傳奇》裏同樣都成爲鬼的樂娘與崔鴻至、莊依雲，彼此對報仇態度的不同，便足以反應出這種二元道德的並存。

然而，對我們以後中西「超現實主義」的比較分析的方向上，我們所最關注的是：鬼不僅是依理性（當然是中國人的理性觀念）的行爲（報仇）而行，而且鬼更用來彌補理性不足以解釋人世的因果關係（「善

有善報，惡有惡報；不是不報，只是時辰未到（鬼）」）。所以，鬼的出現在中國電影中，是與理性並行的。此與西方「超現實主義」的興起，在於表現和摒棄人類「非理性」（irrational）思維層次❷形成強烈的對比。

乙、為什麼是「鬼」，而不是「神」？

關於這個問題，首先，我們要問：為什麼在中國電影的發展上，鬼電影確實要比有關神方面的電影要來的多？其次，更關係到本文的主題，為什麼是鬼而不是神，在中國的電影中擔負起在本文中我們所指涉出來的那些「大任」？

這二個問題其實是二而一的，以下我們將從三方面來加以討論。

1.經濟因素

談論電影這個廿世紀文明的產物❷，而忽略了經濟因素在當中所扮演的角色，那不僅會落入「化約論」（reductionism）的窠臼，而且是無視於電影的本質與限制。泰倫斯・馬勒（Terence St. John Marner）說：「成功的導演不但要保持其藝術的完整性，同時還得是個流氓。」❷也許這句話在用辭上強烈了些，不過這確實說明了電影是「一種奇妙的藝術與商業的混合體」❸這種特性。

有關神的電影（請比較我們後面將提到的，把某些歷史人物神化的電影與此的差異），一般說來，在成本上要來得比鬼片高得多。一方面，神的「千變萬化」是金錢「變」出來的；另一方面，為要求「視覺上豪華的佈景」❸來裝飾神的排場，或萬人空巷的場面，有時甚至牽涉到天災人禍的大手筆，經濟因素自然是個基本問題。最近的例子，我們可以想想徐克的《新蜀山劍俠》與科技間的關係。鬼在中國電影裏，最簡單的一件白袍即可與觀眾見面，而且往往這種裝扮最能營造

出神秘、懸疑的氣氛與複雜的心理反應。顯然在經濟因素上，神比鬼要來得和觀衆的「距離」遠。

但是，我懷疑這個問題主要還是由於中國人的價值觀在作祟。人們與其將幾百萬的金錢，花在只能讓觀衆「瞻仰」九十分鐘的「賽璐珞」(celluloid)上，而過了一個月後就「神踪渺茫」，不如將之用在平常的寺廟之中。至於說，像西方人用拍電影（如《摩西》、《十誡》等片）來宣揚神蹟與教義，在中國電影史上更是少之又少。

當然，在「經濟因素」這個項目裏，我相信有比我想像中更複雜的「寫實」事件對電影產生極大的影響。對於這種種的有關經濟方面的個別事件，並不是本文所能討論的。而往往這也不是每一位導演所能預期與控制的。因爲，畢竟「流氓的導演」似乎並不多見；所以，在這方面普遍性原則很難建立起來。在本文中，我所關注的這個因素，因此便著重在上面所討論的，把中國人對鬼片與神片在某些方面由於價值觀的差異，而造成鬼片比神片多的原因。

經濟因素在這個問題，雖處於基本的層次上，但卻不是最重要、最具有決定性的因素。

2.非規定性的宇宙觀

中國人宇宙觀的基礎，既然是強調「秩序」、「和諧」的觀念，而不是追求一種「權威」的理想。「秩序」的概念排拒了「律則」的概念，所以在「中國人的理想裏，沒有上帝和律法。」❷更確切的說，中國人並不處於「規定性的」(prescriptive)社會體制中。中國人的社會乃處在於「人與人的善意諒解，以及相互依持和團結的柔和體制，此種體制永不立基於絕對的法令和法律。」❸在這方面，鬼給人所帶來「機械的、強逼的以及外在逼迫的」❹可能性要來的少；但是，神人間的往來就得有一定的程序。如此，在題材的選擇上，鬼比

神能給予導演更多的自由。有時候，導演甚至可能將鬼的行為立於社會的道德、規範之外，而達到對社會規範、文化觀念維護的目的或反省的機會。鬼片裏的女鬼在這方面的表現最為明顯。我們看到《喜怒哀樂》的「喜」裏面的甄珍和劉明，她們二人先後的出現，給予整部影片的諷刺力量，就在於她們那超越了社會允許的行為上。同樣的例子，我們並可在《雪娘》（導演：姚鳳磐）裏看到。神在這方面，就沒有鬼如此具有戲劇性的張力(社會規範之間的掙扎)與行為上的彈性。

中國人如果真要拍一部關於神的電影，他不會去拍一部純純粹粹是關於某一尊神的電影（例如，像《摩西》、《十誡》之類的）；真正的問題所在，恐怕並不是在經濟因素上，而是在中國人的文化觀念、價值觀上與西方人迥然不同的緣故。

這種對神的態度上的不同，我們可以從中西方對不朽的觀念上的差異來尋求。「西方人的不朽，在其死後到別一個世界去，中國人的不朽，則在他死後依然留在這一個世界內。」㉟ 神對中國人而言，像天與人那般的遙遠與不可及 ㊱，鬼對中國人而言，就像人與地的關係（這一點我們在下面會再討論到）。中國人所關心的是「人的生命，⋯⋯應該反映在別人的心裏始有其價值的。」㊲ 中國人心目中最「神」（生動)的神，是那些曾在中國歷史上活活潑潑的出現的偉大人格。對中國人而言，勾踐的臥薪嘗膽比所謂的神更「神」(不只是生動而且偉大)。我們都領教過《西施》一片的場面浩大為中國電影史上所罕見，但是，影片中的人物都是歷史人物而不是神。

劉、關、張桃園三結義所以傳為千古「美」談，這便在於「中國道德不重視戒律，而重視行為的模範」㊳，「中國道德傳統，最注重效法先聖和前賢」㊴。更重要的是「中國道德教育是藉藝術的方式來感召，而不是以戒律來規範。」㊵ 因為「只有透過藝術方式表現的活生

生的聖賢模範，才容易引起我們的體會或思慕。」❹像《陰陽怪談》的柳天素這種「幾乎具備著聖賢似的道德修養」❷的人，才是與中國人生活上、理想中最接近的「神」。

筆者想起多年前觀賞《摩西》、《十誡》等影片時，不時聽到場中間或傳來輕蔑的笑聲，當時只覺亦有同感，只是不知何以然。而今回想起來，這大概就是中國人神規定性的宇宙觀和「中國道德以情爲主」❸所使然吧！

3.現世主義的宗教觀

現世主義的宗教觀在《閻王的喜宴》一片裏，導演那種對閻王和地府的關注更甚於對觀世音和天堂；這對於外國的觀衆來說，委實是很敎人納悶的。西方人也許要問：難道中國人對撒旦（閻王）比對上帝（玉皇大帝）要來得更關心？

關於這個問題，第一點，中國人心目中的閻王絕不是像撒旦在西方人心中的地位那種情形；而中國人對玉皇大帝的觀念也不是像西方文化裏至高無上、造物者的上帝的觀念。這二點，「在其他民族中，一般人信仰宗教的目的，大都爲求升入彼界或天堂。……但中國人一般信仰宗教的動機，則充滿現世主義的動機。中國人希望神賜予我們力量時，大都是希望神助我們解決實際的困難，並非望神助我們從此世間得著解脫。」❹影片裏神（觀世音）出現的場面只有一次，那就是林天鵬的太太被鬼奪去生命之後。陰司判官是從頭鬧到尾。閻王在電影出現時還刻意加以放大成顯得與一般人特別的不同，宛如「天神下降」；玉皇大帝壓根兒就沒在片中露過臉。「玉皇之所以不及閻王爲人所崇拜，因玉皇只管天上諸神而閻王則管人。人之生死，及其來生之富貴貧賤，全靠閻王的一枝筆。」❺「因爲天與我們實際生活的關係，似尙不及地之直接。天之能生萬物以養人，乃全靠地能長育」❻，

所以閻王在一般人心目中的地位，較玉皇重要得多。」**❹**

　　基本上，中國人之無意於在電影裏表現對神的崇拜，也不在於要宣揚神的偉大，更不會有宏揚所謂的教義這種規定性的東西；乃是由於中國人對現世的關注，與隨之而生（也許應該說是並行）的「人文主義」的精神**❹**，造成中國電影中這種鬼與人不可分離的緊密關係，而不是神與人之間的關係的電影形式。

　　底下我們所討論的中國人的思維結構——甚至其中有的是人類普同的思維結構（見丙中的2），多少也對這個問題作了補充說明；雖然，其主旨並不在此。

　　在甲、乙二項中，我們的討論幾乎都是集中在：爲什麼鬼與中國人的關係這麼緊密呢？「報」的觀念解釋了人鬼之間互動的基本原則；鬼神與人之間關係的比較，更進一步說明了中國人的宇宙觀、價值觀、宗教觀才使得我們選擇了鬼來「講」我們的「理」。前面我們說過，中國鬼片裏的鬼是與理性並行的。這邊我們所說的「講理」也就是「理性」。我們之所以承認鬼是電影裏面有意義的、有價值的重要成分，就是基於這個理由。中國人幾千年來所揭舉的爲眾人所信服的，並不是多數人的意見就一定合理。只要你「有理」便能「走遍天下」。鬼片之不被中國人斥爲「鬼扯」就在於我們說的「什麼也大不過理字」。中國人的民主並不是西方人少數服從多數的民主，而是在於我們也能聽聽「鬼講道理」，說得合理我們自然就接受。

　　這個「理」，基本上，就是儒家所講的理性。「在儒家，我們可以看見理性的勝利。儒家所尊崇的，不是天，不是神，不是君主、國家權力等，並且亦不是多數人民（近代西洋要服從多數）；祇有將這一些（天神、多數等）當作一個理性的代名詞的時候，儒家才尊崇他。」**❹**我們所詳細討論過的這五部片子，其中有些論點與觀念雖然不是純

粹儒家理性主義思想下的結果；但是，這一切思想（不論是儒、釋、道）所以能給觀眾某種程度的說服力，就在於我們中國人對「理」的信念。用這種方式來了解中國電影裏「人鬼同臺」的關係，就像我們可以了解「在其他社會，兩個宗教不能並容，在中國則兩個宗教可以相安。」❺這個現象是一樣的。

為什麼在這裏我們又要將前面的甲、乙二項的觀點，把它們跟「理」的觀念連結起來呢？這與中國鬼片的電影結構有什麼相關？

既然我們說過以「人鬼同臺」來說理是中國鬼片的特色，那麼頭一點對結構觀念要說明的，就是要針對這個特點，將人與鬼最基本的關係(relations)交代清楚。在甲、乙二項中，我們已漸漸由前面「靜止」的分析狀況進入「動」的運作情形。電影本來是一項最寫實的藝術，在這裏卻成為一種最虛妄的媒體（鬼的介入），但卻又能將觀眾拉回到現實的層面；「理」就是這一個關係網絡交織在一起、最根本的出發點。

既然我們已將結構的觀念中「關係」的問題有一個基本的說明，底下我們就轉入到結構的觀念裏「整體」(wholes, totalities)的層次。事實上，「關係」與「整體」自然是有不可分的關係。只不過，我們在文章的次序上強調的方向不同；底下雖然以「整體」的觀念為主要討論的目標，但是，我們還是能看到「關係」的觀念。因為，沒有「關係」哪來「整體」的架構呢？

丙、中國人的思維結構對鬼片的影響

1.「陰」「陽」合一

中國哲學家的主要問題之一既在於：能使人與社會完美的德性是什麼？所以，這一哲學體系在在所關切的就是人與人文主義❺。因而，

「人的內在精神」也不是中國哲人的主要課題❷；「相互關聯的觀念……，取代了因果的觀念……。」❸這一點對中國電影（不論是不是鬼片）的「深度」問題作了很重要的一個指示方向。再者，物質與精神的交融為一體的觀念，對中國人來說，就像人內在精神與外在經驗的息息相關是一樣的。而不會隔離成為「最內在精神本質與最外在存在關係之反省」❹的思維觀念。這表現在中國人的生活方式是「互相依存和互相協助」❺；表現在中國人飲食的習慣上是「集體分享」❻。表現在中國電影中的，就在於人鬼之間那種不容易區分的現象。但是，即使是中國人所稱做（與西方人思考方式不同）的直觀的思考方式「只有在不分辨直觀（自己心靈的觀察）與理智（對事物的觀察）所具的分別性時才能說得通。」❼人鬼這種交融的狀態在某種程度上，雖然擴大了我們的視野與思考範疇，但是，在本質上，這種「陰」「陽」合一的思考方式也使得我們的視野與思考範疇有所限制。要打破這個限制，採借西洋的東西，變為己用再加以融合，這當然是沒有什麼爭辯的。但是，如果「沒有根本的認識，而能為徐徐有步驟有計劃地調遷改變」❾，則「於此演變中，在中國人總不免情急而指望著變得一結果出來；但正面結果往往不可見，其所有者只是中國社會自身引入更深一度地崩潰而已。」《再生人》(見五、乙)就是這種「自救適成為自亂」❻的例子。

這是我們在討論中國鬼片的結構問題的最基本的觀念——「陰」「陽」合一時，所必須要說明的兩個重要的問題——它的「優點」與「缺點」。因為，這不只關係到鬼片本身的問題而已，我相信，這也是所有中國電影的一個大問題（再說下去的話，恐怕就不只是中國「電影」的問題了）。

當然，這種結構關係並不是就意味著中國的鬼電影裏「陽」界

（人世）與「陰」界的不分。「陰」「陽」合一的觀念和本文前面的一、中對鬼功能層面的指涉，最主要的在指出「……中國人是要在宇宙萬物之中，尋出基本的一統與和諧，而非混亂與鬥爭。」❻ 在這個和諧的宇宙中，當然是將「自然（自然與超自然）與社會」❻ 一起包容進去。這個觀念和我們在前面（乙、2）所提到的「秩序」的觀念是一致的。

底下2、3、4所討論的，就是這個交融、和諧、秩序的有機宇宙觀在電影裏運作的情形；並且，它是如何影響鬼電影的結構問題。

2. 分離（seperate）又聯合（unite）

李約瑟（Joseph Needham）雖然在《中國之科學與文明》一書中，明確的指出：鬼是中國人思想的投影 ❻；但是他並沒有對這個問題作更進一步的說明。在此我們將借用人類學家芮克里夫·布朗（Radcliffe-Brown）在研究澳洲一個部落的社會結構（social structure）時，所尋找出來的「一種普同的人類思維的形貌（feature）」❻，用來嘗試說明中國的鬼片普遍的結構原則之所在。

布朗在研究澳洲一個土著部落時，發現在這個部落裏有二個半偶族（moiety）❻，一個叫鷹族（Eaglehawks），另外一個叫鴉族（Crows）。這兩族以前原來是兩個分開的、不同的民族，後來在澳洲現在他們居住的這塊土地上碰頭了，並打起架來。最後，這兩族揮手言和，並同意在未來的日子裏，鷹族的男子要娶鴉族的女子為妻，或者是鴉族的男子要娶鷹族的女子為妻 ❻。

然而，引起布朗感興趣的並不只是這兩個半偶族彼此之間行外婚制（exogamy）而結合在一起。他還注意到這二個分別以鷹和烏鴉作為他們的圖騰（totem）的半偶族，他們之所以結合成為一個部落，是藉著二種不同的鳥（圖騰）而結合起來 ❻。在澳洲還有其他以不同的動物作為圖騰的民族，為什麼偏偏會是這二個民族結成為一個部落呢？真

正的問題應該是：為什麼是這二種動物（鳥）呢❻❽？這是布朗所最關心的。

　　布朗的解釋是，由於鷹與烏鴉都是肉食性鳥（這是牠們相同的地方），在覓食的對象上牠們是處於爭奪的、衝突的立場；所以，基本上牠們是互相對立的(opposition)。老鷹是天生的獵人(hunter)，但是，烏鴉卻是天生的偷獵人獵物的鳥。布朗以為當地的土著乃是以他們社會關係中的友善(friendship)與敵對(antagonism)，來解釋這二種動物之間的相似性與差異性❻❾。這種關係反應在他們的社會結構上，就是一種由對立的狀態所引發出來的既分離(seperate)又聯合(unite)的關係❼⓿。

　　相當有趣的，布朗並引用中國陰陽哲學（「一陰一陽之謂道」）的觀念來解釋澳洲這個部落的社會組織，並支持他這種論點❼❶。

　　我們這裏要借用的觀念，並不在布朗所認為的人類是以一組組對立的觀念來思考這個方向上。因為，這點並不足以說明中國鬼片結構上更詳細的情形（這在前面我們已作過說明了）。我們將著重在由對立的立場上所引發出來既分離又聯合的關係這個方向上。

　　事實上，這種結構上的關係，在中國人日常生活裏對鬼與人之間關係的處理就存在著。伍夫(Arthur P. Wolf)說：「鬼這個範疇永遠是相對的：你的祖先對我而言是鬼，反過來說，我的祖先對你而言也是鬼。」❼❷這當然並不是說我的祖先對我來說就不是鬼，而是說「這種關係就像是：你的親人對我而言是陌生人，而我的親人對你而言也是陌生人。」(ibid)這些對我們來說是陌生的鬼，才是像乞丐與強盜一般❼❸——分離，而我們的祖先則是庇護著我們的——聯合的關係。這兩種關係都是由人鬼兩路這個對立的立場所衍生出來的。

　　人鬼兩個不同的世界，是所有鬼片必須要有的前提。這個前提也

就構成所有鬼片在結構關係上對立的這項基本性質。所有鬼片的主題與思想，就是從這兩個對立的世界，以辯證的(dialectical)方式傳達出來。這種辯證的過程所表現出來的，就是這兩個世界優勢情形的交替進行，有時是「陰」(鬼)佔優勢，有時是「陽」(人)佔優勢❼。另外有一種辯證過程更能統攝所有鬼片的主題與思想之所在，這個辯證過程就是下面我們將要說明的「分離」與「聯合」的關係。

我們都可以在所有鬼片裏，發現導致「人鬼殊途，幽冥兩路」或者是由人變成鬼的原因──「分離」的原因，也就是影片的主題與思想所在。而且，我們也可以說，電影的基本戲劇張力與衝突，就是立基於這個「分離」事件的發生過程中。但是「分離」的目的並不是為了「分離」而是為了「聯合」；「聯合」事件的發生引起影片另一個戲劇張力，它可能是前面一個衝突的解決，也可能引發出一個新的衝突產生。「聯合」──鬼與人之間產生互動關係（我們最常看到的情形是人鬼之間難以區分的現象）──的原因或結果同樣表達了影片的主題與思想之所在。所以「分離」實蘊含著「聯合」的發生，而「聯合」的結果再度導致了「分離」的造成（觀眾這時也就與戲院「分離」了）。

這種「分離」與「聯合」的結構形式，並不一定要按照我們上面所講的先「分離」(我稱之為「分離1」)然後再「聯合」而「分離」)我稱之為「分離2」的次序。《山中傳奇》的結構形式，就不是按照這一個步驟來進行影片的發展。我們起先看到的那幾場戲，導演並不是用來引導「分離」事件的產生，而是用來作為「聯合」事件的發軔。「聯合」過程在石雲青與樂娘「蜜月」的那場戲上達到一個頂點，接下來這個「聯合」的過程便慢慢呈現出「分離」的傾向。但是我們要注意一點，這時破壞這個「聯合」過程的，是有兩個「分離」

的因素在拉扯它。一個是「分離1」，一個是「分離2」。我們要追問的是，這樣一種與別人不同的結構次序對影片本身的意義有沒有什麼影響？也就是說，這個特殊的結構次序對這部片子具有什麼樣的意義？

我們都記得在《山中傳奇》裏，導演所要表現的其中一個主題，就是在劇末時石雲青那種對於「現實」（眞）與「夢」（幻）的難以區分。《山中傳奇》開始時就朝「聯合」這個方向走，這時導演不也在傳達人（眞）鬼（幻）的難以區分這個訊息嗎？所以，這個特殊的結構次序就在對本片「眞」「幻」難以區分這一個主題的呼應。

這是我們對相同結構形式裏的特殊情形的分析。底下我們來看看一般的情形，並希望也能使我們把「分離」與「聯合」之間的關係看成是個連續，而不是兩個截然分別的極端。

在《陰陽怪談》裏做爲人和做爲鬼以後的柳天素，在他個人情境上的改變以及把整部片子的局勢扭轉過來的這個過程——「分離」，確實給予全片最高的戲劇張力。但是柳天素之作爲一名儒醫，他的仁心仁術的最高境界的表現——死後還不忘那些在陽世的病人，他還沒給他們開藥方，是在他死後作了鬼才在影片中表現出來。人鬼的對立關係，在此我們明瞭，在導演的運用下，已由「分離」而轉到「聯合」的情境中。

「分離」的情形，也就是柳天素由人變爲鬼，在於呈現人性裏兩種力量之間的衝突——救人（柳）和絕對的自利（師爺）。「聯合」的結果，也就是鬼（柳）與人互動的現象，就在說明影片的主題思想——「仁」的最高境界。

雖然同樣主題的發揮，一樣可以在單只是人世這個面來展現，不同的就在於鬼片裏加了一道死亡的界限，生和死的對立情形就造成了

這種震撼人心的效果。

事實上，由於死亡後情形（鬼）的加入，人們更可以意識到時間（現在──生──與未來──死）這個第四度空間的問題。在「每一個劇本都製造了這種可以預見的未來……未來看來已經是一個實體，在現在之中孕育。」❼❺「分離」與「聯合」之間的關係，也由於現在和未來這個時間向度的因素，使我們更感覺出一種流體的性質來，而不像二塊石頭，它們只有在碰撞後才能激起火花。

3.「虛」「實」之間

我們都明瞭，大部分中國的鬼電影都是以古裝的形式來演出──如果有人將《閻王的喜宴》劃入時裝片的範疇，我想是沒有多大的爭辯；但是，我們要注意到，《閻王的喜宴》一片中，陰曹地府的人在地府中可是古裝的打扮。這種時空上的距離，也就是能給予我們提供一個客觀的距離的理由。這是「減低熟悉度」（defamiliarization）的方法裏最常用的一種（在電影裏）。中國電影進一步的做法是造出了一個「鬼的世界」──現實界所不存在的東西；雖然其中有些觀念我們早已是習已為常（請見本文中三），但是對我們的眼睛來說，我們並沒有「看」過；況且，古有名言「百聞不如一見」，所以，在心理層次上，這對我們來說還是一個不熟悉的世界。

在西方電影裏，對於「減低熟悉度」這個觀念表現的最強烈的就是「超現實主義」（surrealism）。基本上，他們這一派的作法是用「位置錯亂」（dislocation）❼❻、夢❼❼（這一點也是我們的鬼電影一大特色，將是我們以後的比較工作的一個重要的問題）、反敘述式的（against the narrative film）❼❽、不與社會事實（social reality）發生關聯❼❾、製造非理性的影像❽❶及直接對意義（meaning）的關注，而不顧及事件（matter）❽❶等。

我們這裏所要追問的是在於：「鬼的世界」如何達到「減低熟悉度」的目的？而這又與電影的結構產生什麼樣的關聯？

在這之前，我們要先來看看中國人因應於「實」的不足而展出一種「虛」的觀念。

李維-史陀說：「眞正的實在(reality)絕不是在那最顯眼的眞實(reality)之中，它的本質不但早已顯現出來了，而且還轉移了我們的注意力。」❷對於這一點，西方人的做法是在現實之外（超越現實）去尋求實在，但是中國人則在現象之內來找尋實在❸。這種中西哲學本體觀上的基本差異，並不就表示中國人的思維只能圍於那有限的層面，而無法打破這個限制。方東美先生說：「中國人一面具有一種天才，凡是遇著有障礙，有形跡的東西，並不沾滯，總是把它們化作極空靈、極沖虛的現象，掩其實體，顯其虛靈……」❹容器（如茶杯）、房屋的中間空虛——這都在現象之內——能產生裝水、居住的作用❺，最能說明中國人這種本體觀。《莊子》裏甚至直接指明說：「夫昭昭生於冥冥，有倫甚於無形，……」❻。

這個「虛」的觀念既是存在於現象之中，它又如何有「減低熟悉度」的功用呢？它又與電影的結構如何的勾連在一起呢？在我還沒用《陰陽怪談》中的「柳天素」來舉例說明前，一個關係到所有鬼片的觀念——更關係到本文裏這一段——必須要先作說明和澄清。

我想有人一定對影片裏的鬼，常常受到一些肉體上的限制或肉體上的行爲(尤其是女鬼勾引男「人」)，而大思不解。這種觀點所帶來的困境，乃是起因於個人將鬼誤作是靈魂的代名詞，事實上，鬼神與靈魂是有所區別的。「鬼神乃屬人在心靈世界中生活之所觸感，所想像，而靈魂則屬生活在物質世界中人所想像。」❼鬼既然是人類理性思維下的產物，所以，「鬼」之發生必然是爲人類而服務。但是，鬼

又是一種超自然的東西，因此，鬼必然與宗教相關聯；如此，鬼又帶有情緒和非理性的成份。也由於這個緣故，使得鬼在對現實的「補足」功能上（下面我們會談論到），導演能有更多的自由來發揮。這裏我們所要強調的是：鬼並不等於靈魂。接著我們就來討論「柳天素」。

柳天素所講的實在是人性裏仁愛的最高境界，而不在「報」的觀念上。我們前面也說過，這個最高境界是在柳天素死後才呈現出來的，柳天素生前在家中醫人，並沒有遭遇任何的阻礙和困難。但是，在他做了鬼以後，他首先要面對的是七日之後化為血水的限制，再來就是他與家人之間的關係如何重新建立，第三，更大的危機來自於邪魔外道（紫陽三祖）和小人。在這三層重大的困難下，柳天素不但完成了對當時人的醫療工作，而且還給後世留下重要的東西——「柳針七篇」。

我們看到，實際上這是用一種情境的對比來發揮影片的主題。我們再回想，《山中傳奇》、《閻王的喜宴》、《地獄天堂》它們影片中鬼的世界，都是將影片帶入一個更寬廣的情境，使我們對現實人生作更多、更深刻的反省。《山中傳奇》講的是「萬刼不復」(能否轉世)的問題；《閻王的喜宴》更觸及到「科技能否使人類永生」（電腦向死亡挑戰)的問題；《地獄天堂》則對二千多年的儒家思想提出質疑❸。

這個「對比」的方法也就產生了互補的功能。這個觀念並不是電影中才有的；在現實生活中，陽世和陰世本來就是兩個互補的世界❸。這一點卻是和所有西方超現實主義藝術相同——它們也講求將「兩個相隔甚遠的現實予以調和在一起」❹。

但是，這個對比的方法所包含的一對觀念，卻是西方「超現實主義」所沒有的。那就是「實」與「虛」——也就是「生」與「死」。既然人必有死，死之後的情形就是人活著時「中間空虛」的部分。從

上面的分析，我們可以清楚的意識到，就是由於影片裏包含了「生」、「死」兩個層面，並使二者產生密切的關係，才迫使我們處於更長遠的時間河流裏去思維我們存在的意義。

「死亡後的情形」本身就是一種「減低熟悉度」的方法。相對西方「超現實主義」的方法，這個方法比較上是相當情緒層面（心理層面）的。這是我們的特點，但卻也是我們的鬼片的限制。事實上，這種中西方法上的多寡，並不只是關係到「可能性」(possibilities)的問題；更大的問題應該在於，西方「超現實主義」本身就是一種對傳統的「反叛」的運動❾，而中國的鬼片則承襲傳統的成分居多；比較上，西方「超現實主義」有意識的層面居多，而中國的鬼電影其中可能就有不少的無意識成分。不過，更有趣的是，西方「超現實主義」乃是有意識的要去喚起人們的無意識❾。

4. 「二元補襯」(complementary bipolarity)❾

在本文四、丙中一開始我們都強調「相互關聯」的觀念；在接下來的段落裏我們也用「辯證」的觀點，將由「對立」的立場所衍生出來「分離」與「聯合」的觀念彼此交融在一起；而接著，我們則用「虛」和「實」的觀念，把「死」(鬼)和「生」(人)互相包涵在一起。在這個段落裏，我們打算用「二元補襯」這個更具體的名詞，把上面三個小段落裏所共有的觀念，串聯起來並加以強調。而用「二次補襯」的觀念來作爲本文四的結束，並作爲本文五的前言，以及以後中西「超現實主義」比較工作時一個重要的項目。

在蒲安迪(Andrew H. Plaks)的文章裏，他用「二元補襯」和「多項週旋」(multiple periodicity)這二個名詞來概括中國陰陽五行的宇宙觀之基本精神❾。

二元補襯是指中國思想中傾向於互相關聯的觀念——把所有生命經驗都由成雙的、相對的概念去理解（例如感官經驗中的冷熱、明暗、及抽象觀念中的眞假、有無等），事實上，每一成雙的概念都可看做是一個連續的整體，因爲凡事都是「無窮的交替」，當「一端」消失時，便暗示「另一端」即將出現，反之亦然。**㊿**

這個「二元補襯」的情形，我們在《人嚇人》以及《山中傳奇》裏都可看到「眞、假」這種互補共存的情形。這些觀念都是我們中國人不知在腦海中廻盪過幾百回合，而我們也不知在口中唸過多少遍「假作眞時眞亦假，無爲有處有還無」、或者是「你方唱罷我登場」。

其實，「二元補襯」的概念，也就是一般所謂「陰陽的轉化」。先民們以爲自然界充滿著陰陽轉化的現象。例如：「地面上的水屬陰，如果受到天空中屬陽的熱來蒸化，就由陰轉化爲陽——由水轉化爲天氣(水蒸氣)；相反地，如果屬陽的天氣(水蒸氣)，一旦遇到屬陰的冷氣，又由陽轉化爲陰——由天氣轉化而成爲雨。」**㊻** 這個例子其實是對我們前面談到的「分離」又「聯合」觀念，給予一個實實在在的例子。中國電影裏的鬼(「陰」)所具有的靈活性，就在於鬼是可以「轉化」爲人(「陽」)。這裏，我們又再度把前面提過的「虛」的性質和其他的觀念貫串起來。

但是，中國的鬼電影在「二元補襯」的獨特之處，並不在「眞、假」的互補共存——因爲這在中國的小說（如《紅樓夢》、《西遊記》或《聊齋誌異》等）、戲曲、詩詞，甚至有人將《莊子》劃歸爲一部哲學作品其中也有。

中國鬼電影在「二元補襯」上的獨特之處，乃在於將現實生活的不足、矛盾的地方，用「生/死」、「現在/未來」、「理想/現實」的對立

概念彼此互相補襯、交融在一起。西方「超現實主義」基本上也不認為思想是種靜止的(static)情況 **⑰**，影像之間的連續關係和理念(ideas)的奔放(flight)都是根本的條件，但是，在方法（當然，這也與其他一些觀念有關）上，中西方的做法差別就很大了；這點留待我們以後再作詳細說明。

五、傳統與現代

以下這一段文字所討論的問題，也許和我們的主題——鬼——較無直接的關係，不過卻是和我們在上面所提到的一些觀念是結合在一起的。「傳統與現代」所更關切的問題——我相信這也是今天許多中國人所關切的問題，是今日中國電影在吸取西方文明（其實這已不只關係到電影技巧與觀念的問題，在下文中我們將會看到）所遭到的一些問題和困境。

中國電影丟掉了多少中國原有的東西（對於將傳統文化裏的題材轉換到銀幕上時，或是某些技巧與處理方式，或是傳統的觀念、思想）？對於電影形式哪些是應該捨棄的？哪些是不該捨棄的？如果取材於固有的東西，又應該採取一種怎樣的態度？又取借西方的東西時，會遭遇到哪些問題？之間的衝突與矛盾又當如何解決？取借其他文化時，選擇的標準該是如何？這個標準彈性的範圍應該有多大呢？

事實上，這些問題也不只是中國人在電影這個新的領域才會碰到的。甚至，中國電影這些問題必然和其他領域(如人文科學、社會科學、甚至自然科學)有著不可分割的關係。中國電影的這些大問題，某些方面，也得等待其他學科有重大的進展才得以解決。中國電影在某些方面，也能對其他的學科在研究上，提供一些意見或參考價值嗎？到目

前為止，一切的情形看來，這條路、這些問題都是相當漫長而艱辛的；但是，觀望絕不是可行的方法與態度──也不是應該有的態度。

推動人類前進其中的一個基本因素和原動力，既是「各種無知的力量」❾，而也只有在我們憑藉著這種種知與不知或一知半解的力量，去跨出我們的步伐時，我們才能更清楚我們下一步應該如何走❿──雖然，這一步可能走錯了方向。

無疑的，以下的討論只是這些大問題裏的一棵小「樹」。我希望，這能對我們下一步的方向略具參考價值。吾人所畏懼的，就是我們連這麼一棵樹都看不到，那才是一切的一切之阻礙。

甲、《山中傳奇》

記得在〈初探〉一文中，我也曾否定了《山中傳奇》裏石雲青與樂娘「蜜月」那場戲的意義和價值。在這裏，我要對在前文裏的看法予以修正並重新評估那一場戲。

如果我們從劇情的發展上來看「蜜月」中所發生的一切事情，對後來情節的發展並沒有什麼關聯或影響。因而，導演對這場戲那種刻意去描摹、塑造氣氛和關注的程度，給人的感覺也就顯得有點多餘或造成影片結構上的鬆散。它似乎就是為它自己而存在；也就是說，它是為「美」而存在，此外別無其他。

然而，我們應該注意的是，我們上面所採取的觀點，是用因果律的觀點來看這場戲。既然，我們在其中找不出因和果之間的存在關係，因此我們也就下結論說它沒有存在的必要性；而認定它是影片裏的敗筆。這種批評觀點，也就是西方人（不論是理論家或實行家）自亞里士多德在其《詩學》(Poetics)以來就揭舉的藝術「統一性」的理論。在這個前提下，這場戲自然被認為犯了「綴段性」(episodic)❿的毛

病了。

現在的問題是：用西方人這種對藝術的觀點來解釋中國電影的結構是對的嗎？是妥當、可行的嗎？擴大來說，西方人的這種藝術觀是人類普同的經驗嗎？還是，這只是西方文明的產物，只能適用於西方社會？

事實上，這裏已牽涉到，不同文化背景之下所製作出來的電影，在討論的尺度上，是否都可以用西方文化的觀點來解釋甚至評價。不知道有多少人在看《上帝也瘋狂》時，在那一陣陣的狂笑中，還能想到我們的行為在 Bushman 人看來也許更可笑、更荒謬！──這不正就是影片所要告訴我們的嗎？

中國電影在融合傳統與現代的方向上，這個問題確實是個關鍵性的問題，但是，卻是被大多數人所忽略的。

「蜜月」這場戲，如果我們把情節之間前後的關係，以中國人的有機哲學觀來思索──「相互關聯的觀念代替因果的觀念」，我們會發現這一場為西方觀點下所詬病的戲，它的基本精神竟然就是以前「小說讀者的心目中，這種不關主題的場面即代表著小說傳統的最高境界」⑩。這也就是我們在上面所提到的「二元補襯」的道理。

我們先回想一下，這場戲的前一場戲是「師」（石雲青）「生」（樂娘）見面的晚宴，而從蜜月戲結束後，奪經的過程便一步一步的明朗化。連接在這場戲的前面，是陰謀的含蘊，後面接著的就是陰謀的爆發和外顯。蜜月這場戲在這條軸上，可解釋為：由陰謀的「懷胎」（晚宴──各懷鬼胎）而「生育」（結婚）的階段。這就是由「二元補襯」所產生的另一個理論系統──即「『X中Y』式的互相包涵的交融關係」。⑩

中國傳統的批評家常用的「忙中閒」、「靜中動」⑩最能表達這

種結構形式。

　　就因果關係來看，因果的關係只能解釋這一場戲裏二人「是」成為夫妻這個部分。兩人能成為夫妻是晚宴的目的，也是樂娘一夥人以後奪經的手段之一。但是，這場戲最主要的「情節」是在敍述「蜜月」的諸般情景；因此，表面上看起來，它好像是整部影片主要情節發展上的休止符。但是，由前後情節來看，這個結構形式是由「動」（晚宴——陰謀的前奏曲）「動中靜」（蜜月——這主要是以「靜」的形態來表現）而「動」（陰謀開始外顯開來）。「動」是由於「實用」（完成主要的情節）的目的而存在；「靜」則為它自己而存在，也就是說它是為「美」而存在。但是，這個「美」的表現並不是孤立存在的，它是因應「動」而生的。也就是說，它是由於「補襯」的觀念而有的交替現象。前面我們說過，這在以前是「代表著小說傳統的最高境界」。這種「動」「靜」間循環、包涵的關係，在此我們再回想前面提到的自然界陰陽轉化的現象(四、丙、４)時，《山中傳奇》隱藏在「深層結構」(deep structure)裏的「天人合一」的思想，也就連帶著被我們所掌握了（我們都記得，影片一開始時，石雲青行走於山林之中，鏡頭的選用就很明顯的在暗示我們這個思想）。也許有人會問，這是電影而不是小說啊！既然西方人能把其「統一性」的觀念也運用在對電影的構思，而表現西方電影的特色；那麼，我們又何嘗不能把以前對小說境界的觀點也搬上銀幕。問題是在於，我們是不是還認同於傳統的文化觀念；或者是，我們是不是犯了文化偏見的毛病來看《山中傳奇》❿。

　　這裏我們所看到的，是在西方強勢文化的衝擊下，「傳統」還能保持在一部電影裏，而不被扭曲的情形。

　　底下我們所看到的一部片子，則是一部將「傳統」扭曲（而不是

融合「現代」）得不成形的影片——《再生人》。

乙、《再生人》（導演：翁維銓）

　　《再生人》在臺上映的那時段間，聽幾位同學和朋友談起他們都很喜歡這部片子。有的欣賞影片裏「中西合璧」(傀儡與電腦)的格調；有的喜歡影片「那種氣氛」(我想，「那種氣氛」大概也和片中的傀儡有關)；有位學長喜歡的原因，則是因爲她正在做傀儡戲方面的研究。凡以上種種，要而言之，莫不與傀儡有關。另外一點，大家則都認爲《再生人》很「中國」(當然，這話說得很籠統，也很抽象)。以下我的看法，也許和他們意見有相左的地方；但是，這並不影響他們（甚至讀者諸君）喜歡本片的心理。因爲，喜歡並不一定要想清楚了影片中的點點滴滴，然後才有的心理反應。這一點，也許多少可以說明某些影片「叫好不叫座」或「叫座不叫好」的觀眾的心理吧？

　　說了以上的那些話，當然不是想拿別人開刀，只是想從一般觀眾的心理來呈現本片的某些特色。然而，究竟《再生人》這些與其他國片所不同的特色，是否眞有它獨到之處？有的話，其優點、價值是在哪裏？沒有的話，其缺點又何在呢？

　　《再生人》裏對「命」的看法，使我想起二本書。一本是倪匡的科幻小說《不死藥》當中的一篇：〈規律〉；另外一本則是馮友蘭的《中國哲學史》。

　　《再生人》裏把中國人常掛在口邊的「命中注定」這一句話，用「傀儡」的框架來解釋，並概括成是一種生命的現象。〈規律〉則對人類和土蜂的活動範圍作過一番比較後，就從這個結論來論斷人類存在的價值和意義。也許，我們剛開始會對他們用某些有趣的現象來解釋人類存在的本質深感興趣。但是，他們這種用簡單的「類比」的方

法所歸納出來的「大結論」，最容易犯的錯誤，反而是：他們都忽略了「類比」雙方的本質。因此，我們所看到的不但是表面的一種現象，而且還是一個被扭曲了的表象。

然而，我們所更關心的是在於：中國電影採借了西方文明的哪些東西？這個採借的結果，是利多於弊，還是弊多於利？借的東西，會不會反而跟自己的文化觀念發生衝突？更根本的問題應該是，所採借的這些東西，對我們來講，是不是有什麼價值？如果沒有什麼價值的話，那我們不是搬別人的石頭來砸自己的腳嗎？

現在，讓我們先來看看〈規律〉的故事大綱。

小說一開始就敍述一則震驚國際的大新聞。這則新聞上說，現代科學界最傑出的科學家康納士博士自殺身亡。沒有人知道康博士是為什麼自殺？夾雜在這種懸疑的氣氛之中的，還有人們的困惑、遺憾以及懷疑。

警方懷疑這位大科學家是遭人謀殺而死的。原因是，警方發現一大卷的電影膠片，而這些電影膠片的內容是對康博士整整一年生活情形的紀錄。由於這個原因，警方懷疑如果這真是一椿自殺事件的話，那也是由於預謀才促使康博士的自殺。

警方求助於衛斯理（倪匡這一系列科幻小說每一本書中的主要人物）。衛斯理調查的結果發現：對方在一張紙上，把康博士這一年來的行動，用各種不同的線條表示出來。他（或者是他們）用這一組組的軌跡來表示康博士這一年來的活動「範圍」。然後，兇嫌也用同樣的方法，紀錄一隻土蜂一生活動範圍的軌跡圖。兇嫌把這兩張圖案拿給康博士看，並加以解釋。第二天，康博士就自殺了。⓯

如果說我們都拿「規律的活動範圍」來論斷一個人存在的價值和意義的話，我想這世界上最不可能存在、也從此不會再有的就是「母

親」。

　　事實上，在這一小篇小說裏，更根本的問題並沒有處理到：「如果」這眞是一個具有普遍性意義的道理，那麼科學城裏一大半的科學家不是也要自殺了嗎？爲什麼兇嫌這麼有把握康博士看了這二個圖後一定會自殺？把「當代最傑出的科學家」將自己的行爲認同於土蜂的行爲，來作爲解釋的唯一理由，不但不能說服人，而且還給予人荒謬的感覺。這是犯了邏輯上「類比」的錯誤。相似的行爲都不一定具有相同的意義，何況是二種不同的生物體！更何況是用抽象的圖形來「代表」具體、生動的事實！康博士和土蜂二者行爲背後的動機都相同嗎？甚至連行爲都不相似呢！二者唯一相似的，只有那個兇嫌「藝術家」所「紀錄」下來的那兩張圖。

　　從這篇小說的字裏行間，我們會發現倪匡先生最主要用意和苦心，是要攻擊現代社會機械化、過分規律化的、一成不變的生活。但是最矛盾的，倪匡先生這個「自救」的觀點本身就是「機械唯物論」的想法——把人化約到只剩下生物面(biological)的層次，而不考慮他做了什麼事：偉大的或渺小的。

　　《再生人》裏的「命定觀」同樣是西方「機械唯物論」思想下的說法。

　　《再生人》認錯了中國人口頭上常講的「命中注定」爲「命定觀」（後面我們再來談中國人所秉持的「非命定觀」）。因此也就影響了它對人存在現象的解釋。

　　把人比喻成傀儡的結果，人永遠被一股莫知所名(電影裏用「命」來代表)的力量所「操縱」、「控制」，因此，人被解釋爲是一種機器[107]。其次，電影否定了人有「內在的心靈活動」(immanent activities)，因此，人成爲沒有生命的東西(non-living beings)[108]。

影片把人、模特兒比喻成傀儡，就像〈規律〉之將康博士的存在比喻成像土蜂的行為一樣。我實在看不出傀儡的臉譜能對服裝表演會產生什麼具體的功效（請讀者諸君您加以指正）；有的話，那也不過是給人一種「神祕中國」的氣氛——這使得外國人對中國的印象「負面」的成分居多。傀儡在影片中真是像「傀儡」一般給利用著。「傳統」在片中不但未能給予新的體認，甚至還把它給扭曲成早被西方哲學思想所唾棄不用，指出滿身是病的「機械唯物論」。我們所遺憾的是：為什麼《再生人》、〈規律〉所採借西方文明的東西，竟然是對自己進步產生阻礙的絆腳石，而且還跟自己的文化觀念格格不入？

　　在中國傳統的思想流派裏，有沒有類似「機械唯物論」的觀點？根據馮友蘭的說法，《列子》一書就有這種思想 ⑩。但是，《列子》「在邏輯上已不承認命之絕對，且彼之思想固不曾在中國思想上生大影響。」⑩讓我們先來看《列子》裏的一段文字⑪，然後再來討論《再生人》裏處理人和傀儡之間的關係，與大多數中國人（我相信對大多數中國人而言，在這方面的觀念上我們還沒有「文化變遷」的現象）對此的看法有何不同。

　　　周穆王西巡狩越崑崙不至弇山反還未及中國道有獻工人名偃師穆王薦之問曰若何能偃師曰臣唯命所試然臣已有所造願王先觀之穆王曰日以俱來吾與若俱觀之越日偃師謁見王王薦之曰若與偕來者何人對曰臣之所造能倡者穆王驚視之趨步俯仰信人也巧夫領其頤則歌合律捧其手則舞應節千變萬化唯意所適王以為實人也與盛姬內御並觀之技將終倡者瞬其目而招王之左右侍妾王大怒立欲誅偃師偃師大懾立剖散倡者以示王皆傅會草木膠漆白黑丹青之所為王諦料之內則肝膽心肺脾腎腸胃外則筋骨支節毛皮齒髮皆假物

也而不畢具者合會復如初見王試廢其心則口不能言廢其肝則目不能視廢其腎則足不能步穆王始悅而歎曰人之巧乃可與造化者同功乎……

在這裏要請您注意這一句「技將終倡者瞬其目而招王之左右侍妾」。這實在是一段令人絕倒的文字。這一段引文，我想用來說明，即使是在古之中國人裏最典型的機械唯物的書中，它所描述的「機械人」（一般都以為這是中國傀儡戲的起源之一）⑫甚且還瞬其目而招王之左右侍妾」呢？

中國人是視「機械人」（傀儡）如人；西方人則是視人如機械。

事實上，伴隨著中國人有機宇宙觀的是深深影響中國人思維的「神定命觀」。我們「素不信宇宙一切現象，均只為一種神之前定計畫開展而成之說；亦不信宇宙間有何盲目之力量逼迫宇宙作機械之轉動。」⑬

《再生人》在運用「傳統」的一面，另一個使人失望的是影片無非是在製造一種神祕的氣氛——傀儡、道士、玄光術以及不可知的「命」。我們所看到的是西方人所謂的「古中國神祕」的一面；而不是把傳統賦予時代意義的現代新中國。

《再生人》不過是把人類的二種好奇心硬拉在一起的電影。一是對文明的好奇——電腦；另外一個是對「神祕」的好奇——把傀儡、道士、玄光術和「命」降低到神祕的層次、扭曲到「機械唯物論」的觀點上。

「傳統」何存？

的確，「今天人類受到的威脅，不只是科技所帶來對生態上各種的污染，更根本的難題「我們大概可以稱之為『過度的交流』。」⑭

「文化只有在較少交流情況之下，才能有所發揚光大。現在威脅人類的是，將來有一天我們只成爲一個文化消費者，我們能消費世界上任何角落、任何文化的產物，但是自己卻喪失了原有的獨創性。」⓯

　　中國電影在這個難題上，是正面的功能居多，還是負面的作用居多？

附　　註

❶《比較哲學與文化㈠》（見註㊳），34～35頁。

❷〈中國「超現實主義」表現手法──「鬼」的初探〉一文請見《電影欣賞》1983，1(1)：43～46。

❸「顯性功能(manifest function)係有助於體系之適應或順應的客觀後果，此後果爲此體系之參與者所意圖而且知悉的。」「隱性功能(latent function)與顯性功能相關，此後果旣非意圖的，亦未被知悉的。」(R. K. Merton 1968)《現代社會學結構功能論選讀》，臺北，巨流圖書公司，1981，黃瑞祺編譯，67頁。

❹《電影的奧秘》，臺北，志文出版社，1981，佐藤忠男著，廖祥雄譯，237頁。

❺ "Gods, Ghosts, and Ancestors", Arthur P. Wolf 著，in *Studies in Chinese Society*. Arthur P. Wolf(ed)，臺北，敦煌書局翻印，P.169～172。

❻《西洋文學術語叢刊》（下)》，臺北，黎明文化事業公司，1978（再版），John D. Jump 編，顏元叔主譯，410頁。

❼《西洋文學術語叢刊(下)》，519頁。

❽同上，417頁。

❾《西洋社會藝術進化史(現代篇)》，臺北，雄獅圖書公司，1980（二版），Arnold Hauser 著，邱彰譯述，136頁。

❿同上。

⓫《中國小說發達史》，臺北，啓業書局，1978（臺四版），譚正璧著，214頁。

❷同上，456 頁，457 頁。

❸同上，460 頁。

❹ *The Philosophy of Social Sciences*, London, Methuen & Co. Ltd., 1978, Vernon Pratt, P.49～53。

又可參考 *How To Read A Film*，New York, Oxford University Press, 1977, James Monaco, P. 121～126。

❺ *Understanding Movies*，Englewood Cliffs, New Jersey, Prentice-Hall, INC., 1976(2ed), Louis D. Giannetti P.393。

❻《哲學與現代世界》，臺北，志文出版社，1981（再版），Albert William Levi 著，譚振球譯，628～629 頁。在書中，作者指出懷海德批評牛頓的位置學說是種「錯放具體位置的謬誤」。「它是由於誤認抽象為具體而產生的，認為非常抽象的邏輯結構就是我們具體經驗的基本要素，就是實體主要的構成分子。」（628 頁）西方「超現實主義」的作法，正是將思維裏的抽象觀念用影像表達出來。問題是，這種「抽象影像」與以往電影的影像風格相差太遠了。「驚奇的影像」給觀眾帶來的反應是太多的不知所措，這些影像跟他們的生活經驗、社會經驗相隔太遙遠了。觀眾能在九十分鐘裏學習到什麼？有誰願意到戲院裏，是去學習「這種」視覺經驗？對於電影，吸引大多數人的還是因為這個媒體能使人即使不能夠了解電影背後的抽象觀念，觀眾還是能從中獲得一些情趣。如果，一部電影它的「抽象的邏輯結構」就是它所要傳達的「具體經驗」，這個影像之能被大多數人所了解，需要影評家來作解釋，就像我們自己所作的夢之需求助於解夢的人才可理解是一樣的。但是，夢依然比電影更具體而生動，因為，至少這個連我們自己都不解的夢是我們自己「拍」出來的；雖然，這不是我們有意要這麼做的。

❼《現代社會學結構功能論選讀》，35 頁。

❽ *Structuralism: A Reader*，London Jonathan Cape Ltd, 1970, Michael, Lane(ed), P. 19("Introduction", by Michael Lane)。

⑲《比較哲學導論》，臺北，黎明文化事業公司，1980, P. T. Raju 著，李增譯，110 頁。

⑳《中國思想與制度論集》，臺北，聯經出版事業公司，1981（四版），段昌國、劉紉尼、張永堂譯，349～372 頁，「報──中國社會關係的一個基礎」，楊聯陞著，段昌國譯。

㉑同上，350 頁。

㉒《報恩與復仇：交換行爲的分析》，文崇一著，收編於《社會及行爲科學研究的中國化》，臺北，中央研究院民族學研究所，1982，楊國樞，文崇一主編，311～344 頁。

㉓ *Natural Symbols*, England, Penguin Books Ltd, 1978, Mary Douglas, P. 150～151。

㉔ Gods, Ghosts, and Ancestors, P.169。

㉕《中國哲學史》（第一卷）》，臺北，三民書局，1981，勞思光著，41～42 頁。

㉖《報──中國社會關係的一個基礎》，366 頁。

㉗ *Film: The Creative Process*, New York, Hill and Wang, 1967(2ed), John Howard Lawson, P.255；又可參考《世界戲劇藝術欣賞》，臺北，志文出版社，1981（4 版），Oscar G. Brockett 著，胡耀恆譯，513 頁。

㉘嚴格來講，根據 Roy Armes 的說法，電影誕生的日子是 1895 年 12 月 28 日。《現代電影風貌》，臺北，志文出版社，1979（再版），張偉男譯，20 頁。

㉙《導演的電影藝術》，臺北，志文出版社，1982, Terence St. John Marner 著，司徒明譯，22 頁。

㉚同上。

㉛同上，42 頁。經濟因素對拍攝電影所帶來的影響，一個有趣的現象卻是「許多名導演發現他們常因爲被迫花用太多錢而受到傷害。」（同前書，43 頁）。

㉜《中國之科學與文明㈡》，臺北，臺灣商務印書館，1977（二版），Joseph Needham 著，陳維綸等譯，481～482 頁。

❸❸同上。

❸❹同上。

❸❺《靈魂與心》，臺北，聯經出版事業公司，1981（四版），錢穆著，9頁。

❸❻《中西哲學思想之比較研究集》，上海，正中書局，1948（再版），唐君毅著，222頁。

❸❼《靈魂與心》，9頁。

❸❽《比較哲學與文化㈠》，臺北，東大圖書公司，1978，吳森著，34頁。

❸❾同上。

❹⓪同上，35頁。

❹①同上。

❹②見〈初探〉一文，《電影欣賞》1⑴：43。

❹③《比較哲學與文化㈠》，34頁。另外一個關鍵性的因素就在於「中國人相信人性是善的，不相信基督教原始罪惡的觀念。」（《中西哲學思想之比較研究集》，222頁。

❹④《中西哲學思想之比較研究集》，222頁。

❹⑤同上。

❹⑥同上。

❹⑦同上。

❹⑧《比較哲學導論》，111頁。

❹⑨《鄉村建設理論》，臺北翻印，梁漱溟著，40頁。這句話是日本學者五來欣造說的。

❺⓪同上，41頁。

❺①《比較哲學導論》，334頁。

❺②同上，200頁。

❺③《中國之科學與文明㈡》，479頁。

❺④《比較哲學導論》，329頁。

(55)《比較哲學與文化(一)》，74 頁。

(56)《比較哲學與文化(二)》，臺北，東大圖書公司，1979，吳森著，31～33 頁。

(57)《比較哲學導論》，頁 337。

(58)往往「和諧」的觀念，「更」容易使我們存在於某種「同質性」(homogeneity)的情境裏，而使得我們不能更深一層的去認識客體，甚至會阻礙我們去了解自己。電影理論針對這種困境所提出來的觀念，最爲人所熟知的，就是艾森斯坦的「蒙太奇」理論。Bill Nichcols 以爲艾氏理論的特點，在於其去除了由於同質性的觀念所帶給人忽略了某些東西的缺點(*Movies And Methods*, California, University of California Press, 1976, P.379)。但是，艾氏理論基本的觀念，就是爲反對「和諧」的觀念而生。他蔑視「自然主義」(*Film Language*, New York, Oxford University Press, 1974, Christian Metz, Translated by Michael Tylor, P. 33。) 在這裏，我們可以看到，兩個觀念，在某個範圍，彼此互補也互相衝突。

(59)《鄉村建設理論》，59 頁。

(60)同上。

(61)《中國之科學與文明(二)》，460 頁。

(62)《從若干儀式行爲看中國國民性的一面〉，李亦園著，收編於《中國人的性格》，臺北，全國出版社，1981（五版），李亦園、楊國樞編，188 頁。

(63)《中國之科學與文明(三)》，臺北，臺灣商務印書館，1977（二版），Joseph Needham 著，杜維運等譯，33 頁。

(64) *Method in Social Anthropology*，Chicago, University of Chicago Press, 1958, Radcliffe-Brown A. R., P.118

(65)根據《雲五社會科學大辭典》第十册（人類學）（臺北，臺灣商務印書館，1979，120 頁）的解釋：「半偶族」是指（甲）在一個社會中分爲兩個社會羣體，其中任何一方均可稱之爲偶族之一。或（乙）在較廣的意義上，指前述形式的一種亞型(a sub-type)。最嚴格的定義是指在一個社會中，兩個互相排斥

(exclusive)的社會單位；成員資格如經由男性延續者則稱「父系偶族」
(patrimoiety)，經由女性延續的則稱「母系偶族」(matrimoiety)。同一半偶
族成員之間通婚，即使不是用死刑來加以完全禁止，也是不受讚許的。

66 *Method in Social Anthropology* P. 110～111。

67 Ibid, P.113。

68 Ibid。

69 Ibid, P.117。

70 Ibid, P.123。

71 Ibid, P.124～125。

72 Gods, Ghosts, and Ancestors, P.173

73 Ibid, P.172。

74 《中國之科學與文明㈡》，453頁。

75 《西洋文學術語叢刊（下）》，724頁。這段話原本出自 Susanne Langer 的
《感覺和形式》一書。

76 *Understanding Movies*，P,393。

77 Ibid, P. 391。

又可參考 *An Introduction to Film*, Boston, Little, Brown & Company,
1980, Thomas Sobchack and Vivian C. Sobchack, P.380。

78 *Film: The Creative Process*, P.225。

79 Ibid。

80 Ibid。

81 Ibid, P.224。

82 *Tristes Tropiques*，New York Atheneum, 1965, Cladue Lévi-Strauss, P.
61。這本書筆者並沒有看過，這句話是 Ino Rossi 的文章 "Structuralism as
Scientific Method" 裏的引文(Ino Rossi 這篇文章收編於 *The Unconscious
in Culture* 一書，見註 93)。

㉝ 〈論中西哲學中本體觀念之一種變遷〉，見《中西哲學思想之比較研究集》，123～146頁。

㉞ 《中國人生哲學概要》，臺北，先知出版社，1978（臺五版），方東美著，18頁。

㉟ 《老子》，第十一章。

㊱ 《莊子》，知北遊第二十二。

㊲ 《靈魂與心》，124頁。

㊳ 見❷。

㊴ *The Cult of the Dead in a Chinese Village* 臺北（翻印），敦煌書局，1979, Emily M. Abern. P. 240～241。

㊵ *Surrealists On Art*，Englewood Cliffs, N. J. Frentice-Hall, Inc. 1970, Lucy H. Lippard(ed), P.2("Introduction", by Lucy R. Lippard)。

㊶ *An Introduction to Film*，P.379; 又見於 *Understanding Movies*，P.390；亦見於 *Film: The Creative Process*，P. 227；關於這一點，討論的更詳細的書籍，請參考 *The Philosophy of Surrealism*, Ann Arbor, The University of Michigan Press, 1965, Ferdinand Alquié, Translated by Bernard Waldrop, Chap 2 "Revolt and Revolution", P.42～83。

㊷ *From Enchantment To Range——The Story of Surrealist Cinema*, Cranbury, New Jersey, Associated University Press, Inc. 1980, Steven Kovács, P.253。

㊸ 這個名詞和它與中國長篇小說的結構之關係，蒲安迪是最先注意到這方面問題的學者。詳見《中外文學》、《西遊記‧紅樓夢的寓意探討》，1979, 8 (2): 36～62。另外亦可參考《談中國長篇小說的結構問題》，收編於《文學評論（第三集）》，台北，書評書目出版社，1976, 53～62頁。

蒲安迪這種陰陽的互補觀念，我們可在《老子》一書中隨時可以碰到這種辯證的思想；在《莊子》一書裏我們一樣可以找到這種觀念。另外，亦可見於①董

仲舒的《春秋繁露》卷 16，循天之道第七十七；②"The Structural Principle of the Chinese World View", by Shin-Pyo Kang, in 「The Unconscious in Culture」, New York, E. P. Dutton & Co. Inc., 1974, INO Rossi (ed), P. 198～207。

❾❹《中外文學》，1979, 8 (2):40。

❾❺同上。

❾❻所以，基本上，蒲安迪並非頭一個發現這個觀念的學者。

❾❼ *From Enchantment To Rage*, p 251。

❾❽ Ibid。

❾❾《哲學與現代世界》，654 頁。

❿《莊子》，徐无鬼第二十四。原來的文字是「故足之於地也踐，雖踐，恃其所不蹍而後善博也；人之於知也少，雖少，恃其所不知而後知天之所謂也。」

⓫《談中國長篇小說的結構問題》，53 頁。

⓬同上，59 頁。

⓭同上，58 頁。

⓮同上，59 頁。

⓯蒲安迪說中國敘事模子「或可以『　』的記號來代表（即高潮居其中），但我們應當將之視為一個不斷旋轉的輪狀物，因其真義在其綿延不斷迴轉的作用上……」（〈談中國長篇小說的結構問題〉，《文學評論（第三集）》，61 頁）。 Dorothy Lee 說西方人了解現實(reality)的思維方法是「線性的」(lineal) ("Lineal and Nonlineal Codifications of Reality", in *Symbolic Anthropology*, New York, Columbia University Press, 1977, Janet L. Dolgin, David S. Kemnitzer, and David M, Schneider (eds), p. 151～164。)；那麼，蒲安迪的記號也就是在指出中國敘事傳統「非線性的(nonlineal)」思考方法。相對的，「線性的」思考方式則是一種對結果的擬思(an evisioned end) ("Lineal and Nonlineal Codifications of Reality", *Symbolic Anthropol-*

ogy, p.157)。

⑩ 〈規律〉，收輯於《不死藥》，台北，遠景出版社，1980，倪匡著，163～251頁。

⑩ *The Philosophy of the Social Sciences*, p.6～7。

⑩ *Philosophical Anthropology*, New York, Sheed and Ward, Inc. 1967, J. F. Donceell, p.40～41。

⑩ 《中國哲學史》，台北翻印，馮友蘭著，619～621頁。

⑩ 《中西哲學思想之比較研究集》，11頁。

⑪ 《列子》，湯問第五。

⑫ 《台灣電影戲劇史》，台北，銀華出版部，1961，呂訴上著，461頁。

又可見於《台灣的傀儡戲》，邱坤良著；《傀儡戲考原》，孫楷第著；這二篇文章都收錄在《民俗曲藝（傀儡戲專輯）（23、24 期合刊）》，台北，施合鄭民俗文化基金會，1983:1, 142。

⑬ 《中西哲學思想之比較研究集》，10頁。

⑭ 《神話與意義》，台北，時報文化出版事業有限公司，1982, Claude Lévi -Strauss 著，王唯蘭譯，33頁。

⑮ 同上。

倩女幽魂

靈魂的世界，而非世界的靈魂

絕對電影(absolute film)所以企圖再造的是靈魂的世界(the world in the soul)，而不是世界的靈魂(the soul in the world)。

——Bela Balazs: *Theory of the Film*

工業社會有著各種辦法，把形上學的變成物理學的，把內在的變成外表的，更把心靈的探索轉變成科技的冒險。

——Herbert Marcuse: *One-Dimensional Man*

　　如果我們說徐克與程小東合作的這部《倩女幽魂》確實達到頗高的電影藝術水準，當然這是單就電影理論中的形式主義者所謂的「電影感」而言。這部影片所達到的藝術境界，正如同俄國形式主義者 Victor Shklovsky 所言：「藝術的目的在於傳達我們從事物中所獲得的感覺，而不是我們對事物的知識。而藝術的技巧則在於使事物變得『新奇』(unfamiliar)……。藝術乃是我們去領略事物的巧妙之處的一種方式，因此，事物本身便不那麼重要了。」

　　也許是導演把太多的心思放在聲色之美上，以致冷落了思維理念對現實的穿透力；也許是導演、編劇和製作人，自省到本身在人生哲學上的薄弱，而企圖用形式的精巧來掩飾？然而，當我們細思片中每個人物的角色時，不禁使我們對現代資本主義社會，產生幾分「古典的」(有距離的)反省。影片中敘述的官吏像極現代社會裏，以錢為目

的、以人爲刀俎的斂財者。而爲賞錢去緝兇的人，非但不能維持社會的秩序，反倒挑起社會的不安。燕赤霞便是在這種「人世間，好人與壞人難分清」的情形下，躲在蘭若寺這「人鬼分明」的象牙塔中，出生、練功，好像現代的科學家一樣：有強有力的「中性」科技能力(法術)，卻缺乏對人類社會現象的洞察力與道德感。人類社會的道德意識，卻只能在小職員（收賬）寧采臣身上去尋找。而聶小倩在片中的處境，則宛如身心備受迫害的勞工（爲姥姥「覓食」）。

比起以前的鬼片：《陰陽怪談》（導演：丁善璽）、《地獄天堂》（導演：王菊金）、《山中傳奇》（導演、胡金銓）、《人嚇人》（導演：午馬）、《閻王的喜宴》、（導演：丁善璽)，本片以其對時代的敏感與對社會的嘲諷，向我們揭示出人類社會中永恆的三大課題：名、利、色。這三個課題則分別由片中的三位主要人物的角色所蘊涵著：

人物	角色	背負的人類文化包袱
寧采臣	收賬職員	利
聶小倩	含冤豔鬼	色
燕赤霞	避世道士	名

雖然如此，《倩》片對人類社會的三大課題其穿透力仍嫌不夠。例如寧采臣達成其收賬的任務，是由於其本身的道德感所致，即使他救聶小倩也是用道德的力量來打動那名法術高強的道士，來達到救人轉世的目的，甚至寧、聶兩人的愛情基礎也建立於文化的道德觀上。本片在意識形態上，似乎認爲人類一切的困境，皆可用簡單的道德法則來解決。然而，造成《倩》片無法塑造出人類生命現象的真實感與

深度感的主因，在於劇本並未對影片的人物賦予「主體的」人格特徵。因此，即使是本片企圖用「鬧喜劇」(slapstick comedy)的表現型態，以擷取現代社會的混亂和複雜情境，但是由於缺乏那種將時代特性與「鬼」的象徵意義作相關聯的透視(如《閻王的喜宴》)，於是影片就成了道道地地的「修辭學式的電影」(rhetorical cinema)，而人(或鬼)就不可能是現實(reality)的探索者(searching being)，而只能是個既定事實的宣告者(proclaiming being)。所以，影片所觸及的三個人類永恒的課題，卻正是其癱瘓的場所。

但是我們還是要問：本片中「鬼」的角色塑造，究竟有何獨特的意義？

事實上，片中的聶小倩就是「鬼」的代稱（另一冤鬼小青的戲分太少；而樹精與石妖乃代表一切邪惡的力量）。這名冤鬼的活動過程是由起初的助紂為虐，而至後來的投胎轉世。她這種由負而正的掙扎，是與自然及人界中的寧采臣、燕赤霞息息相關的。本質上，聶小倩、寧采臣與燕赤霞皆有一個共同點——即他們都處在一種過渡的狀態中，且皆須借助其他兩人的存在，才得達成自我存在的圓滿狀態。寧氏的愛心(道)，若無燕氏的法力(器)，則無法發揮；而燕的法力若得不到寧的人文精神指示，則道士永遠無法體認其法力在自我實踐上的價值；這兩者（道、器）的結合若無法作用到另一客體上，則其永遠只是個架空物。因此，這三人的結構關係可表如下圖：

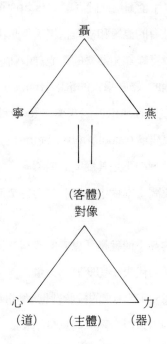

　　換言之，「鬼」的角色之塑造必然與「人」的世界密不可分。對
於本片而言，人鬼間的互動，乃在於尋得並完成生命的價值與存在的
意義。

　　也許這時候我們會產生一種錯覺，以為《倩》片借著鬼域的塑
造，向我們揭示了人類存在的某種真實，或者探索到個人與社會之間
複雜的真實面目與價值。可是本片中對邪惡力量的了解是如此的簡
單，正、邪的關係是如此的俗套，以致我們不得不把對生命的探索，
轉移到欣賞科技（正、邪力量對峙的「情境」）的感官平面愉悅來。
而自覺性高的人，也終會體認到：所謂對時代的敏感，亦不過是對中
國傳統文化與歷史的盲點的另一種掩飾說詞。而所有文化中最具生命

力的民俗活動，在片中失去了眞實感，而淪爲戲劇性邏輯的附庸：盂蘭會成了另一次的驚豔「機會」，道士宛若束髮的太空戰士。

值此之際，徐克與程小東的《倩女幽魂》乃是以古典爲說辭，以科技文化「設計」出浪漫與聳動的感官刺激。難怪馬庫色要說：「工業社會有著各種辦法，把形上學的變成物理學的，把內在的變成外表的，更把心靈的探索轉變成科技的冒險。」而如果依寫實電影理論者巴贊(André Bazin)的觀點，本片的「電影感」則未達到藝術的領域。因爲，巴贊以爲「藝術的洞察力乃來自對現實的選擇，而不是來自對現實的轉變。」

也許，現實的選擇不大可能有鬼魅的介入，但是晉・干寶《搜神記》這本加了鬼怪想像的諷刺文學，其中人物的性格塑造却是深邃而生動的，而更重要是其所展示的人物情境確實能掌握到一種複雜的眞實感，以及包含了一個令人深思的道德問題。也許，從中國古典文學中那種來自對人鬼情境的洞察力，能使我們領略中國傳統文化與西方新科技發明（電影）的融合，是可以爲電影藝術另闢蹊徑的。站在人類學的觀點來看，每個人皆受其所處的社會文化撫育，也因此每個人的現實(reality)皆有其文化的模子。而對我們中國人而言，也許我們來問「中國電影是什麼？」(What is Chinese Cinema?)要比巴贊問「電影是什麼？」(What is Cinema?)更是能站在探索電影本質的路徑上。

最後，讓我們來看看《搜神記》（卷十六）中的一篇鬼怪故事——我想這則故事可穿透出人類眞實的情境之一。

琅邪秦巨伯，年六十，嘗夜行飲酒，道經蓬山廟。忽見其兩孫迎之，扶持百餘步，便捉伯頸著地，罵：「老奴！汝某日捶我，

我今當殺汝。」

伯思，惟某時信捶此孫。伯乃佯死，乃置伯去。伯歸家欲治兩孫。兩孫驚愡，叩頭言：「爲子孫寧可有此？恐是鬼魅，乞更試之。」

伯意悟。數日，乃詐醉，行此廟間。復見兩孫來扶持伯，伯乃急持，鬼動作不得。達家，乃是兩人也，伯著火炙之，腹背俱焦坼。出著庭中，夜皆亡去。伯恨不得殺之。後月餘，又佯酒醉，懷刃以去，家不知也。極夜不還，其孫恐又爲此鬼所困，乃俱往迎伯。伯竟刺殺之。

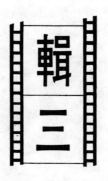

輯三

個人知識的初稿之一：
社會科學思考方式的電影內涵
——知識的轉化

　　本文最初為作者在 1986/05/09 於台大人類學電影週之演講稿，當時講題為「我如何分析電影——知識的轉化」。數月後，於中央研究院民族學研究所之 coffee time 中再談，時已改題為「社會科學思考方式下的電影內涵——知識的轉化」。電影，我視之為「內心世界的田野(field work)」（相對於專業人類學家的田野調查）；我所欲「調查」的是一個從大四以來便困惑我多年的問題：知識究竟如何（可能）內化？這個講稿便是將這樣的問題明明白白的放在桌面上攤展開來，其他的電影文章是不是這個問題的試鍊，我並不很確定。然我每每站在火車的月台，靜靜地看著對面月台上的乘客與我平行、默默的相望，數分鐘後，一道粗黑的線條在我眼前既迅捷且悠緩的劃過，一種說不出的透明與熱度感，在我心中汩汩的流轉。有時候，我便很樂觀的以為自己的電影文章或許是像那道黑線，使我眼前暫時的空蕩與清冷。

　　我對電影的新概念，乃來自於底下的想法：人類智性和情緒的過程，直到現在依然被人認為彼此間是風馬牛不相交的——就像藝術和科學的關係——甚至於是相對立的；以致我們永遠無法把它們結合在一起。而我卻認為可以從「電影辯證法(cinedialectic)」這個基礎上，將它們結合成一體；而且是唯有電

影才有此能耐。藉此，觀衆不只能「感受」到在銀幕上所看到的一切，而且也能去「思考」它。也就是說，我們可以賦予這套科學公式有著像一首詩所有的情緒上的特質。無論諸位認爲我這想法是對的還是錯的，我仍要朝此方向向前邁去。

——Eisenstein，引自 Ruby, 1982: 12

「規律」(law)和秩序(order)來自它們所駕馭的過程裏。然而，它們旣非固定不變的，更不是從任何缺乏變化或永恆的模子裏所倒出來的東西。相反地，它們的誕生有著某種恆久性的掙扎。這種掙扎，不只發生在人類的激情之對規律的反抗中，也存在於那看起來都很合理的原理彼此之間。

——Malinowski, *Crime and Custom in Savage Society*: 123

○ 思維體系

一、前言 (一)、知識背景；電影經驗 (二)、研究電影的出發點 (三)、社會科學的「基本動作」 　　——對所有知識的基本掌握 　　——對生命本身的基本反省	序 曲	知識論的出發點 「人是什麼」的研究 宗旨
二、如何分析電影 (一)、《多多的假期》之一 　1.分析電影的三個立足點 　2.電影的特質	分析電影的一個「知識面」	
(二)、《錫鼓》 　1.修辭學的方法 　2.抽象的功能 　3.知識的累積與學科間的界限	知識的運作方式	

(三)、《童年往事》之一 　1.電影的詩意（上） 　2.用「理性」的方法來解釋一種電影感 　3.二元對立關係「網絡」	人類永恒的詩篇	理性	之對比與和諧
(四)、《童年往事》之二 　1.電影的詩意（下） 　2.用「感性」的方式來體會一種電影感 　3.電影的形式與內容		感性	
(五)、《多多的假期》之二 　1.徘徊在戲院門口/遺留在學院裏的知識 　2.個體的生命取向（電影與知識的交集）	未經轉化的知識		
三、結論：知識的轉化 (一)、例1 　一首詩：上述分析方法由電影「轉化」到文學	終曲	知識的轉化	
(二)、詮釋學的觀念			
(三)、例2 　一首歌（2個不同的人唱）：對（人類學裏）「文化」概念的再詮釋			
(四)、終曲：人類永恒的掙扎（人類學與電影的見證）			

一、前　言

　　從學校教育體系的立場來看，當時，在我們班上，我是最不用功的。有時，偶爾到學校去上課，班上同學都笑著說「好久不見」，我也笑著說「好久不見」；有人又會問我上哪兒去了？我一律答曰「在家面壁思過」。這次的演講，真要謝謝人類學會再給我一次「面壁思過」的機會，藉著這個機會，使我能把個人在服役時所面對的一些問題作某種程度的整理。

　　這也是個人在給視聽社同學上課時，一直提到的一個問題：面對自己。

　　因此，從這樣一個立足在「面對自己」的觀點上，這場演講是否能帶給各位什麼，這是我所不敢肯定的。也許，有人看了題目裏的「如何」兩字，以為會有某種「一以貫之的方法論(methodology)」，不過，您別忘了題目的第一個字是「我」。也就是說，我強調今天我所談的是很「個人化」的「分析電影的過程、追求知識的過程」。這個經驗、思考方法是否適用於你，那我就不敢妄下斷言了。

㈠知識背景；電影經驗

　　由於這二個要素是個人對待電影的基本態度之所發，因此，在說明「如何分析」的邏輯上，它們是站在一個最根本的前提上，不過，在此，也只能「概述」而已。

　　個人在個性上算得上是懶散而非勤快之輩，因此，也就不像有些從小「立志做大事」者，那般有系統的讀大書、看經典名片。也許，正由於自己個性上的「無為而治」，所以，常常是「蜻蜓點水」式的

在社會科學、人文學科及美學等上空作「休息式」的徘徊。

　　大概，這種習慣積弊已久，不易痛改前非，因此，一直到現在，印象裏最深刻的影片，不是給我「痛快淋漓」的感覺，就是「舒服」的感受。看《教父》、《大白鯊第一集》裏表現的意象的塑造，人類生命力的激昂，以及柏格曼的《哭泣與耳語》中人類感情與理性間的錯綜和掙扎都是屬於前者。而頭一次看《多多的假期》所給我那久久不能忘懷的印象則屬於後者。

　　記得那天是在一個五月很炎熱的下午，那時我還在服役，適逢出差到三重去，訪人未果，在麵攤上看著報紙的電影版「解暑」，知道就近戲院正在放映《多》片，大概是心理學上所謂「補償」心理作祟，想去那過點短暫的「假期」。進戲院時，也不知片子演多久了，只看到畫面很清亮的一片，新鮮的綠，戲院裏則朦朧的暗，奇怪的靜，滲心的涼。我懷疑那在黑暗裏隱隱可見的人頭，有幾顆已歪斜的「順乎自然」了。於是，我摸著牆到販賣部買了一瓶自己平常從不喝的沙士，又循原「路線」回去，就近「摸」了個位子坐下。這時，才真正覺得四週給人一種空曠又深遠的感覺，像是把自己放入到一個沒有牆壁阻擋的空間，在這裏脫離了一切可感知的束縛，自由、舒服的感覺就隨著這個不可知其限的空間一直在擴大、擴大……。當自己也把頭放在椅背上時，台上的綠似乎漸漸和台下的冰暗互相在滲透、滲透……。最後——不，我想應該還沒到影片的最後就進入夢鄉了。醒來時，四週是一片白亮，於是下意識的就走了出去；我想，那瓶沙士我一口也沒喝，大概也不知躺在地上哪兒去了。

　　我想，這個經驗才真正讓我體會出克拉考爾(Siegfried Kracauer)所說的「當我們的意識活動減低了，於是夢的感覺就來了」(Kracauer, 1960: 163)。

然而，有些電影反而却激發起你想像的舞蹈。看柏格曼《芬妮與亞歷山大》，突然間，《聊齋》裏書生入畫的意象一下子從你心靈深處裏那條歷史的河流跳上岸來，像條活生生的魚跳動不已；而馬奎斯的影子則像半空中俯衝下來的猛鷹，乍然來到你的眼前；凡此種種，像條彗星的尾巴，幾天下來仍在你的靈魂裏盪氣迴腸！而在某天的黃昏，當你尚在低吟不止，一下子撞到了電線桿的那一刹那，這些感動都歸結到胡塞爾現象學的知識論之葫蘆裏，而沉澱下來。

　　我常懷疑，令我最感動、印象最深刻的電影，並不需要藉重那十分嚴謹的分析過程(雖然，這是我今天的目標)；大概是用十分之九的直覺、美感經驗和十分之一的理性、分析過程就可以了。當然，這種感覺和美感經驗並非與生俱有的，而是知識和經驗的融合、累積、學習來的。

㈡研究電影的出發點

　　常常會有人問我：「最近還寫不寫影評？」這眞是很奇怪的一句話。在台灣，有一個很奇怪的現象，就是凡是只要寫有關於電影的文章，不管其內容如何，都一律被「泛稱」爲「影評」。更奇怪的是，在台灣被一般人稱作是影評人者，他們却又聲明自己不是影評人，寫的文章也不是影評(《電影人》，民74：第五、八版)。無論如何，這些怪異的現象，既不是個人所能了解的，也不是個人所感興趣的。

神聖與世俗

一〇八

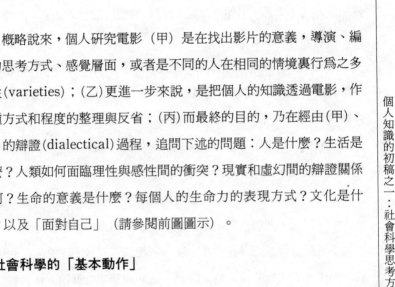

概略說來，個人研究電影（甲）是在找出影片的意義，導演、編劇的思考方式、感覺層面，或者是不同的人在相同的情境裏行為之多樣性(varieties)；（乙）更進一步來說，是把個人的知識透過電影，作某種方式和程度的整理與反省；（丙）而最終的目的，乃在經由（甲）、（乙）的辯證(dialectical)過程，追問下述的問題：人是什麼？生活是什麼？人類如何面臨理性與感性間的衝突？現實和虛幻間的辯證關係為何？生命的意義是什麼？每個人的生命力的表現方式？文化是什麼？以及「面對自己」（請參閱前圖圖示）。

(三)社會科學的「基本動作」

　　——對所有知識的基本掌握

　　——對生命本身的基本反省

我不知道在前面的說明裏，各位能不能多少體會出在那裏面所蘊涵的更深一層的觀念。也許有人要說：「前面講的都很稀鬆平常啊！

難道還有什麼『微言大義』不成？」我想，我試圖用一些很平常的話來蘊涵(implied)某些深入的觀念的作法，跟電影的手法是相類似的（例如：底下的《多多的假期》之一）。

我嘗試要告訴各位的是：如果說社會科學的訓練裏，有所謂的「基本動作」，那麼其中之一就有 nature（本質）/limitation(限制)這對觀念。我告訴了各位我對知識吸收的態度、研究電影的動機，就是在告訴各位，各位今天所聽的這場演講，在本質上，它是站在哪個觀點說話，是從怎樣的一種知識的能力(或體系)來探討實在(reality)。因而也就連帶的要暗示各位，您恐怕聽不到當初因對題目望文生義所想知道的東西。另外一方面，時間、空間、器材的限制，使得「分析」大致達到某種程度。

事實上，對讀書、研究工作、為人處事，個人認為這對觀念都是根本的東西。例如，當您知道電影在本質上的立足點(其所異於其他藝術媒體)、歷史背景、看待實在的獨特方式，您也才能掌握它所能涉及問題的層面為何？不能涉及的又為何，如此，知道了它的限制後，我們才能確實的掌握問題的核心、現象的多面性。對於生命本身的了解，我想也是一樣的，或許，從底下分析電影的例子裏，各位也許會「想」到什麼。這個大問題，自然是一輩子的事，目前只好暫且不提。

不曉得各位還記得我們在一開始所提的一句成語嗎？——面壁思過。在中國文化體系裏，個人認為，這句成語本身就蘊涵這對觀念：

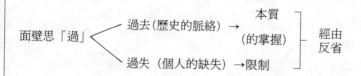

面壁思「過」
過去(歷史的脈絡) → 本質(的掌握)
過失(個人的缺失) → 限制
經由反省

不過，這種解釋方式，有其更深一層的意義——知識的轉化，我們把

它放在結論時再來談，那時會更容易瞭解這種解釋的運作方式。

二　如何分析電影

㈠《冬冬的假期》之一

情節摘要：（甲）冬冬、婷婷、小舅和小舅女朋友林碧雲，一行人搭火車南下欲往外公家。本場景敍述他們四人在車廂所發生的一些非常生活化的事情：婷婷還不會自己尿尿，以致把褲子弄濕；林碧雲買了一件新衣急於在車上就穿給小舅看；林碧雲吃雞脚將垃圾丟得一地。（乙）片子快結束時，冬冬父親自己開車來接冬冬兄妹回家，途中冬冬下車向他在鄉下認識的玩伴揮手道別。

1.分析電影的三個立足點

(1)支援意識(subsidiary awareness)

博藍尼(Micheal Polanyi)認為凡是我們做事或思考，必然要牽涉到一對觀念：支援意識/焦點意識(focal awareness)（彭譯，民73: 36～43）。例如：在黑板上寫字這件事來講，寫字是焦點意識，整個身體（尤其是手臂）則是支援意識之所發。對研究電影這個思考過程，分析電影是我們的焦點意識，而分析電影所憑藉的一切知識就是我們的支援意識。

有了這個認識後，我們要問「我們了解一部電影所憑藉的支援意識是什麼」？

(2)科學的知識

在這裏，我們先要區別兩種知識系統(Carlo, 1967: 27～33)：

常識(knowledge of common sense)──結論(conclusions)

科學的知識(Scientific knowledge)──原因(canses, explana-tions)

由於常識在「本質上」只告訴你現象發生的後果。例如：沒有一個具有正常心態的人會站在快速行駛的汽車前。因為，他不必身體力行，而經由一般常識即知道這種行為的後果：人不是重傷即死亡(結論)；但是，對於科學的知識來講，他要解釋：為什麼快速車與人的碰撞會造成什麼樣的後果，於是他要去尋找各種原因（力學的、心理學的、都市交通計劃的）。

因此，我們可以明白，即使我們是在讀文學作品、看電影也好，我們要能了解作品的內容，光用常識並不能使我們了解整個脈絡的前因後果。然而，針對電影而言，為什麼許多人不懂影片的內容？因為，他用常識的眼光去看待它。為什麼人們常用常識的眼光來「瞭解」電影？因為，電影在本質上，它是直接用實在(reality)裏原本的人、物作為其表現的符號體(signifier)。這種與現實世界十分酷似（並不相同）的影像，使得一般人在看電影時也拿他平常處理日常生活那種常識的眼光來處理電影。

(3)不正面的示意(negative advice)

事實上，由於影像與現實界太過相像，帶給我們在了解電影時，容易犯的錯誤，不只上面那種錯用知識體系的情形，另外一個較嚴重的缺失，是我們常把那種忽視日常生活裏一些瑣碎的事件的態度，也帶到我們去看電影時的那個空間和時間裏。史考利斯說(Scholes, 1968: 17)：

　　我們要特別留意，有些人物或事件，他們看來好像對情節的進展沒有任何的貢獻。這種不正面的示意，它是把我們從對情節

的注意轉移到故事的意義的一種手法。而往往在情節裏看來並不起眼的東西，却有它在主題上的重要性。

(4)分析過程

有了上述三點的說明，我們再也不會把在車廂裏這個場景視爲「自然」而忽視它「在主題上的重要性」。然而，問題是：現在，我們分析的支援意識是什麼？我們的科學的知識是什麼？一般而言，「瞭解(understanding——在後面我們會把它和 explanation 作區別)」電影，文學和心理學的知識背景是最先要具備的（當然，電影的知識更不用說了）。因爲，它們都是共同處理個體心理意識的範圍、人類性格(personality)和行爲間之關係。

底下，我們把這兩個場景分成五個段落來瞭解：

A、婷婷在火車上不會自己尿尿──→不能適應新的環境。

B、婷婷尿褲，挑自己喜歡的褲子穿──→個性保守，不能因環境的改變而調整自己的行爲（封閉性人格）。

C、林碧雲在火車上「服裝表演」──→與社會規範（風俗、約定俗成的社會行爲）相衝突；不因環境的改變而調整自己的行爲（封閉性人格）。

D、林碧雲在火車上吃雞爪，雞骨頭丟得滿地皆是──與社會規範（公德心）相衝突。

當然，上述的解釋並不是由個別的單一事件（如 B）就下一個武斷的結論，而是參照影片的其他部分（如婷婷到新地方去，因爲不肯跟當地小孩交換東西，而被他們所排斥──→不適應新的環境，封閉性人格；另外，林碧雲和小舅在撞球場裏面房裏交歡，也意味他們對社會規範──合法的性關係──的忽視──→封閉在兩個人的關係中的人

格取向）所得出來的結果。

因此，在基本上，對 A、B、C、D 的處理方式，是和小說相類似的，它們都是用「故事（在電影而言，則還有鏡頭等）裏特殊的人與事」來蘊涵「普遍性的觀念或者人類普遍的情境」(Scholes, 1968: 24)。

(5)影片內容蘊涵不同的知識體系

事實上，由 A、B、C、D 的分析，我們可以發現這些行為背後所隱藏的觀念，它們之間是有發展上的先後關係。如，林碧雲由於在「食」(D)（以及「性」）（下層結構）的缺失，必然會反映在「衣」(C)（上層結構）的方面。而婷婷亦有相類似的情形：「排泄」(A)──→「衣（著）」(B)。因此，綜合全片，我們可以畫出影片在這方面所蘊涵的深層結構之圖形：

影片內容對象的抽象	衣　性 ◇ 排泄　食		
思考模式	文化 △ 自然	生殖器期　肛門期 △ 口腔期	上層結構 △ 下層結構
知識體系	人類學	心理學	社會學
代表人物	李維-史陀	佛洛伊德	馬克思

在此，我要強調的，上面這個圖表的解釋仍然不過是本文主旨下的「表面結構」而已，它真正的角色，請參閱二、（五）、1。

(6)藝術的技巧：同一種人化身為三個角色

在《多》片裏，寒子（精神失常的女子）這個角色出現在「鄉村」、「假期」這樣的題材和脈絡裏，不免給人帶來幾分的突兀、不協調的感覺。可是，透過我們在上面的分析，由三種不同的知識體系的觀照，我們發覺：婷婷和林碧雲兩人，實際上是同一類型的人，不同的是，她們分別代表在生命過程裏的不同時期的人。由這個思維路線來看，寒子這個角色在影片中的出現，就不會像是一個在半夜裏闖進來的怪客了。婷婷、林碧雲、寒子三人都是「令父母擔心的人」（多多的外公的話）。婷婷出遠門還不能學著自己尿尿，這還只是令父母擔心的小事；等到她拒絕和新的同儕團體(peer group)「交換禮物（──做朋友──溝通）」，因而被他們所排斥，甚至差點喪失生命（跌倒在鐵軌上一景），這就不是令人擔心的小事了。林碧雲的婚姻，也是在她母親的氣急敗壞下，才發展到另一種教人比較放心的田地。寒子的父親在多多外公家所講的那段話，那種一輩子為她擔心、受累的情景，尤其令人心酸。

她們三人的情形，由心理學的角度來看，都是屬於「無法自行（逐漸）發展出成熟的獨立人格」的人，換句話說，她們都是尚未脫離母胎的生命體。婷婷象徵的是這一類人的童年，林碧雲則象徵青年期，而寒子則象徵著這一類人的成年期。當然，我們的解釋並不是說這一類人最後的結果必然是像寒子一樣，都要精神失常，而是，就戲劇手法而言，寒子是把角色發展成戲劇化的表現。她像宇宙（影片）裏的一顆流星，戲劇性的飛來飛去、倏忽出現（救婷婷一景），也乍然消失──至此，我們可以明白劇終前，多多他們要回家時寒子的出現，

當時鏡頭所欲表達婷婷一直不停的看寒子的意味。

2. 電影的特質——影像構圖

　　在《冬》片裏，編劇所刻意經營之多多與婷婷間的「對比」(contrast)關係，似乎是較爲人所忽略的。因爲，我們既在日常生活中，不認爲小孩子在一般事件裏具有任何重大影響；因此，當我們用這種常識的眼光來看待藝術作品(尤其電影)，自然不認爲兒童在片中的角色實際上有更深遠的觀念潛藏在其間。

　　《冬》片主要是講一個小男孩（多多）啓蒙(initiation)、成長的經驗(參見本文二、㈤之說明)，但是，它也述說了一個小女孩（婷婷）由於性格上的缺失，在個人成長過程裏所遭遇到的種種困境。因此，多多和婷婷在影片中是處於「對比」、互相襯托的地位。而他們兩人間的這種關係，在劇終前，導演用影像的方式（構圖）再強調了一次：

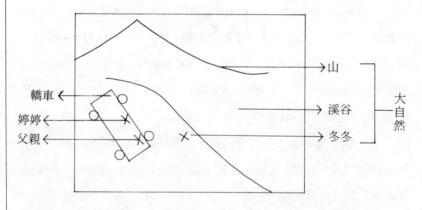

多多走出車外向當地小孩揮手道別，這時他面對的是具有無限可能的廣大的自然界；而婷婷到現在還是「民智未開」（她說那些裸身在溪水中玩耍的小孩「好不要臉」），我們再回想起前面的車廂一景，更肯定我們認爲婷婷是具有封閉性人格（被封閉在轎車有限的空間裏）的說法。多多與婷婷的對比關係可表列如下：

潛藏觀念 人物	成 長 可 能	人 格 傾 向	個體生命 展現的空間		生命力 表現
冬冬	+	開放性 人 格	大自然	無限 空間	+
婷婷	－	封閉性 人 格	轎 車	極有限 空 間	－

(二)《錫鼓》

情節摘要：有一次，奧斯卡和母親等到海邊，他們看到有一個人拿牛頭放進海底捕鰻，當那人把牛頭拉上來時，奧母看見鰻在骷髏的牛骨間萬頭鑽動的情形嘔吐不已。是日，艾佛（奧父）就作了一道以鰻為主的菜，奧母堅持不肯吃，奧父為此頗為光火。此時，楊恩（奧之叔叔，亦是奧母之情夫）出面勸解，奧母「聽話」得不只吃鰻，而且將整盤菜吃個精光。此後幾個場景，都是敍述奧母不停的在吃鰻，又是生吃，又是用手抓著吃。不久，奧母即自殺身亡了。

1.修辭學的方法

在分析這一連串關於奧母吃鰻的場景，我們所憑藉的支援意識來自於亞里斯多德對隱喻的觀點。亞氏在其《詩學》（*Poetics*）裏將隱喻的種類分成四種，其中談論到「類比」（analogy）是屬於一種「外隱喻」（external metaphor），它的運作方式可用數學式表達如下（Sapir, 1977: 22）：

$$a: b: :x: y$$

例如：在中國醫學的體系裏，熱症屬陽，寒症屬陰（啓業書局，民72: 161）的關係。類比觀念可寫成以下的式子：

$$熱症：寒症: :陽：陰$$

因此，上述這些場景，我們可用這個方法整理如下：

類　比　式	抽　象　方　法
1.楊恩：艾佛::情夫：丈夫	社　會　地　位
2.情夫：丈夫::喜歡：不喜歡	心　理　反　應
3.喜歡：不喜歡::個人自由意識：社會規範	認　知　系　統
4.不吃鰻魚:吃鰻魚::個人自由意志：社會規範	表　面　行　為

從上表左邊的類比式裏，我們推論：不吃鰻魚這個表面行為，其實意味著奧母她在人性裏，對個人自由意識（選擇的自由）的需求。尤其重要的是，楊恩與奧母間的親密關係，正是奧母在現實生活裏，個人自由意識最主要的表現方式與支柱。但是，現在連這個「大柱子」也背棄她而與她所排斥的人同流合污，於是，她的精神狀態成了一片的真空（眼神空洞）。個人的自由意識既已崩潰，於是只好任由外界來的壓力任意擺佈——她不停的吃鰻就是這個悲劇的象徵。後來，有一場戲，她先生艾佛隔著一道門跟她說：「再生一個孩子，無論是誰的都沒關係！」然而，這時候，我們都知道，無論是楊恩或艾佛對她而言都是一樣的了。生命對她已不具個人的意義，她所有的只是別人的意義；更不用說「希望」（再生一個孩子）了！所以，她走上了自我毀滅之途。

在這個分析的過程裏，我們要問類比式中的右半部是哪來的？在表的右邊，它告訴我們這是用抽象的方法得來的。因此，接下來就讓我們來談談抽象的功能。

2.抽象的功能

首先，讓我們來看「抽象的階梯(abstraction ladder)」的一個例子（戴，民71: 147）：

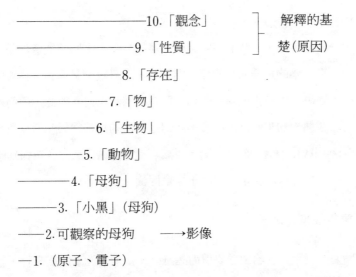

——————————————10.「觀念」 ⎤ 解釋的基
——————————9.「性質」　 ⎦ 楚(原因)
————————8.「存在」
——————7.「物」
————6.「生物」
————5.「動物」
———4.「母狗」
——3.「小黑」(母狗)
—2.可觀察的母狗　——→影像
—1.(原子、電子)

一般而言，藝術乃是「(小說)作者透過他對人生的體驗、對生命裏某種重要的衝突，所作的象徵表現」(Brooks, C. & Robert P. W., 1979: 128)。如此，電影既是拿影像作為其表達的語言，於是，我們用抽象的方法尋找各具體人、事、物背後所蘊涵的性質和觀念，經由這個過程找出人類行為的動機、事情發生的原因，以及由脈絡中來解釋象徵的意義。

3.知識的累積與學科間的界限

然而，抽象的能力是經由學習不斷累積來的。不只如此，不同的學科間所抽象出來的觀念是不大相同的，這當然是我們在前面說的，由於各知識體系的本質和範圍不同所致。例如，就文學觀點而言，魯迅的《徬徨》講的是「徬徨於二個世界，一個已死，另一個却無力出生」(劉等譯，民68: 74)；就社會學而言，則會把它放在「社會變遷」的角度來看。因此，如果我們在文學向度上的這種抽象理解能力，《徬徨》不是淪為個人常識式的「瞭解」，就是社會學式的另一種

「解釋」。

另一方面，如果，我們不能累積知識抽象能力，即使知道(耳聞)《山中傳奇》講的是「人類的權力鬥爭」，一旦我們又遇到《芬妮與亞歷山大》裏，人鬼再度同台對話了還是要驚訝不已。如此，我們永不能明白在藝術的想像裏，現實和虛幻是如何的錯綜為另一種存在的「實在(reality)」。而《俠女》裏，西藏喇嘛為東廠鷹犬（韓英傑）暗算，「金」色的血從腹中流出，永遠是個謎。

(三)《童年往事》之一

情節摘要：（甲）阿哈由於夢遺而醒過來，當他從洗手間出來時，發覺母親在正燈下寫信，告訴他姊姊她得了不治之症的消息。（乙）母親逝世後，家人在家中舉行天主教儀式，在儀式裏，阿哈哭得尤其傷心。其中，導演特意將鏡頭對準死者作了一個特寫。

1.電影的詩意（上）

在侯孝賢的影片裏，有好幾個場景是極富「詩意(poetic)」的，我們在這裏討論其中的二個，一方面，試圖去了解人類在詩的形式裏的思考方式；另一方面，試圖將人類的情感和理性的錯綜情形作某種程度的了解。

現在，先讓我們來看語言學家(Roman Jokobson)所認為詩的本質是什麼：

> 和諧是對比的結果，……這個世界是由互相對立的元素構成的。……而真正的詩——愈是充滿原始而生動的世界，矛盾對立的情形愈多，而對立正是那隱秘的親戚的藏身之地
>
> (Sabina，引自 Jakobson, 1976: 164)

如此，接下來就讓我們用「既對比又和諧」的支援意識來分析（甲）：

母：不治之症─────→死

子（阿哈）：性的成熟→生

於是，這個令人表面上看來是二個人在作不同的事的現象，在我們用「生／死」這個對比觀念建立起它們之間的相反關係。然而，從人類的生命過程的觀點來看，生和死既是個人生命的必然過程，也是整體人類生命在傳衍上的一個必然現象；於是生和死的對立情形在此獲得了和諧。這些影像所傳達出來的詩意，就是透過這組觀念既和諧又對立的關係產生的。

但是，我個人認為，恐怕在真正較複雜的現象裏（如下面的例子，以及段落乙），單獨的「一組」二元對立(binary opposition)是解釋不了的。也就是說，往往我們得建立起二元對立「網絡」(network)才能解開問題的結。先讓我們來看過例子，再來解釋（乙）吧。

2.二元對立關係「網絡」

「請注意某些笑話，是怎樣由於分類的轉換，而製造出幽默的氣氛：『我們不要太特別，戴一個舊的二流鑽石，總比沒有任何東西好』」（鄧譯，民72: 201）。

這個例子的分析，我們用下表先作一概略說明：

一般人的分類觀	說話者的分類觀
特別─鑽石	特別：一流鑽石 ＜ 不特別：二流鑽石
不特別─非鑽石	（不在其分類體系內）

事實上，在分析過程的最後，我們才發覺真正問題的關鍵，反而

是在那隱藏的這個對立觀念——主觀(說的人)：客觀(一般人)，而所謂「分類的轉換」情形是這樣的：說話人的低標準還是一般人的高標準（二流「鑽石」），也就是說，大多數人所認為的高標準在此被貶為低標準，這種原有社會秩序觀念的「錯亂」於是造成了一種幽默的氣氛。我們把主宰這個現象的三個二元對立組網絡的關係，用圖形表示如下：

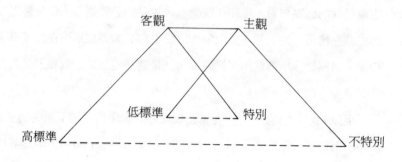

3.用「理性」的方法來解釋一種電影感

記得當初戲院放到（乙）時，當鏡頭對死者的臉部（阿哈的母親）特寫時，許多人都笑了出來。據說，在一個座談會上，侯孝賢直言說他是想表達一種荒謬感。其實，當時台上(影片)、台下的強烈不和諧氣氛，本身就有一種荒謬感。阿哈的母親在片中既非反派角色，靈堂裏天主教儀式一景，原本是哀傷的氣氛，觀眾却給導演一個特寫鏡頭弄得哈哈大笑，這不是荒謬嗎？我們知道，荒謬的本質乃是來自於觀眾本身彼此間元素的強烈不和諧所造成，運用上述的二元對立網路概念，這個電影感是可以被理性的方法說明清楚的。請看下表：

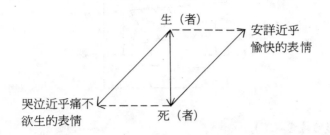

生（者） - - - - - - - → 安詳近乎
愉快的表情

哭泣近乎痛不 ← - - - - - 死（者）
欲生的表情

由上表可以知道，生/死這對立關係，加入了另一組對立關係（痛不欲生/愉快）的「干擾」後，原本人們對生者和死者的情緒因而被顛倒了過來，這兩對二元對立組間強烈不和諧的並置的結果，荒謬感便來了。然而，另外一種類似的荒謬感，其運作的情形則近似於「諷刺」。這個現象背後發動的力量乃是人性中「形式主義」在作祟。這個現象用新詩的語言來說是「美麗（化妝）的死亡（死者）」，用村夫漁婦之言即「死要面子（死者臉部的特殊妝扮）」。

㈣《童年往事》之二

情節摘要：窗外下著傾盆大雨，阿哈就坐在房間裏的窗戶邊，用台語大唱失戀之歌。鏡頭轉到客廳，母親用客家話跟阿哈的姊姊述說她和父親剛結婚那幾年相處的情形：母親辛苦的照料父親虛弱的身體；父親對母親若師、若父之不苟言笑的態度等。其中姊姊用國語叫阿哈不要再唱歌。這兩個場景的分鏡簡圖如下：

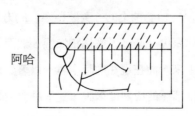

阿哈

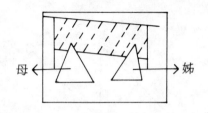

母 ← → 姊

1. 電影的詩意（下）

　　我們在上面的例子裏所講的電影的詩意(上)，只牽涉到一個場景(scene)，現在我們這裏講的，則是由兩個不同的場景（上圖與下圖）──但屬於同一個段落(sequence)──所構成的詩意。然而，觀眾極易為下圖的內容所吸引，而忘了上圖跟下圖間的段落關係。

　　在這裏，詩意的塑造，這兩個場景的「對比(contrast)」是：母親與兒子（阿哈）兩人在處理男女間情感的方式不同（參見下文），相關聯地，兩人在情感成熟度亦十分不同。而其「和諧(harmony)」則存在於：兩人共同都在表白一份受創傷的感情──男女間的感情。

　　這份詩意，雖然沒有上例來得強烈有力，不過，其中所塑造出來的意象(imagery)，給人十分深刻的印象，像溪水一樣悠遠而不絕。

2. 電影的形式與內容

　　我們在上面說過，這兩個場景都同樣表達一份受創的情感。兒子的表達方式是放大嗓門的唱，唱得近乎「破銅破鐵」(姊姊的評語)；而母親用平緩的語調，敍述過去一段辛酸的情感過程，整個敍述(narrative)的方式，像是用一種藝術上的「美感距離」的方法來處理，即使對過去包含了多少的哀傷、憂戚、懊惱和悔恨，然而，這些複雜都在時間的洪流裏沉澱下來，而在現在的時空裏，以著如歌的慢板，唱著歷史的歌。因此，就情感的成熟度來說，兒子體會到的是一種粗糙、生硬的情感；一種「外發式」的情感。而母親則蘊涵著一段經過昇

華、冶鍊的情感；一種「內歛」的情感。

　　但是，母親在這裏所講的，這個內容是頗爲驚人的。我們都知道，在中國文化裏（傳統），上一代的人很少跟下一代的人說起某些很個人化的事情，更不用說很個人化的情感，至於像阿哈的母親對男女間的情感，講解得如此細膩的更是絕無僅有的。這段話，像是道盡了在中國傳統社會裏，女性在男尊女卑的習俗裏，連男女間情感的發展都因而受到扭曲；這段話，似乎象徵著中國幾千年來女性的集體情感——一種對男女間的熱情，在社會禮俗的影響下被冷却下來。就社會學觀點而言，這段驚人的自白，在內容上或許是受西方文化的影響，然而，在表現形式上，它還是很中國的——內歛還是近乎無奈？

3. 用「感性」的方式來體會一種電影感

　　上面的解釋，我們大致是用理性的文字來表白我們體會不同的情感其中較明確的部分。其他的部分，還得靠我們的外感官，如聽覺和視覺來補足。聽覺部分，如三種不同的語言（音串）在這兩個場景裏，配合著「失落的情感」所塑造出的分散、疏離的感覺。而就視覺而言，屋外下的雨對兩位「歌者」的近、遠關係，也反映了他們在情感反應上的激昂與平淡（當然，雨聲的強弱對感覺的形式也扮演了重要的角色）。

㈤《冬冬的假期》之二

情節摘要：　（甲）影片一開始即敍述冬冬的小學畢業典禮。在下一個場景，影片敍述冬冬和小舅、父親等一行人到醫院去，一則探望母親的病情，一則與母親道別。（乙）片尾時，冬冬和外公去小舅和林碧雲的住處辭行，外公告訴小舅冬冬明天就要走了，要回校接受新生訓練了。

1. 徘徊在戲院門口/遺留在學院裏的知識

對(甲)、(乙)兩個不同的段落的分析，在這裏，我們要以人類學的知識為支援意識，並指出《冬》片的主題。

人類學家說在人類五花八門的儀式裏，其中有一種叫「通過儀式 (rites of passage)」。這種儀式的目的，乃是在使人們能夠平安而順利的通過每一個人生裏的大「關口」。如：出生、受洗、滿月、成年、結婚、死亡等。由於人們在跨越這些關口，會面臨各種不同的危機 (crises)，因此，儀式的運作，就在使人們能順利的過渡到新的生命的階段。而這種儀式的進行得經過三種過程；首先是「隔離」(seperation)，也就是說把「闖關」的人，弄到某一個跟原來他所處的社會隔離的環境裏去。其次是「過渡」(transition)，這個階段的目的，在使這些人學習一些異於過去的行為或知識。最後，整個儀式就在族人歡迎他們回來的慶典中而結束，這個過程就是「整合(integration)」(Gannep, 1960)。

因此，運用人類學的儀式觀念，我們可以把影片(甲)、(乙)的內容整理如下：

場　景	畢業典禮	母親生病	到外公家 (本片英文標題)	新生訓練
人類學 觀點	隔離	象徵 危機(crises)	過渡	整合
心理學 觀　點	脫離母體，發展獨立自主的人格			
常　識 觀　點	母親生病無法照顧多多兄妹，因此把他們送到外公家。			

當然，即使我們是用別的知識體系來看本片，說明本片的主題是

在講「成長的過程」並不困難，人類學的知識運用在這裏，所表現的獨特意義，乃是在於它能指出這個過程所蘊涵三種不同性質的階段，並指出人類生命演化過程所必然發生的社會行動。

但是，真正更關聯到我們文章的主題的，乃是在於：即使你的知識背景是人類學的，你怎麼曉得要用人類學的知識來解釋電影。更深一層的來說，你又如何能從人類學裏千百種的理論之「記憶」中，「選擇」其中的一種來解釋不同知識領域的問題呢？

我記得上高中時，常常在高三的數學複習課裏，譬如說今天是複習三角函數一章，於是老師就把歷屆大專聯考關於本章的數學試題，先分類，然後再演算之。最後的結論是：「你們看，多簡單！」於是，剎那間，台上台下的信心大增，好像聯考是逃不過「歷史」的法則一樣。然而，同樣的，一旦我們走進考場（就像我們走進電影院一樣），每一個數學題目的解決，都得要我們從六本高中數學課本（應該不只六本，因為還有參考書）的「記憶」中，去「選擇」最大「可能」的解法。

想用各種不同的知識體系來看、瞭解、分析、解釋電影，情形只有比上面的例子更複雜。

不過，在這裏，一個更基本的問題是：不要說人類的儀式理論是否被我們帶進戲院了；就連人類學（或心理學等）是否我們能把它們「隨身攜帶」都還是個問題。也許，這些從學校裏「解救」出來的知識體系，一到車水馬龍的大都會裏就被沖散得只剩下手中的霜淇淋與口中的常識而已？

2.個體的生命取向

也許，這時候我們都該問問自己：「我所學得的知識只是一種學院裏的『常識』嗎？」它的「來龍」似曾相識，它的「去脈」則無從

掌握？

我想，知識眞要「內化」成爲個人的東西，那它才能成爲具有生命、活生生的東西。自然，每個人「內化」的過程不同，因爲知識要成爲「個人知識(Personal Knowledge)（彭譯，民 73: 23～51）」，個體的生命取向佔了相當重要的地位；詳細的情形，我們在下面舉別的例子說明之。

結論：知識的轉化

(一)例 1

一首詩：上述分析方法由電影「轉化」到文學。

雨絲（鄭愁予，民 73: 115～116）

①我們底戀啊，像雨絲，

②在星斗與星斗間的路上，

③我們底車輿是無聲的。

④曾嬉戲於透明的大森林，

⑤ ┌ 曾濯足於無水的小溪，
　 └ ──那是，擠滿著蓮葉燈的河床啊，

⑥ ┌ 是有牽牛和鵲橋的故事
　 └ 　遺落在那裏的……

⑦ ┌ 遺落在那裏的──
　 └ 我們底戀啊，像雨絲，

⑧斜斜地，斜斜底識成淡的回憶。

⑨而是否淡的記憶

就永留於星斗之間呢？

⑩如今已是摔碎的珍珠

⑪流滿人世了……。

①——→詩人用直喻(simile)的方式，告訴我們題目的方向，對於男女間的戀情（參見⑥）和雨絲之間的想像。

②——→「星斗與星斗間」，就抽象思考和象徵而言，是指一種十分遙遠的距離（參見③、⑥、⑨）。就詩的意象(imagery)而言，則帶出夜的寧靜，廣大空間（星空）裏的兩顆閃爍的星之意象，這個意象與①的雨絲有聽覺上的關聯（雨「絲」的聲音和夜的聲音），有視覺上的相仿（小雨滴和天空裏的星星）。

③——→「車輿」，用抽象的思考來看是指溝通的意思。因此，這句話是說這兩人的溝通產生困難（參見⑥、⑨）。當然，這句話的意象還是和①、②相關的。車輿給人一種古樸的感覺，這個意象跟前面所凝造的氣氛十分和諧。

④——→我們知道，在森林裏，一個觸目所能見的只是周圍的樹林，不用說前面有什麼我們看不清楚，即使我們剛走過的路旁邊的樹，她們和現在我們身旁的樹有什麼分別更不曉得了。因此，前路不明，後路杳杳，森林根本是不透明的。所以，「透明的大森林」是個矛盾、對比(contrast)。這個對比的和諧隱藏在「嬉戲」中。這句話是說，在我們過去快樂的時光裏，無論你在世界的哪個角落裏，我們還是可以互相感知的，沒有什麼間隔（大森林）能阻滯得了你我的相往。因此，這是用意象的對比來表達一種主觀的感覺（透明的大森林）。

⑤——→跑去小溪洗腳，却發現沒水，因爲水被蓮葉給堵住了。在這裏，水象徵他們二人的情感生命。現在碰到了阻礙却也是個人生命

（蓮葉「燈」的象徵：光明、希望）所無法排斥的（參見⑥）。因此，無水的小溪這個對比，在蓮葉燈裏獲得了和諧感。

⑥──→這個阻礙，就像當初牛郎織女所面臨的困境一樣；既有來自親情的反對力量，又有更大的不可抗拒的外力。

⑦──→把主題再強調一遍。於是，在這裏，我們才眞正明白爲什麼他們的戀情是「虛線」（受到阻礙，連貫不起來），而不是實線。

上述分析電影的方法與概念	詩的段落
電影的特質（詩的意象）	②、③
修辭學的方法和概念	①、⑪
抽象的方法	②、③
知識的累積與學科間的界限	⑥
詩的本質	④、⑤
二元對立關係網絡	⑪
象徵與電影感	①、②、③、⑤、⑧、⑨、⑩、⑪

⑧──→用「斜斜地」這視覺上的距離感(兩點間最短的距離是「直」線)，把他們兩人現在的關係(無法在現實界──直線──裏相見，只好在過去的記憶裏──斜線──去找尋那段感情)作象徵式的說明。然而，這段記憶雖遙遠（淡）却教人心緒錯綜複雜。

⑨──→這段感情能永遠保留在你我的記憶裏嗎？星斗在這裏兼可象徵著永恒的意思。

⑩──→「珍珠」在此可兼指：生命裏最珍貴之物──戀情，亦可與主題的意象貫串起來：眼淚、雨珠。因爲，這些東西在概念上（經由抽象）都具有相同的意思（共相）。

⑪──→可解釋成人類生命現象裏的一種普遍性（流「滿」「人

世」)；亦可指原本可貴的東西(珍珠)，現在已轉化成另外一種形式(地上的水)，而不再爲人所眷顧(雨「珍珠」/地上的水：天上/人間：上/下：珍貴/遺棄)。

(二)詮釋學的觀念

常常會有人問我：「你的解釋是當初編劇、導演要講的嗎？」這個問題就像在上面我所舉的例子一樣，各位不免心中有幾絲疑慮：你說的是人家作者的意思嗎？我想，這種想法就像是有人去問卡拉揚：「柏林愛樂交響樂團剛剛所演奏的『命運交響曲』是和貝多芬當初作這曲子的曲意一樣嗎？」這個問題，大致回答了各位對這點的些許疑慮。不過，爲了把這種問題了解得更具體一點，底下我們用詮釋學(hermeneutics)的一對觀念來作說明(Ricoeur, 1976: 71～88)：

Explanation (解釋)	Understanding (瞭解)
Abstraction	guess
analytic structure(the utterance meaning)	intentional (the utterer's meaning)

換句話說，瞭解只是對作者意圖(intention, the utterer's meaning)的揣測(guess)。而解釋則是把作品看成一個「實在」(reality)去分析它的結構(analytic structure)，去找出「它」的意義(the utterance meaning)，用抽象的概念去討論它所蘊涵的一般性觀念。

像我們練琴一樣，剛開始我們只是去揣摹原作曲者的意思，去瞭解樂曲的音符是如何組成，到了某種瞭解的程度後(因人而異)，於是，你加入了你自己的意思，你再重新去找出這個曲譜 (形式) 的另一種

意義來，這時在這個新的解釋裏便存在著你個人的生命力、知識。

　　雖然，用詮釋學這對觀念，我們大致分辨了人們對「原作者的意思」和「詮釋者的意思」的混淆。但是，對於我們的主題來講，更重要的，它還能跟我們說明「知識是如何轉化」？「個人知識形成的過程」？讓我們再用一個圖表來對這兩個問題作說明：

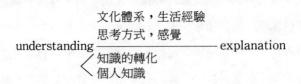

　　簡單說來，個人知識的形成及知識的轉化，都是經由我們對作品的瞭解開始，慢慢加入你所生存的文化觀點，你個人的生活經驗，你的思考模式以及你的各種感覺，一直到你把這些東西綜合成為你完成解釋工作的支援意識時，這個過程才算告一段落。

　　一個簡單的例子，就是在我一開始提到的「面壁思過」。我用社會科學的、知識論的觀點(思考方式)，把這句中國成語(文化體系)作了新的解釋；辯證地，也由於這知識論的觀點(nature/limitation of knowledge)，使我們對這句中國成語有新的體認。另外一點，在這個過程裏所不可缺少的，這個解釋的動機乃是來自個人的生活方式(生活經驗)，以及隨之而有的種種感受、反省(感覺)：nature/limitation of life。

㈢例 2

　　一首歌(二個不同的人唱)：對(人類學)「文化」概念的再詮釋。
※歌曲(錄音帶)：「雨絲」

作曲者：李泰祥

作詞者：鄭愁予

演唱者甲：齊　豫

演唱者乙：李泰祥

　　記得我當初唸人類學時，授課老師告訴我們：衣服是文化，汽車是文化，眼鏡、椅子、書桌都是文化。後來，大二上文化人類學時，老師又說：「文化是一種生活方式」。到了大四時，老師却告訴我們：文化是一套套在無形中影響（控制）著我們的思想體系。無論如何，一直到現在我回想起來，這個從「有（形）」到「無（形）」的文化觀念，始終對我而言還只停留在「瞭解」的步驟，它們還不能使我有「解釋」現象的能力。也就是說，個人一直無法在這個教育方向裏，有更進一步的知識的轉化的成果。也許問題不在教育方式，而是在於講課的人和聽課的人，彼此間在「感覺」、「思考方式」以及「生活經驗」上的差異所致。剛剛所放的同一首歌曲，由兩個不同的人來唱，就是要用一種最簡單而生動例子，來告訴各位個人在知識的轉化過程裏的一點心得。

　　我們知道，無論如何，人們在分析或研究「實在」時，根本上，所面臨的是二個問題：一個是研究對象（如人、事、物）；一個是探討的模式(mode of inquiry)。例如，我們現在的研究對象是關於男女之間的戀情，探討的模式如果分二個不同的知識體系來看的話——實質上，當然不只這二種模式，在此為了將概念說得明確、扼要，因此只舉其中之二——每個知識體系都只是接觸到對象的一部份而已。在文學方面，像上述的例子，鄭愁予用「詩」的形式來探討；錢鍾書的《圍城》用「小說」的形式來探討；福樓拜的《包法利夫人》也是用「小說」的形式來研究。在電影方面，如上述的《童年往事》之二講的是：

中國文化裏（傳統）對男女情感的處理方式（其中的一面）；再如最近上映的《遠離非洲》，則是西文化體系裏對這方面的「一種」處理方式。

因此，我們知道，不只不同的知識體系只是接觸到「實在」的一部分而已；即使是相同的知識體系裏，所採用的探討的「形式」（如詩與小說）不同，其所掌握的部分、層面也不同，又即使「大體上」的形式相同（如《圍城》和《包法利夫人》都是小說），不同的人運用不同的思考方式（如錢鍾書用的是「諷刺」的手法，福樓拜用的是「寫實主義」的觀點）所揭露的眞象的向度又不相同。現在，我們大概也明白，上面所放的兩首曲子，詞都是鄭愁予的原詩（只改了一兩個字），可是一旦用歌曲的形式來表達，那就是另外一種「解釋」(explanation)（實在）的結果。又即使是這兩首曲子的作曲者都是一樣，當唱的人用不同的音質（男聲與女聲）、不同的處理曲意的方式（崑曲、西洋歌劇唱腔與校園民歌的唱法），其所「輸出」的意義仍舊是不同的。上面的概念，我們從下面的圖表很清楚的看出來：

換句話說，在吾人「個人知識」的建構、或「知識轉化」的過程中，吾人將「文化」定義在對不同學科間的統合觀點上。而力圖從這種「狹義的」文化框架，去掌握生命現象的豐富性，去尋求有生命的秩序，去反省人類知識的性質與形成。如此，以「狹義的」文化之「寬廣」的視野爲立足點，而走向（廣義的）「文化：生活方式」的大範疇，逐步去反省：人是什麼。

因此，支持著我們「知識轉化」的重要的信念，即在於把現有的個人（特殊）時空背景，放到一個以「活生生」的人爲中心的系統裏，來反省它們的本質和限制。則這個信念的特色乃：來往於各學科之間，而試圖去調和人類理性和感性之間的衝突，進而企圖跳出各種知

識體系的視野，而拿出一種靈活的「有機的」知識觀點來和生命現象相契合。

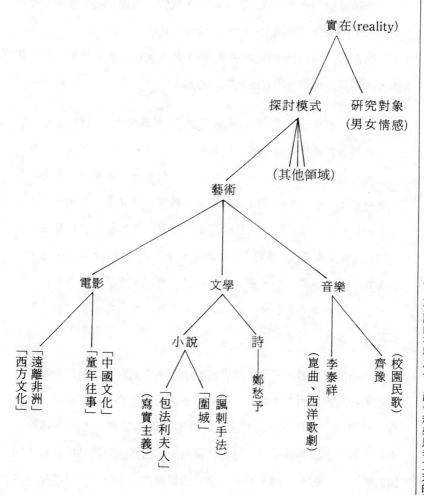

㈣永恒的知識困境與電影的角色

承續這樣的思考方式而來，現在，我們必然要試圖去思考：究竟電影在這個信念的關照下所扮演的角色是什麼？

很奇妙的，對這個問題的思考，個人的「支援意識」是來自於《莊子‧天道篇》裏頭一段君臣之間的對話：

> 桓公讀書於堂上，輪扁斲輪於堂下，釋椎鑿而上，問桓公曰：「敢問公之所讀者何言邪？」公曰：「聖人之言也。」曰：「聖人在乎？」公曰：「已死矣。」曰：「然則君之所讀者，古人之糟魄已夫！」桓公曰：「寡人讀書，輪人安得議乎！有說則可！無說則死。」輪扁曰：「臣也以臣之事觀之。斲輪，徐則甘而不固，疾則苦而不入。不徐不疾，得之於手而應之於心，口不能言，有數存焉於其間。臣不能以喻臣之子，臣之子亦不能受之於臣，是以行年七十而老斲輪。古之人與其不可傳也死矣，然則君之所讀者，古人之糟魄已夫！」

在這段對白裏，莊子所欲表現的兩個主要觀點正與我們上述所論述的觀點有異曲同工之妙：「得之於手而應之於心，口不能言，有數存焉於其間」之於「個人知識」；「然則君之所識者，古人之糟魄已夫」之於「知識的轉化」──更精確的說，這指的是我們所說的「知識的轉化」中的消極面。不過，這段話更深奧的道理，很可能是存在於底下的質疑裏：為什麼莊子用一個「磨輪子」的老人，來擔任對人類知識形成的詮釋者？

「如果」這是作者刻意的安排，那麼「輪子」在此便是永恒（圓──循環不止，無始無終）的象徵。換言之，莊子在這段話所傳達的

二個論點，並非是在某一特定時空下的結論，極可能是莊子企圖超越對話裏歷史和虛構(文學)的融合，而歸結(用文學的技巧)這是人類學習(齧斷)、讀書(桓公)──知識形成──的「永恒」困境(哲學的目的)！

綜觀人類知識的表達向來只是「分別」強調原本生命現象中的一部份。例如，最龐大的知識系統，如：文學、歷史、哲學等之表現媒體都是用語言(文字)，其他的如聲音之於音樂，圖像之於繪畫等。較近似於原來生命現象全貌的虛構活動：戲劇，也因舞台表現方式的本質和限制，觀者和戲劇仍有一段相當的距離。這段「分段式」的生命現象的「抽樣」，限制了我們對原本活潑的生命現象之豐富性，臨場「似」的體驗。這個缺憾，終於由電影來彌補──比較上而言。

電影以最「具體」而「逼真」的形貌，跳躍在人類的眼前，給予人們「暫時替代」真實生命現象的錯覺(相對於晚上人們另一種「真實的錯覺(？)」──夢，電影是醒著的夢。)正由於這種在知識表達上的「最具體」和「最逼真」本質，它蘊涵著囊括各種知識系統解釋上的最大可能。我懷疑，電影的這個特質如果將它和我們得之於《莊子》的靈感銜接起來，電影似乎可以給予那些「糟魄」(用文字表達的知識)一種回指到真實生命（當然是指「近似於」）本身（這正是巴贊對電影的最高期望）的更大可能，並進而去超越該知識體系本身的限制。

因此，電影在本文裏所秉持的信念中所扮演的角色，一者，它提供各種知識體系交會馳騁（想像）的範疇；二者，它蘊涵著解放各知識體系本身的限制之更大的可能。

但是，即使電影有種這麼「超越」的潛能，然而，一切人類知識形成的根本上的限制，必然如叔本華所言：「一切書籍不過是別人在為我們思考」，電影之於人類知識形成也不能例外！

參考書目

中文方面

1. 啓業書局

　　民 72　　《中醫學基礎》。台北。頁 161。

2. 彭淮棟譯 (Michael Polanyi & Harry Prosch 著)

　　民 73　　《意義》。台北：聯經出版事業公司。頁 23～51。

3. 鄧海珠譯 (早川博士著)

　　民 72　　《語言與人生》。台北：遠流出版公司。頁 149～155, 201。

4. 劉紹銘等譯 (夏志清原著)

　　民 68　　《中國現代小說史》。台北：傳記文學出版社，頁 74。

5. 鄭愁予

　　民 73　　《鄭愁予詩選集》。台北：洪範書店，頁 115～116。

6. 戴華山

　　民 71　　語意學。台北：華欣文化事業中心，頁 147。

英文方面：

1. Brooks, Clecnth & Robert Penn Warren

   1979, *Understanding Fiction*. New York: Crosts & Co. P. 128.

2. Carlo, William E.

   1967, *Philosophy, Science, and Knowledge*. Milwaukee: The Bruce
   Publishing Company, P. 20～23.

3. Gannep, Arnold Van

   1960, *The Rites of Passage*. Chicago: The University of Chicago
   Press.

4. Jakobsow, Roman

1970, *What is Poetry? in Semiotics of Art.* Ladislav Mateyka & Irwin R. Titunik (ed). P. 164~175. Massachusetts: The MIT Press.

5. Kracauer, Siegfried

1960, *Theory of Film.* New York: Oxford University Press. P. 163.

6. Malinowski, Brorvislaw

1959, *Crime and Custom in Savage Society* N. J. Paterson: Adams & Co. P. 123.

7. Ricoeur, Paul

1976, *Interpretation Theory: Discourse and The Surplus of Meaning.* Texas: Christian University Press (台北：雙葉書局翻印)，P. 71~88。

8. Suby, Jay (ed)

1982, *A Crack in the Mirror.* Philadephia: University of Pennsylvania Press. P.121~131.

9. Sapir, David J. & J. Christopher Crocker (ed)

1977, *The Social Use of Metaphor.* Philadephia: University of Pennsylvania Press, p.3~32.

10. Scholes, Robert

1968, *Elements of Fiction.* New york: Oxford University Press. P.17~25.

詩意寫實主義

台灣新電影語言初稿

……這裏雪已極少，山頭皆裸露作深棕色，遠山則爲深藍色。地
方靜得很，河邊無一隻船、無一個人、無一堆柴。祇不知河邊某
一個大石後面有人正在搥搗衣服，一下一下的搗。對河也有人説
話，却看不清楚人在何處。

——沈從文：湘行散記

「美和醜都是近親，

美也需要醜，」我叫。

我的伴已散，但這種道理

墳和床都不能推倒，

悟出這種道理要身體下賤，

同時要心靈孤高。」

——葉慈：狂簡茵和主教的談話(片段)

一、韻律：聽覺、視覺、(潛)意識

　　《童年往事》的開頭與結尾，不帶戲劇性，却帶走觀衆的心，這
類電影在電影史上很少見。片子一開始，斷斷續續幾聲老祖母的呼喚
「阿孝咕！」，表面上看是一場祖孫的捉迷藏：老祖母用她柔和的聲
音叫著孫子時，鏡頭便隨著她那別具另一番韻律的步伐，拉向那童年

的環境與人物中。每一聲呼喚，像極一首詩的韻腳(這是聲音的韻律)，這個韻腳到下個韻腳間，影片用祖母細緻有序的小步伐(這是視覺上的韻律)帶出童年時住家周遭的人、物、景。這個由表面上看來祖喚孫的序幕，在韻律的帶動下，使我們懷疑這就是導演自己在心中一遍又一遍、不斷吟哦、低迴不已的童年。而我們的這種懷疑，不僅在片子結束時的場景中得到證實，而且更看出這個童年經驗，對導演往後詮釋人生經驗有其認識論(epistemology)上的重大意義。

《童》片的結尾，兄弟幾人靜靜不動聚在一起瞻仰祖母遺容，其空間排列，像極一張靜態的照片。而祖母的逝世就是這張已成過去的照片的註腳。收屍人清洗老祖母的屍體時，不斷翻轉那僵硬不變(象徵時間的凍結)的身體，令人感覺像是在留戀、翻閱一張令人不忍釋手的照片──逝去的童年！這個再三「翻閱」、不忍釋手的畫面，是一個隱喻(metaphor)，它代表導演生命過程中的一個韻律：像脈搏的跳動(生理上)一樣，這是他生命裏一股永不熄滅、永遠跳動(潛意識)的生命力！這個經驗就是他往後認識這個世界最重要的「支援意識」(subsidiary awareness)(參見 Polanyi, 1962, p.88, 92, 115)之一。

既然詩和其他文體(敍述方式)最大的不同處在於其具有韻律和節奏(韋政通，1975, p.257)，侯孝賢就用這種詩的特質，將我們帶進了他的童年，帶出了他的往事，也勾勒出二次大戰後長於斯土的中國人的歷史意識。

二、新的敍述方式(narration)──徘徊於雷諾與費里尼之間

如果，我們仔細反省台灣光復後，這三十多年來台灣電影的電影語言的進展，或者想想在台灣上映的「異文化」(other culture)電影的影像語言，那麼，侯孝賢的電影在台灣票房上的失敗不但不是意外，

而且還是必然的結果（necessity）。

那麼，是什麼因素蘊涵了這種必然性呢？

先舉個假設的例子來看：如果，從今天起要我們改變說話的方式，把名詞放在形容詞的前面（像法語），把動詞放在受詞的後面（像日語），我們相信，即使過了十年之後，那原本已熟悉了三十年把形容詞放名詞前面、把受詞放動詞後面的舌頭與左半腦（語言中心），在憤怒之餘脫口而出的國罵，依舊是富有歷史的風味的。

三十多年來，台灣的觀眾一直是在蒙太奇這種電影語言的引導下「長大」、「定型」，而習以為常，因此，蒙太奇成了他們在第八藝術上的「母語」。這個母語在敘事方式上的兩大特質就是「分析」（analytic）和「戲劇化」（dramatic）（Bazin, 1967, p.31）。因此，原本《風櫃來的人》所要傳達的是人內心的掙扎，但令人覺得嘲諷的是，到了觀眾身上，由於他們這時在影片中找不到這兩張熟悉的面孔，於是語言的無法溝通，變成了「時間」的「掙扎」和意識上的茫然（像片中的少年）。

當然，將這個必然性完全歸罪於蒙太奇是有欠公允的。這裏還牽涉到人類知識上的一個普遍的困境：後繼者對原理論（蒙太奇）的了解與實踐流於刻板化。即使有人說蒙太奇理論是用科學邏輯的分析方法來剖析眞實（張偉男譯序，1979, p.5），但是艾森斯坦的作品依然是電影史上公認的「藝術」經典之作。而蒙太奇理論在提供我們去認識眞實（reality），並不像後來我們在台灣上映的影片中所見的蒙太奇手法那般粗糙（參見 Eisenstein, 1949, p.72～83）。限於文題，在此我們無暇顧及這點。

然而，蒙太奇形式主義畢竟有其本質上的限制，巴贊說：

傳統式的剪接，把人與物體間那種彼此敬重對方的自由(recipro-cal freedom)完全壓抑下來。它用強制性的分析來取代人的自由組織能力。其用以記錄動作的鏡頭，背後所蘊涵的邏輯，徹底麻醉了我們的自由(引自 Andrew, 1976, p.162)。

艾森斯坦這種對觀眾自由組織能力的壟斷，乃源自其主觀式的知識論觀點：「造作出心理上的持續，但却犧牲知覺(perceptual)的持續」(Andrew, 1976, p.158)。關於蒙太奇的第一個特質(分析性)造成觀眾在認知上的困境，我們只補充說明到這裏。因為，針對這一點的新寫實主義的「長拍」(longtake)與「深焦鏡頭」(deep focus)，劉森堯先生在一篇文章裏已將侯孝賢在其作品裏的運用情形說得十分詳細而清楚(劉森堯，1985, p.88~91)。

又，在這個向度上，侯孝賢與雷諾皆呈現出一種詩意的寫實主義(poetic realism)，「他懂得如何讓現實講述自己的故事」(Armes, 1979, p.73)，「他人物的道德是處於一種矛盾、重叠的關係裏，這種關係產生滑稽和嚴肅底奇異混合」(ibid, p.70)。

事實上，使台灣觀眾與侯孝賢的作品疏離(alienation)的最主要原因，是在於侯的影片中缺乏「戲劇化」的情節(plot)(侯的影片中有一「場景」(scence)，極富戲劇性，參見本文：三─1)。試想，操著傳統式電影「母語」的現象，用他們那帶著「戲劇性因果律」(dra-matic causality)的意識形態，想在侯的影片裏尋找任何「戲劇性的關聯」(dramatic linking)(Bazin, 1971, p.90)，然後才能歸納出影片的意義。像《風》片最後那含義深遠的一幕(參見本文：五)，鈕承澤站在椅子上大聲叫賣的「結局」，簡直把觀眾弄得滿頭霧水，找不出一絲與全片相關的意義來，也下不了一毫的「結論」，觀眾既禁錮

在這種語言的牢籠裏(The prison-house of language, Jameson, 1972)，更遑論如何獲得影片的概要(summary)了。

巴贊說費里尼的電影，其敍事體在影史上是項革命(Bazin, 1971, p.89)。這個革命的特色是把偶發事件(incident)的考慮，置於情節(plot)的安排上(ibid p.89～90)。這樣作的用意是要將影片裏，心理學的、戲劇化的、意識形態的層層結構關係(hierarchy)，——予以排除(ibid, p.90)，尤其是那預先安排好的戲劇化的構造(preexisting dramatic organization)(ibid)。在進行這種消極性的破壞工作的同時，其積極性的建設工作則立基於「予人物現象學式的描述」(ibid)。費里尼這種將漸進式的戲劇性關聯(progressive dramatic linking)棄之不顧(ibid)，並犧牲電影戲劇性結構(ibid, p.87)的作法，爲的是什麼呢？這樣鋪排出來的人類藝術經驗，所揭示的眞實(reality)又是怎樣的一種形貌呢？

巴贊對費里尼的看法是，他片子裏的人物或多或少皆受到環境的影響，於是就像股充沛的能源在其體內迴腸盪氣不已(ibid, p. 90～91)。妙的是，侯孝賢自己對這點也有類似的看法，只不過他仍舊將其價值觀放在戲劇性上，他用他的電影來說明另一種藝術的戲劇性。他瞭解自己的作品是爲說明「人在環境中有困難那種『內心的掙扎』才是眞的戲劇性」(焦雄屏，1986 a p.9)。

費里尼和侯孝賢用這樣的敍事體所刻劃出來的人，與傳統藝術觀念下的人有何不同呢？借用巴贊的話，電影結束時，影片中的人物「並不是發展成(develop)另一個人，而是轉化(transform)成另一個人」(Bazin, 1971, p.91)。

三、隱喩(metaphor)、轉喩(metonymy)與省略(ellipsis)

1. 滑稽(farce)與嚴肅底奇異混合

在我的記憶裏，侯孝賢的電影有二個場景具戲劇效果：一個是《童年往事》中，阿孝的父親去世時，停電，銀幕全黑的這一段戲；另外一個是《風櫃來的人》裏，三位年輕人到商店買東西，想跟年輕女子調笑的場景。這兩個場景有二個共同點：都是強調戲劇過程裏的3「S」(suspicious, suspend, surprise)中的「驚奇」，並且皆寓意深遠。由於前一個場景已有人討論過了(焦雄屏，1986 b p.11)，因此，在這裏，我們就只討論後一個場景。

這個場景敍述的內容是：鈕承澤與另外兩名青少年，無聊的坐在一家雜貨店門口旁的矮石牆上啃甘蔗。這三人遠遠看到在雜貨店裏招呼生意的是名年輕女子，於是鈕與另二名當中的那名胖子，穿內褲去跟那女子買東西，胖子和這兩人打了賭便朝店裏走去，孰料這時店裏出現的竟是一名年過半百的中年婦人。

這個場景以鬧劇揭開序幕：年輕男子逞一時血氣之勇，和同伴打了賭，爲的只是要看一名女子羞愧的表情(用不雅的穿著)。但卻以荒謬的結果收場：年輕女子變成中年婦人，中年婦人用責罵的態度來對待年輕男子，於是，最後招致羞愧的竟是自己(諷刺)！

侯孝賢似乎對人生經驗中的荒謬感特別有興趣(請參見下文)。然而，如果，我們只把這個場景當作生命活動的荒謬本質來看，那未免低估了這個場景所傳達的訊息的豐富性。又，如果，我們把它用省略的概念來解釋，則會表示什麼？讓我們先說明什麼叫省略：「故事的時間雖然還繼續在進行，但是敍述(discourse)卻已停止。」(Chatman 1978 p.70)。例如，許多電影裏，交代一個人由孩童而長大成人，最常見的作法就是：在下個鏡頭，把一張成人的臉出現在這名孩童的臉的相同位置上。因此，如果我們用省略的概念將中年婦人看作是年

輕女子的未來(片中並未明定此二人的關係)(時間的省略),再用隱喻的概念來思考:「用一種在人們看來是類似的東西去代替另一個東西,以便表達人們的某種意思」(高宣揚 1983, p.144),其運作的原則是相似性(similarity)和選擇(selection),如:鐵石心腸就是個隱喻。所以,這個場景經過省略與隱喻的詮釋後成為:原本美好的事物(年輕女子),等到我們追到手(胖子來到店裏)時,才知道原來不過爾爾,甚至是經不起時間考驗的(年老婦人)。

於是這原本笑鬧、荒謬、嘲諷的表象,骨子裏却蘊涵著對生命活動所體驗出來的一種悲觀。這就是我們在前面已引用的 Armes 的話,雷諾與侯孝賢的影片裏「滑稽與嚴肅底奇異混合」。

2.荒謬是詩的親屬(kinship)

上面那個場景的「滑稽與嚴肅的奇異混合」,是發生於表象與深層意義的對照下。接下來的這個場景,這種混合却在表象上即展露無遺;這是《童年往事》中主角的母親去世後,舉行天主教追悼儀式的一幕。首先,鏡頭慢慢的推進祭堂,莊嚴的歌聲塑造出肅穆的氣氛。接下來主角的哭聲愈來愈大,表情益形悲痛。這時導演將鏡頭對著死者的臉部作了特寫。我記得,當時戲院裏的觀眾都對此鏡頭大笑不已。

為什麼「這時候」(這是個莊嚴的時刻)我們會忍不住笑出來呢?似乎沒有人去解開這個謎。導演自己呢?他拍這個場景的用意為何?

據聞某所女子高中請侯孝賢去參加一個座談會,會中有人問他這是在說什麼呢?侯回答說他只是想捕抓一種荒謬感,至於為什麼會有這種感覺,他也說不上來。果真如此的話,侯孝賢的這個不知其所以然的「說明」,等於是「說明」了其真正掌握住寫實電影的基本精神:「寫實電影的目的,就在於使我們拋棄自己的意圖(significations),而重新尋回這個世界的意義(sense)」(Andrew, 1976, p.

170)。亦卽是在「透過電影來發掘這個世界，而不是用截取自現實裏的影像，來塑造出一個新的電影世界(ibid)。

現在，讓我們先談談什麼是荒謬感。所謂荒謬感就是，把兩種原屬不同範疇的東西或概念安排在一起，這在藝術上叫作不和諧(disharmony)；而當這種不和諧的程度與性質，超過了該文化所能容忍的範圍時，這時荒謬感便產生了。

拿這個場景來說，荒謬感源自於其中的二個轉喻的錯亂。那什麼叫轉喻呢？轉喻就是用部分(東西、名稱等)來代表全體的一種修辭學上的方法。例如用皇冠來代表國王就是一個最典型的例子。其運作的原則是用連續(contiguity)與組合(combination 的思考方式。先說頭一個，原本在我們根深柢固的觀念裏，能生存下去是值得慶幸的事，而死亡不免是件令人不敢去面對的痛苦事實。然而，現在的情境卻完全顛倒(錯亂)過來：生者(主角)哭得一副痛不欲生的樣子，死者(主角的母親)卻安詳而悠然無慮的躺在木頭長衫裏。請看下圖：

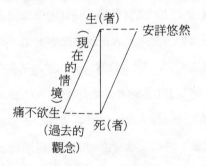

於是，原本死亡所代表的痛不欲生的這個轉喻，如今卻錯亂成安詳悠然。如此說來，反而是死亡才能獲得較美好的存在狀態，這不是荒謬得敎人難以接受嗎？

第二個轉喻的錯亂來自人們對死者臉部的化妝。原本人類的化

妝，是和人類欣賞美的存在這個意識相關聯在一起的。但是，現在的情形是對「死者」的化妝。這時原本的轉喻現在却成了「美麗（化妝）的死亡（死者）」這個隱喻，但是，問題是：死亡難道畢竟也是人類所欣賞的一種美的存在狀態嗎？死亡也可以用來欣賞嗎？

事實上，當我們仔細想想侯孝賢作品裏的人物時，我們發現他們並不像傳統的小說或電影裏的人物具有明顯的人格特徵與個性。他鏡頭下的人物，無論是《風》片裏的鈕承澤、《冬》片裏的王啓光（飾冬冬）、《童》片裏的游安順，沒有一個是從一種旣顯的個性發展到另一個人，在身分、地位、角色、職業上有所改變；他是透過人物不斷的與環境互動，而在其內心裏造成了轉化（transform）的情形。巴贊也說費里尼界定他鏡頭下的人物，並非由其個性，乃是從其外觀（appearance）；並且企圖在人物與其周遭的環境間，建立起一種和諧或不和諧的關係（Bazin, 1971, p.88）。

在這一段裏，我們討論了侯孝賢的影片裏人與環境的不和諧，其中他的電影語言傳達出他對眞實所提出的質疑。接下來，我們就來看看他在另一個場景裏，透過人與環境的和諧關係，所發掘出來的世界又是代表什麼意義。

3.承續中國美學傳統

在《風》片中有一個場景是以遠景鏡頭拍攝的，而且是一個鏡頭到底。畫面上看不到任何人，只有陰霾的天空、空礦的原野、一片矮牆，以及一段聲音低沉的對話。原來這是那三名靑年男子剛和人幹架後不久，面對家庭與社會的雙重壓力，想到未來將何去何從，有種茫然、失落的感覺。畫面的構圖呼應了他們三人當時的心境，遠景的長拍鏡頭渲染出那種感傷（劉森堯，1985, p.89）。雖然，劉先生已用新寫實主義的觀點將這個場景說明得極好，但是，我們仍要加以討論。因

爲，我們著重的方向不同：我認爲侯孝賢在這個場景的處理上，不僅承續了中國美學思想的基本特徵，而且將中國繪畫裏的空白觀念，用另一種方式表現在電影中，進而達到揭示眞實中較難爲人所觸及的一面。

說其承續中國的美學傳統，乃是指「人與自然的統一」(李澤厚、劉綱紀編，1986, p.27～31)這一點而言的。這裏，侯的電影語言仍是個隱喩的方式：聽覺(人)與視覺(自然)上的相似性(統一)。請參見下表：

人	自然
聽覺	視覺
說話內容	畫面色調
聲音的放射性 (空間性)	開濶的空間

至於第二點，侯孝賢的空白技巧是創新的，他不是直接將繪畫上的空白技巧原封不動的搬到電影裏來(例如，在畫面裏放白煙)，而是在這個視覺媒體裏將其中一部分的視覺畫面空白了(說話的那三個人)。然而，我們要問這樣的作法，有沒有它更深一層的含意呢？

不只在這個作法上，侯孝賢與唐詩接上了線：

　　空山不見人　但聞人語響

　　　　　　　　　　——鹿柴

　　木末芙蓉花　山中發紅萼

　　澗戶寂無人　紛紛開且落

　　　　　　　　　　——辛夷塢

而且他和唐詩的作者，皆達到了「聽到他平常聽不到的聲音，看到他平常不覺察的活動。」（葉維廉，1983，p.156）的出神境界。也許，這時我們經過長久的深思（影像的影響）後，不禁懷疑：這時我們所聽到的，乃是發自人類靈魂最深處的心聲。

事實上，侯孝賢在這裏這種對人類經驗不經意的探索，正顯現出其影片的詩意來。這又是怎麼說的呢？語言學家雅寇布森告訴我們：「和諧是對比的結果，……這個世界是由互相對立的元素構成的……而真正的詩──愈是充滿原始而生動的世界，矛盾對立的情形愈多」（Sabina，引自 Jokobson, 1976, p.164）。無獨有偶的，黑格爾認為詩在認知上的價值，就在它將原本人們了解事物的不同範疇，用辯證的方法調和起來〔Shapiro，引自 Steinkraus & Schmitz (ed), 1974, p.35〕。我們說這個場景的對比是來自視覺上的空白與聽覺上的充盈；但是，這兩者怎麼和諧起來呢？平常我們最相信的知覺是視覺，我們不僅認為眼見是實，而且也認定去認清一個人，視覺是我們最重要的法寶。現在，導演並不是教我們完全不用視覺，只是教我們用視覺去看大自然而不是看人；整個「宇宙」（整個畫面）的表情，似乎就在為聲音（談話）的內容作見證。於是和諧就在宇宙的真理（人類靈魂深處）中渾然成形；蒼茫中並帶著幾分憂鬱的嫵媚。

在這裏，我們可以補充說明侯孝賢票房上失敗的第三個原因，就是他作品裏充滿著詩的「隱晦的意義(implicit meaning)」(ibid, p.37)所致。因為，傳統的電影和小說具有一個要素，就是可化約成清楚的概要(summary)(Chatman, 1978, p.75)。而現代的小說與電影則力圖避免具有這種化約成清楚的概要的可能(ibid)。這麼說來，侯孝賢的作品若要能在票房上收復失土，得視我們推行「新的電影國語」的成效如何了。

四、新的電影國語

確實,二十世紀的藝術,分裂(fragmentation)和不連續性(discontinuity)的分量愈來愈重(Biró, 1982 p.119)。我們在前面說過,蒙太奇的觀念是以人心理上的持續性為最高指導原則,方法是把分裂的焦點放在抽象的時間與解析的空間上(Andrew, 1976, p.158)。這麼說來,難道新寫實主義的電影可以避免這兩個觀念而重新去認識這個世界?這是不可能的。因為這是人類認知上的必經途徑。問題在於,方向與程度上的差別。新寫實主義者拋棄了以戲劇性邏輯來控制心理持續感的傳統作法,因為他們也認為以這種觀念拍出來的電影事件「只發生在觀眾的腦海中」(ibid)。因此,他們用長鏡頭和深焦的技巧,一方面統一空間與動作的連續性,另一方面則造成意義上的豐富曖昧性(ibid, p.159)。那麼,他們的分裂的基地又在哪裏呢?

《童》片中,夜半時分,隆隆的坦克車過街;全家吃甘蔗時聽到的米格機被擊落的廣播;少年打撞球與老兵衝突的情境(陳誠的逝世)。均像極一張張泛黃的老照片(雄焦屏,1986 b p.11),導演就拿這幾個「部分」去代表當時台灣「整體」上的社會、歷史情境。這是侯孝賢二個「分裂」的根據地之一——轉喻。

另一個分裂點就是我們剛討論過的,由視覺上的空白而讓出聽覺上的空間,我們姑且稱之為「視覺與聽覺的互補」。大凡侯孝賢電影裏的打鬥場面皆用這種方式處理(《風》片、《童》片)。《冬》片裏撞球房,只聞小舅與林碧雲的調笑聲也是相同的道理。侯孝賢這種獨特的電影語言有點像詩學裏的省略的變形。省略的效果就是敍述時間(discourse-time)與故事進行時間(story-time)不連續(Chatman, 1978, p.71)。換句話說,如果電影故事說的是一個小孩由學校下課回

到家裏，但在敍事上卻不拍他如何由校返家（除非這途中又發生了什麼故事），這就是個省略的例子。事實上，《童》片裏就有這麼一個例子。而且導演把他拍得很吸引人（借用侯的話）（焦雄屏，1986, p.9）。這場戲是：「阿孝去看聯考成績，先拍打棒球，然後才進教室看到有人哭，桌上打粉筆勾，回家才知道打勾的是考上的」（ibid）。

侯孝賢的這二種電影語言（轉喻與省略），我個人認爲正是台灣的觀衆學習將電影當作一種用來「思考的對象」的基本語言。一方面透過它們來了解電影，並不需像隱喻那樣得費許多周章。另一方面，它們確實使電影經驗成爲人類的一種「認知」（cognition）活動（而不是感官活動）。皮亞傑（Jean Piaget）說，人類心靈活動中最重要的一種特質之一就是對事情發生過程上的可逆性（reversibility）（Biró, 1982 p.116）。如果缺乏這個能力，我們便找不出事件的原動力，也無法有應變的能力，更遑論判斷價值（ibid）。而轉喻和省略，則讓我們的意識自然地、不斷地震盪於事情的開始與結束、結束與開始之間。

我想就是基於這個緣故，而使得巴贊較重視這兩種技法（Andrew, 1976, p.169）。因此之故，「隱喻乃是人類心靈的象徵（figure），而省略和轉喻則爲大自然的表象（figures）」（ibid）。

五、最終的眞理

侯孝賢的電影最讓觀衆「失望」的，就是他的影片的結局讓人覺得「沒什麼意思」（或許我們應該說這是彼此間語言的隔閡所致）。爲什麼呢？因爲，我們熟悉的（也是劃地自限）是那「漸進式戲劇性的連結關係」（Bazin, 1971, p.90），這種敍事的邏輯必然是把電影的結局發展爲：片中的主人翁在結局的同時也到達了他最後生死存亡的關頭；其中必然要有什麼會來摧毀他，也會有什麼來拯救他（ibid）。

巴贊認為反而是那令人抓不著頭腦的新寫實電影的結尾，才更接近「最終的眞理」(ultimate truth) (ibid, p.91)。他舉費里尼的《加比利亞的夜》(Le Notti di Cabiria)一片的結尾作例子。加比利亞現在一無所有——沒有錢、失去愛情和信心、無望而孤零零的站在街頭。這時，有一羣男孩和女孩唱著、跳著走了過來。於是，加比利亞也跟著他們跳了起來。鏡頭有好幾次是對準她的微笑與眼神(ibid)。巴贊說這是她在邀請觀眾，拋棄「觀」眾的角色，加入他們的行列(對生命再度充滿希望、參與進去)(ibid, p.92)。

　　《風櫃來的人》最後一幕裏的鈕承澤當時的處境與舉止，不正是台灣的加比利亞嗎？他站在椅子上大聲叫賣地下工廠生產的仿冒錄音帶。導演這時再度展開人物與環境的對話：卽使身處在惡劣的情勢(品質惡劣的錄音帶)和充滿虛僞的環境(仿冒)下，人還是要抱著一股與生命相搏鬥的意志(大聲叫賣)，大步向生命的另一個過程(當兵)邁去！不同的是，加比利亞的笑容到了鈕承澤的身上，成爲具有本土風味的攤販叫賣。這正是侯孝賢所秉持的信仰：「我覺得民間是最有力氣的。」(焦雄屏，1986 a, p.9)。

參考書目

中文部分：

❶余光中，1983，《英美現代詩選》。台北：時報出版公司。頁 85～86。

❷沈從文，1977，《湘行散記》。香港：滙通書店。頁 49。

❸李澤厚、劉綱紀主編，1986，《中國美學史(一)》。台北：里仁書局。

❹韋政通，1975，《中國的智慧》。台北：牧童出版社。

❺高宣揚，1983，《結構主義概說》。香港：天地圖書有限公司。

❻焦雄屏，1986 a，〈侯孝賢——我覺得民間是最有力氣的〉；《中華民國七十五年電影年鑑》：8～9。1986 b，〈童年往事——侯孝賢日趨成熟〉；《中華民國七十五年電影年鑑》：10～11。

❼葉維廉，1983，《比較詩學》。台北：東大圖書公司。

❽劉森堯，1985，〈風櫃來的人〉；《中華民國七十四年電影年鑑》：88～91。台北：中華民國電影事業發展基金會電影年鑑編輯委員會。

❾羅伊‧雅米斯(Roy Armes)著，張偉男譯，1979，《現代電影風貌》(Film and Reality)；台北：志文出版社。

英文部份：

❶ Andrew, J. Dudley, 1976, *The Major Film Theories*. Oxford: Oxford Univ. Press.

❷ Bazin, André; trans. by Hugh Gray, 1967, *What is Cinema?* Berkeley & Los Angeles: Univ. of California Press. 1971, What is Cinema? Vol.Ⅱ. Berkeley & Los Angeles: Univ. of California Press.

❸ Biró, Yvette; trans. by Imve Goldstein, 1982, *Profane Mythology: The Savage Mind of the Cinema*. Bloomington: Indiana Univ. Press.

❹ Chatman, Seymour, 1978, *Story and Discourse: Narrative Structure in Fiction and Film*. Ithaca: Cornell Univ. Press.

❺ Eisenstein, Sergei; trans. by Jay Leyda, 1949, *Film Form: Essays in Film Theory*. New York: Harcourt, Brace & World, Inc..

❻ Jakobson, Roman, 1976, "What is Poetry?" in *Semiotics of Art*, Ladislav Matejka & Irwin R. Titunik (ed.), p.164-175. Massachusetts: The MIT. Press.

❼ Jameson, Fredric, 1972, *The Prison-house of Language: A critical Account of Structuralism & Russian Formalism*. Princeton: Princeton Univ. Press.

❽ Polanyi, Michael, 1962, *Personal Knowledge: Towards a Post-Critical Philosophy*. Chicago: The Univ. of Chicago Press.

❾ Shapiro, Gray, 1980, "Hegel On The Meanings of Poetry" in *Art and Logic in Hegel's Philosophy*, Warrew E. Steinkraus & Kenneth L. Schmitz (ed), p.35-62. New Jersey: Humanitics Press.

超越「視覺的麥當勞」

台灣新電影的社會與文化意義

> 各色各樣的社會組織，
>
> 本質上已不讓人有選擇生活方式的餘地；
>
> 只能在種種五花八門的控制與操縱技巧中做出選擇。
>
> ——馬庫色《單面人》

八〇年代台灣新電影從誕生到現在已有六個多年頭了，然而，大多數人談論新電影不是抱著一種「應然」的求變心理，便是在進步觀念的主導下，認為「必然」會有年輕的新興電影工作者，以新的藝術取向作商業上的掙扎。又即使是看清主導新電影最主要是寫實電影的人，了解到「寫實電影理論與藝術的社會功能之間有著相當緊密關係」（Andrew, 1976: 104），對新電影的社會背景、社會意識做了某種程度的研究，但充其量只是對這兩者間的關係做有意無意的「社會的」(social)觀察，而不是「社會學的」(socialogical)探索，因此，也就無法意識到新電影在八〇年代後的整個台灣的社會發展中所扮演的角色是什麼：新電影究竟反映了哪些社會實況？新電影是否與某些社會現象相呼應(corresponding)？新電影是否為那些社會現象的變形(variation)？新電影是否真是有其在文化上的創造性意義與價值？本文即嘗試由新舊電影在本質上的差異這個立場，對新電影在台灣社會的崛起所代表的文化意義作初步的探討。要特別說明的是，限

於篇幅，關於新電影的例子，只舉侯孝賢的作品做爲代表，這是本文最大的遺憾。

社會現象的變形：電影

八〇年代後台灣的發展情形，似乎使得當初中國在五四運動時所揭舉(但始終未實現)的「民主」、「自由」理想，邁向一個新的可能的極重要里程碑──這其中又以八六年至今變化最大最快。這中間自然以在政治上的發展最引人注目：政黨政治的可能(開放黨禁)、戒嚴法的解除指日可待。此外，在經濟方面有經濟革新委員會的成立，力圖逐步改進台灣的經濟結構，以因應未來世界的市場；在大眾傳播媒體方面，報禁的解除迫在眉睫；教育行政措施上，去除了三十多年來的髮禁與舞禁；宗教方面，則對號稱台灣信徒最多的教派──一貫道──解除禁令。自然生態保護意識也日漸萌芽──其中以鹿港杜邦事件爲象徵。音樂方面，中國樂器(胡琴)與西方新音樂(無調性音樂)的結合，令人側目。繪畫則有涵蓋大陸畫家參展的新水墨畫展。舞台藝術，也有傳統國劇與莎士比亞合璧的創舉。文學方面，出現了大陸作家(阿城、沈從文)的作品在台「合法」出版發行；小說則成爲新電影一股重要的生力軍。

而新電影呢？就題材(影片內容)而言，除了由改編鄉土文學而有所謂鄉土寫實片，也拍出台灣第一部第三世界電影《莎喲娜啦・再見》。另外，《國四英雄傳》代表了年輕電影工作者對現有教育體制的嚴厲批判。及至《超級市民》、《孽子》出，我們才真正有所謂反文化(counter culture)寫實電影。

也許有人要說，上面所說的這些「進步」，皆不過是種消極的範圍(題材)上的開放，與積極的文化建設成就尚有一段相當遙遠的距

離。這自然是實情。不過,我們還要認清的另一個實情是:這些改變是一種正面的(positive)社會發展。八〇年代後台灣社會發展的負面(negative)現象,其中足以質疑「明天會更好」的弔詭(paradox)的自然不少,不過,我們現在只把焦點放在八六年後至今的台灣三大負面社會現象:大家樂、電子花車秀與速食熱。為什麼呢?因為,這三種社會現象與這時期的電影市場彼此間就是種相對應的關係:這時期在台上映、並以票房取勝的絕大部分的港片,實際上就是這三種社會現象在台灣電影市場的換湯不換藥(variation)。

因此,接下來我們要追問的就是:究竟這三種社會現象背後所隱藏的意識形態是什麼?根據筆者個人的研究,可歸納成下表(顏匯增,1986):

意識 形 態 社 會 現 象	第一層	第二層
速 食 熱	食	逃避自由;私人領域的制度化
大 家 樂	財	貶現代化運動:迷信、民間信仰與科技的結合
電 子 花 車 秀	色	生命、禮儀的色情化、物質化

電子花車秀在電影活動的變形,當推《唐朝豪放女》和《暗夜》為代表。這二片皆企圖以「形式」上的精巧來掩蓋其「內容」上的貧弱(且色情化)。而八六年的殭屍片熱潮,由原本得自民俗的題材,至後來只剩民間迷信空殼的電影,企圖在票房上搶奪意外之財的一窩蜂心理,不正是大家樂在電影院裏的戲劇邏輯嗎?至於這期間,一大堆以青少年為對象的港式笑鬧片(如《開心鬼》之類),笑鬧的節奏與空泛內容,給予那些沒有(或不知運用)思維上的自由組織能力的青少年,面對時間上的自由卻無所適從者,把時間交給這般「來得容易、

去得輕鬆」的笑鬧、煽情公式裏去度過，好像處身於速食店，將一切選擇上的自由與煩惱，讓那最「制度化」的產物來負擔。於是，我們可得出下列影片類型與社會現象之間相對應情形：

社會現象	電影類型
速食熱	港式笑鬧片
大家樂	殭屍片
電子花車秀	女性電影

這幾年來，佔領台灣國片市場半壁以上江山的影片，背後隱藏的意識形態，所代表的竟然是一個文化內涵中極端消極的那一面。因此，針對這一點，我們自然要問那守著另外一小半江山的新電影，其崛起究竟是代表了文化中的積極創造面多呢？還是消極破壞面？談「新」之前，還是讓我們先來論（檢討）「舊」。我們用一個隱喻（metaphor）來象徵舊電影在本質上的限制，以辨識新電影在文化上的獨特意義——「視覺的麥當勞（速食）」。

「視覺的麥當勞」——如果你有一千萬，你要怎麼辦？

記憶裏，這個小副標題是各種大大小小的選美會上的必考題。然而，時間雖不停的在跑，人類不斷的想飛出銀河系，文明進步的光芒始終沒有照射到人們對這個歷史性的考題作歷史性的突破。八〇年代的摩登女子，依然在那老掉牙的二個答案之間，作閃爍式的跳躍：或者取「道德」上的利己主義——捐獻給某既有機構，無條件的(名)；或者是「物質膨脹」式的利己主義(利)。鮮有人能提出有雄心、有眼光的文化建設投資——如，資助一名「她認為」有潛力的導演拍片，

或者體育運動。

前幾年國內一家報紙轉載國外某研究資料謂，台灣人看電影(每月)的次數，全球排名第一。現在，台灣的外匯存底高居世界第二位。我個人認為，選美作答、看電影頻率、外匯存底這三個現象之間存在著某種邏輯，目前這個邏輯就像陰魂般附身在台灣的「速食熱」上。這是什麼邏輯呢？

從中國傳統文化的角度來看，這個以「勤儉」自豪、自立的民族，其文化觀念本來就不鼓勵人們多花錢，當然，也就不教人如何去花錢。因此，原本物質不豐、金錢也不多的民族，花錢的領域就在食、衣、住、行，這幾樣基本活動上打轉，而且有一定的價值順位：「食」居首，而「育」、「樂」分別居次、殿後。既然該文化觀念以食為天下第一等要事(「吃飯皇帝大」)，於是獨步全球、博大精深的「食的文化」於焉誕生。中國人食的文化博大到將其他的各種文化活動(甚至是宗教上的祭祖掃墓、教育上的束脩)，皆滲入食的文化之各色各樣的活動(比較孫隆基，1983；37～48)。其精深的程度，就連號稱走在時代最前端的第八藝術，在意識形態上也有它的影子。

若是從現代社會的特質來看，這個文明愈進步、社會組織愈複雜的時代，在工作的領域上，制度「保護」人們不必從事太多的選擇(Berger 等，曾維宗譯，1983:257)——這個時代的人的幸福與痛苦，就在我們有太多的選擇，卻只有極短促的時間。所以，「未制度化的私人領域(即休閒時間)，因而也就成為個人空前無比自由和焦慮的範圍。」(ibid)。因此，這原本未制度化的私人領域，就又出現了新的制度(ibid)。這下現代人真是徹徹底底的「逃避自由」(Fromm，莫迺滇譯，1974)了。

台灣目前的社會環境本即蘊涵了這二個觀點的並存，再加上游資

過剩(外匯存底)，即使是全球最貴的漢堡依然要門庭若市。(七十五年九月五日《民生報》；七十五年九月十五日《中國時報》)。

但是這個邏輯又跟新電影有何關係呢？讓我們先來談談「舊」電影的特質。

從過去一直到現在，我們電影院裏的觀眾中有比例不少的人，是一邊吃東西一邊「欣賞」電影的。在這裏，我們當然不是要去厚非他們的衛生觀念與道德意識。我們要問的是：什麼樣的電影，會成爲這些人「視覺上的零食」？

個人認爲電影語言是這個問題的關鍵。

過去電影的語言簡直可以說，蒙太奇技巧即其代稱。三十多年來，台灣的觀眾就是在蒙太奇的語法環境下長大、建立其電影的經驗與知識。巴贊說蒙太奇的兩大特質就是「分析」與「戲劇化」(Bazin, 1967:31)。我們知道，艾森斯坦建立其蒙太奇理論的基礎，就在於分析每個影像的特定、明確意義，並力圖在影像與影像間建立其馬克思式辯證的(dialectic)統一美學。因此，蒙太奇語法結構，力圖避免原來實在界(reality)那曖昧(ambiguity)的本質，而講究一個影像代表一個明確的意義(Bazin, 1971:87)。除此之外，蒙太奇語句與語句之間乃經由「戲劇性的關聯」(ibid:89)來連接起來，而以「戲劇化的因果律(dramatic causality)」(ibid)爲其解釋眞實的邏輯。換句話說，這一切都是統一於「預先存在的戲劇化構造」(ibid)中。更重要的是，它還要遵循著某種「漸進的戲劇性關聯」(ibid)，迫使劇中的主人翁在最後的關頭(final crisis)，會有什麼要來摧毀他，也會有什麼企圖來拯救他(ibid)。

於是，這原本佔盡天時和地利、最能重現「眞實的多重矛盾」(Andrew, 1976:163)的媒體，就在這種蒙太奇的人和下，被武斷成

「只發生在觀衆腦海中」(ibid:158)的操縱式的(manipulated)事件。這麼一來，原本在制度化的工作領域，絞盡腦汁、費盡心思、耗盡精力的現代「組織人」，終於在那又是充滿許多選擇、佈滿許多文明的機關的高度不確定的私人領域裏，找到了一席安身、喘息、歎息、歡笑之地。但是，他們也因此交出了其自由的權利，又走到了另一個制度的「保護」之下。我們稱此情形爲「視覺上的麥當勞(速食)」。

怪異的是，有很多人是在極年輕的時候，即投靠這制度，喪失另一個發展其成熟人格的機會：一對對的情人走進燈光迷濛的電影院去，希望他們在對導演所交付出去的這兩個小時中，「眼」前的幢幢人影能戲劇化彼此間的感情，浪漫他們今天的氣氛。這點港片中的笑鬧片和新文藝片(《花城》、《玫瑰的故事》等)，「表現最佳」。

傳統形式主義與新寫實主義的戲劇性觀念

台灣新銳導演對於蒙太奇語言的第一個特質(分析)的反動，就是使用巴贊所極力推崇的「長鏡頭」(long-take)與「深焦」(deep-focus)的寫實主義電影語言。長鏡頭的好處在於其保存了眞實原本豐富含義的曖昧性與不確定性(Andrew, 1976:158)，而深焦則「迫使觀衆運用其自由組織能力，集中注意力(freedom of attention)，同時使他察覺到眞實的多重矛盾」(Bazin，引自 Andrew, 1976:163)。寫實電影主義之所以要達到這樣的電影效果，基本上認爲蒙太奇形式主義，是以人心理上的持續性爲最高指導原則，而用抽象的時間與解析的空間，來造做出一個既定世界的規則性反應(ibid:158, 177)。這樣造做出來的電影，其專斷的程度成爲一種排除所有其他可能性而存在的語言，而每一部這樣拍出來的新影片，只有更加強這種優越性的存在(ibid:174)。因此，這樣子的影片裏的事件是存在於想像(imaginary)

中，而非真實(ibid:165)。關於這兩種電影語言在台灣新電影裏的例子，讀者可參閱劉森堯先生的一篇文章(1985:88～91)，在此，我們就不再舉例了。我們要舉例詳細說明的是傳統形式電影的戲劇觀與寫實主義的戲劇觀的差別，以及這種差別究竟使得他們在發掘真實上，造成哪些程度上的差別以及所觸及的層面之不同。而這都是還沒有人討論過的——蒙太奇語言的第二個特質(戲劇化)的限制。

我們要舉的傳統形式主義電影，自然當以 1982 年出品的《小逃犯》(張佩成導演)最具代表性。我們這裏說《小逃犯》是部傳統形式主義電影，乃指其戲劇結構而言。就代表另一派寫實電影理論的克拉考爾(Siegfried Kracauer)觀點而言，這部片子比起以前大多數的國片，在電影的「內容」上是較接近客觀的事實多了。但是，我們也別忘了，克拉考爾心中的寫實主義電影「應該曖昧不定，而非統一的；在結構上，該是開放，而非封閉」(Andrew, 1976:114)。因此，將《小》片劃入傳統形式主義電影，無論就巴贊或克拉考爾的觀點來看，是沒有太大爭議的。

這部片子，敘述一個賣「保險套」的先生成天不在「家」(象徵這個社會的性氾濫)，和一個下了班即沉醉在牌桌上的太太。而在他們疏於管教下的三個子女是：大女兒沉醉於夢幻式的愛情幻想裏，大兒子則看色情雜誌、錄影帶、抽煙，小兒子則在失去父母的愛心與兄姊的照顧下，關進自己封閉的玩具世界中。於是，當有一天家裏跑進了一個殺人的小逃犯時，全家在一致對外的心理下團結起來，結局不但是全家人「痛改前非、重新作人」，而且，更妙的是那名殺人犯最後竟也被片中的母親「教訓」得「痛改前非，自動投案」。中國傳統戲劇和小說中的大團圓結局，在這裏很「戲劇化」的又給演練了一次。

我們說這部片子呈現的是典型的「戲劇性事件的單一性

（unity）」（ibid:166）。因為一切片中人物的發展是跟著戲劇化的邏輯，由行為上的缺失一下子變好起來。這個戲劇化的邏輯就是，藉著突然爆發的事件，由於其中的某些關聯，使得片中人物由原先的困境跳脫出來。如果說此片有何「曖昧性」，那等於是問片中人物究竟是如何一下子統統「痛改前非」。難道導演和編劇對人的了解就建立在「見賢思齊焉，見不賢內自訟」這麼簡單的理性思維上嗎？恐怕此片只「寫實」了目前台灣中產家庭裏的一些問題，至於如何去面對這些困境，如何去掙扎，本片只用一條簡單的理性法則，化約成戲劇性的結果裏去了。至於人是什麼這個問題，恐怕永遠不是這種戲劇性的視覺零食所能處理的——這永遠是此類影片曖昧之所在。

　　那麼，新銳導演面對形式主義電影的困境，如何去突破呢？這裏我們舉的一個具有代表性的例子，是侯孝賢在《風櫃來的人》裏的一個戲劇性的場景。

　　這個場景是述說三名青少年無聊的坐在一家雜貨店門口旁的矮石牆上啃甘蔗。這三人遠遠看到雜貨店裏招呼生意的是名年輕女子，於是其中二人邀另外的那個胖子打賭，看他敢不敢只穿著一條內褲，去跟那女子買東西。胖子下了注，緩緩朝店裏走來，孰料年輕女子突然走進去，出來招呼客人的竟是年過半百的矮小婦人。

　　這個單獨事件的戲劇性效果，發生在二個地方：一個是來到店裏前的懸疑而驚奇——年輕女子「變成」半百婦人。另一個是預期與結果相反：原本要去羞愧那年輕女子，結果反而招致自己的羞愧（婦人的責罵）——諷刺！我們要問，這個由長鏡頭與深焦組成的電影語言呈現出來的獨立戲劇事件，所揭示的真實是怎樣的形貌。事實上，《風》片的這個場景，影像所保存之真實的曖昧性裏，即蘊涵（implied）了另外兩種電影語言：省略與隱喻。這個場景的省略用法是：很可能（不確

定性)這個半百婦人即是那名年輕女子未來的樣子(時間的省略)。如此一來便引發了這個隱喻(思維上的相似律):原本(深焦鏡頭裏位於後景的二名青少年)美好的事物(年輕女子),待我們追到手(前景來到店裏的胖子)後,才知道原來不過爾爾,甚至是經不起時間考驗的(年老婦人)。

也許,這時有人要說《小逃犯》一樣也蘊涵著省略與隱喻,這個殺人的小逃犯,很可能即爲那疏於管教的子女未來的寫照(時間的省略),這個從頭到尾只有一句台詞的小逃犯,就像是那潛藏而不爲人所察覺(無聲無息)的危機,默默的深入每個現代的家庭裏。然而,我們要質問的是:這已經不是「影像本身」自自然然所透露出來的省略與隱喻,而是詮釋者再把支離破碎的時間與空間,用象徵的概念連貫起來,尋求其「事件之間的關係」(Andrew, 1976:160)所歸納出來的訊息,並不是「事件本質上即具有的價值」(ibid)。再者,即使它們是影像本身自然的流露,在該片戲劇邏輯的專斷下,又發掘了眞實的哪些不爲人知的層面?

由社會(經濟)的「發展」而文化的「轉化」

《小逃犯》一片的結局,就像許多中國傳統小說和戲曲裏最後的大團圓一樣,充滿了太多突兀的、人爲的戲劇化過程。這樣的結局毋寧是透過想像的事件——「利用世界所獲得的意義」(Andrew, 1976:169)——所得出來的結果,並不是去發掘眞實——「世界本身的意義」(ibid)——本身豐富的曖昧性。雖然,有許多人認爲這種大團圓式的結局,象徵著中國文化對生命過程所抱持的一股永不放棄的希望。但是,我們不禁懷疑,在一種預設邏輯下,所牽引出來的「封閉式」希望,究竟又能給那些推開書本、走出戲院,再度去面對充滿著

多重矛盾與曖昧的真實的讀者或觀眾，多少與「意外」相搏鬥的希望？

在這個向度上，台灣新電影給了我們邁向「開放式」希望的視野。《風櫃來的人》的最後一幕，嘗試讓我們再三反省那幾經挫折和徬徨所迸發出來，一股對生命抱持的希望，在豪邁的蒼茫氣概中，又埋藏了多少憂鬱的掙扎與鎮定：鈕承澤經歷過一連串的挫折、徬徨、社會與家庭的雙重壓力、奮鬥後的失望後，現在站在椅子上大聲叫賣地下工廠出產的仿冒錄音帶──即使身處在惡劣的情勢(品質低劣的錄音帶、不斷遭受挫折後的惡劣心情)，以及虛偽(仿冒)的環境中，人還是要抱持著與生命相搏鬥的意志(大聲叫賣)，去跨躍人生的另一個關口(當兵)。

就像費里尼(Federico Fellini)鏡頭下的人物一樣，巴贊說他們「並不是發展，而是轉化(transform)。」(Bazin 1971:91)，侯孝賢片中的人物也秉持著這樣的信念，不斷呈現出「人在環境中有困難的那種內心的掙扎……」(引自焦雄屏，1986:9)。於是，我們看到新電影呈現出的人物形貌，是和以往充滿著戲劇性發展的人物截然不同的。他們是真正使觀眾再度「開放」(瞭解真實、面對自己)出去的另一種可能的靈感，而不是又把觀眾「封閉」在單一的戲劇邏輯裏的歷史重演的舞台。因此，影片結束的一剎那，也就是觀眾「內心掙扎」的開始，也可能是觀眾擺脫逃避現實陰影的第一步。台灣新電影在當前的社會環境下，所凸顯出來的這種文化內涵，似乎使我們對自己的社會由「發展」而邁向文化的「轉化」的可能性，多了一點信心和希望！

參考書目

❶孫隆基，1983，《中國文化的「深層結構」》，香港：壹山出版社。

❷劉森堯，1985，〈風櫃來的人〉，《中華民國七十四年電影年鑑：88～91》，台北：中華民國電影事業發展基金會電影年鑑編輯委員會。

❸顏匯增，1986，〈筆記與札記〉。

❹ Andrew, J. Dudley, 1976, *The Major Film Theories*, Oxford: Oxford Univ. Press.

❺ Bazin, André, trans. by Hugh Gray, 1967, *What is Cinema?* Berkeley & Los Angeles: Univ. of California Press. 1971, *What is Cinema? Vol.* II Berkeley & Los Angeles: Univ. of California Press.

❻ Erich Fromm 著，莫迺滇譯，1974，台北：志文出版社

❼ Peter Berger 等著，曾維宗譯，1983，《漂泊的心靈》，台北：巨流圖書公司。

中國電影美學初稿

現在威脅人類的是，

將來有一天我們只成爲一個文化消費者，

我們能夠消費世界上任何角落、任何的產物，

但是自己卻喪失了原有的獨創性。

——Claude Lévi-Strauss: *Myth and Meaning*

一、前　言

在中國的古籍裏，有一本書集文學、美學及哲學於一身，它常用寓言的方式暗示著我們人生中的大智慧。而今天，我們來談中國電影美學之時，這本和我們相隔了兩千多年的經典，依然以其無窮的智慧爲我們這條充滿荊棘的道路，照耀出無窮的勇氣。這本書就是《莊子》。在書中內篇的第七章〈應帝王〉裏有這麼一則故事：

南海的帝王叫儵，北海的帝王名叫忽，中央的帝王名叫渾沌。儵和忽常常在渾沌的國土上會見，渾沌待他們很好。儵和忽商量報答渾沌的美意，說：「人都有七竅，用來看、聽、吃、呼吸，唯獨渾沌沒有，我們試著給他鑿開。」於是，一天鑿開一竅，到了第七天，七竅都鑿好了，而渾沌卻死了。(黃錦鈜譯，1978：125)。

也許，有不少人會認為「現在」來談「中國」電影美學，言之過早。理由也許是：由目前的中國電影成就來看，「中國」的東西不多；或許認為這當是真正從事過電影工作的人的「使命」。對於前面那個「謙虛」的理由，《莊子》的這則寓言正暗示著這個理由的處境是十分危險的。因為，電影工業一日不停的在進展，電影工作者及觀眾便不斷的會在這塊「國土上會見」，而如果中國傳統文化再不在這媒體上，轉化出一套糅合傳統與現代的新體系來，那我們真的要等到西方電影美學來將我們「七竅都鑿好了」時，才來談此問題，則那時的「中國」電影美學必然要落得如渾沌那般的下場。至於提出後面那個「推卸」理由的人，必然不明白：一件藝術作品的完成，乃是視其是否對觀眾或讀者造成了某些影響而言的(Newton, 1968：321)。我們認為中國電影美學的建立，和其他許許多多關心中國電影去向的人的各種作法，一樣是在為著藝術作品的完成而盡力的。再者，由詮釋學(hermeneutic)的角度而言，由於電影工作者與理論建立者，彼此認知旨趣上的差異，正可以互相補足彼此在藝術作品完成上的缺憾。請參閱下表(比較 Ricoeur, 1976：71～88)。

電影工作者	理論建構者
瞭解(understanding)	解釋(explanation)
揣測(guess)	抽象(abstraction)
意圖(intention)	結構分析(analytic structure)
作者的意思(the utterer's meaning)	作品所可能包含的意義(the utterance meaning)

因此，在這個刻不容緩的時機中，個人希望本文能盡到作「一塊磚」的斥候任務，而引出更多的美玉來。如此，便是本文對中國美學的最大貢獻了。

接下來，我們要說明本文的旨趣——亦卽本文對「中國電影美學」的定義。先說什麼是美學。「從美學史上看，凡是從哲學、心理或社會學的角度研究藝術的，一般都被認為是屬於美學的範圍。」(葉朗，1987：2)因此，凡是用哲學、心理學或社會學的角度來研究電影者，則稱之為電影美學。然而，本文由於文長及個人的旨趣所致，乃偏重於用哲學的觀點來探究電影藝術。因此，本文以這個出發點為主導，而指向下列三個方向：電影的本質；人類存在的本質；中國古典美學的特質及創新的可能性。並尋求這三者間的關係。其次，我們說明中國電影美學這個名詞中「中國」在本文的範圍。大體而言，今天我們要建立一個整體性的「中國」電影美學，就地理區域而言當包括四個地區：中國大陸、臺灣、香港及海外(華人導演)。就時間長度而言，自當涵蓋中國電影史自始至今中，對中國電影美學有獨到藝術成就者。然而，今日限於文長及個人能力上的限制，我們只能論及在臺灣八○年代影壇中的四位導演，作為我們建立中國電影美學理論的先期部隊。因為，他們皆給我們的理論在建立上提供無比珍貴的靈感及反應的方向。

但是，為什麼是他們四人呢？選擇張毅的理由是：他的作品中蘊涵了一個中國文化(不只是電影美學)現代化的十分關鍵的問題——很可能這更指涉出人類存在的永恆困境之一。陳坤厚的作品，則使我們再度反省中國古典美學與電影結合後，其優點與缺點在哪裏。而楊德昌的作品，則表現出導演個人如何成功地用西方電影美學的精湛處來呈現中國社會之形貌。至於侯孝賢的作品，個人竊思其對中國傳統美

學的繼承及新美學的開創(指電影而言)，有其博大精深之處，且足爲我們中國電影美學理論再三深思之處甚多，因此用較多的篇幅來論述之。

二、作者論(Auteur Study)

1.張毅：人類存在本質的探索者

張毅在臺灣八〇年代影壇獨樹其個人的風格，而與許多年輕導演的「疏離客觀運鏡」(焦雄屏，1985：236)大相徑庭，很可能這與他本人在文學上的素養有關(他出版過長篇小說《源》及《臺北兄弟》)。而確實我們也在他的作品裏感受到那股文學的氣息，且經由這種氣息，觀眾感覺像「進入了角色的內心」(ibid)。尤其他對意象的塑造，對搖攝的專情，說明了電影和文學的分量，在其影片中是佔著同等重要的地位；因而，張毅的電影美學便在於他影片「複雜層次交錯點明」(ibid)的條理下，及柔緩的節奏感中凝鍊出來。

然而，今天我們來談「中國」電影美學時，恐怕劇本本身所傳達出來的涵養，要比他對電影的本質的掌握要來得重要。因爲《玉卿嫂》(1984)和《我這樣過了一生》(1985)不只面對了轉變中的現代中國社會，而且象徵地影射出當代中國文化的創新所面臨的一個十分深邃的問題(《玉卿嫂》)──甚且這就是人類存在的本質？

《玉卿嫂》述說的是一個身處舊社會環境下，富於激情、敢愛敢恨的女人。對這種女性的內心予以深入的探討，不只有其時代意義(女性角色的改變)，而且使得我們沉痛的去反省中國文化積弱衰微的原因之一──對激情的壓抑(馬森，1986：107；比較孫隆基，1983：

197～294)。然而，本片在更深一層的哲學上的意含是：玉卿嫂對待慶生的方式，正如同傳統中國社會中，大多數男子並不將女子視為具有同等自由度的生命來加以尊重是一樣的。因此，我們懷疑：這個衝破社會束縛的人，事實上，她正「重複」了這個社會原本束縛（對人性的泯滅）她的那套思想。反諷的是，她個人存在上的真實感雖在社會禁忌下得到開展，但這卻是以另一個生命作為代價得來的。也許，她是超越了這個社會，然而，她並沒有超越這個社會的文化局限！中國社會自清朝時之戊戌政變以來，面臨的一個大問題就是如何改革舊社會、創造新的文化體系。尤其在今日八〇年代的臺灣社會中，批判舊社會、改革舊文化之聲如波浪般澎湃洶湧，《玉卿嫂》使我們驚覺到：究竟我們此時此地的這些反動（無論是理論上的或行動上的），在本質上，真的是種改革，還是又墜入了超越的假想中？張毅立基於白先勇的文學理念，用最現代化的藝術媒體，向我們開展了這個深遠的人類存在的本質問題，不只值得我們中國人在談中國現代化（包括電影美學的創新）一再深思，恐怕這也值得所有懷疑過「為什麼人類歷史不斷的再重複」這問題的人再三推敲的。

《我這樣過了一生》就藝術社會學的觀點而言，無疑的，導演乃是以「似真性」（vraisemblance）的美學基礎（齊隆壬，1987：143），對於中國婦女角色的歷史性的改變，作逼真寫實的描述。然而，在本片中，女主角楊惠姍以其真實的肢體表現（增胖），不僅為此藝術上的虛構事件提供一種「絕對的」真實感，而且正呼應著古今中外傑出的藝術者創作上的普遍共同存在本質——正如福樓拜所言：「我就是包法利夫人！」而片子最後由女兒來繼承母親全力經營的「霞飛之家」，由藝術哲學的觀點而言，對所有女人乃有其在「本體的超越」（Kinget，陳迺臣譯，1978：348～350）上的重要象徵意義：女人不只

在生理上有繁衍生命的較大可能，而且還有在社會經濟上傳衍生命的潛力及對文化創造(藝術——如本片女主角)上的貢獻。也許，我們不久將可在臺灣影壇上，看到傑出的女導演為中國電影美學開創出另一番新境界。

2.陳坤厚：中國古典美學的優點與局限

八〇年代的臺灣電影和其前期的電影最大的不同處，即在於這些電影真誠的去把人與社會環境間那種真實而複雜的互動關係寫出來。而《光陰的故事》(1982)、《小畢的故事》(1983)及《兒子的大玩偶》(1983)就是這股人文精神的發動者。其中，陳坤厚導演的《小畢的故事》其本土化及生活化的旨趣，尤其教長於二次大戰後這塊美麗的土地上的人，擁抱著歷史的溫馨與真實感。而陳坤厚這種對真實的日常生活細節的關注，以及對影片抒情氣氛的凝造，借著其個人對某些電影技巧(如中遠景鏡頭)的執著與專情，形成其影片中特有的一貫風格。因而，我們在其以後的幾部影片(《小爸爸的天空》(1984)、《結婚》(1985)、《桂花巷》(1987)中，皆可感受到他那一份對生命尊重的情感。透過影片悠緩的節奏，隱隱的散發出中國文化特有的那種溫柔、敦厚的情感。因此，倫理(善)(如《小畢的故事》及《桂花巷》)及個體情感的表現(如《小爸爸的天空》及《結婚》)便成為其電影美學裏所不斷關注的層面。亦即在這個向度上，陳坤厚和中國古典美學中那種「強調美與善的統一」、「強調情與理的統一」(李澤厚、劉綱紀，1986：22～26)的特色接上了線。

然而，陳坤厚在這條歷史的線上，和中國古典美學同樣皆暴露出相同的局限：由於對「廣大外部世界的觀察和描寫受到了限制，所表現的情感也常常顯得相當狹窄。」(ibid)。這個限制在陳坤厚的電影

中，由於個人對西方電影中所謂的「層面美學」(surface-aesthetics)
(Schrader, 1972：62)之過於專注，而忽略了亞里士多德所謂的「特
性的遮隱」(privation)(ibid：63)(在此即用電影的手法呈現客體潛
在的特性)，而表露出其影片所展示出來的世界顯得平面化。當然我們
今天說中國古典美學缺乏認識論上的深度，指的是種藝術的真實性(亦
即想像的真實性)而不是邏輯思維的真實性上的深度(葉朗，1987：
265)。這個局限，一方面我們除了可再回到中國傳統藝術中去尋找來
突破外，另一方面我們還可從西方電影美學上的成就來補充。

　　顯然易見的是，我們皆可在陳坤厚的電影中感受到他企圖捕捉一
種「感覺的真實」的意圖，或許這便是他影片缺乏深沉感的原因之
一。然而，在中國傳統藝術中(如美術及戲曲)一個十分重要的特徵便
是，講究「想像的真實大於感覺的真實」(李澤厚，1985：17)。例如
中國美術上的神似旨趣，及平劇中的象徵手法。而這點似乎一直並未
受到中國電影的青睞；個人竊思這可給中國電影美學相當豐富的靈
感。另外，順著陳坤厚的電影的寫實主義傾向，西方電影美學中代表
寫實主義一派的巴贊，其對深焦及音畫間的辯證關係的論點，是可為
中國古典美學注入一股新血液的(這兩點我們皆已在侯孝賢及楊德昌
的作品中得到豐碩的成果)。因為，深焦的運用(電影本質的掌握)確實
使得我們更進一步的觸摸到現實界(reality)那豐富、曖昧(ambigu-
ity)的本質(Bazin, 1967：36)；而音畫辯證關係的捕捉，則教我們深
入到人與環境間那份複雜的真實感(比較 Bazin, 1967：140)中去
——人類存在本質的探索。

3.楊德昌：以西方電影美學的形式來觀察中國社會的現狀

　　楊德昌大概是所有中國導演中，最能掌握住西方電影美學的精

髓，而用之來重新創造出臺灣現代社會（尤其指都市而言）中的人的存在狀態，並對這個「時代」的脈動提出十分深邃的哲學思維。雖然，我們確實在《恐怖分子》(1986)中看到了布紐爾《青樓怨婦》的影子，也在《青梅竹馬》(1985)中想起了安東尼奧尼《蝕》的餘威，然而，我們卻也真真實實的由這兩部片子中，以另一個新的經驗感受到臺北這個城市在表象下的一切血和肉。在《恐怖分子》中，楊德昌「由西方割裂、重組，及透視集中的美學出發，妥切運用局部特寫/觀點鏡頭/蒙太奇剪輯/音畫曖昧，使得意義的製造與組合(collage)，產生龐雜豐厚的意義……」（焦雄屏，1987：8）；而在《青梅竹馬》中，其「框架構圖及創造性的畫外音(off screen voice)運用。……，都在視覺以至聽覺上有系統地分割人與人的關係。」（黃建業，1986：98）。楊德昌在他這兩部片子中，將電影的本質與現代人的存在困境作了最緊密的關聯。而我們在這兩部片子中，看到電影的割裂(fragmentation)手法，竟然是和現代社會中的人的生活狀態如此的密合，這種在形式與內容上的近乎一致，使我們想到了音樂（楊德昌本人即對西方古典音樂有一定的素養）。如果，我們說他在《光陰的故事》中的第二段戲「期待」是首室內樂小品（該片以蕭邦的練習曲為配樂）的話，那麼《恐怖分子》便是首交響樂，而《海灘的一天》(1983)則為一首奏鳴曲(sonata)。我們在仔細分析下，真的訝異於《海灘的一天》在結構上與奏鳴曲式(sonata form)的組合。《海》片在結構上可分為三段，第一段為林佳莉以倒敘的方式，以回憶的方式，向青青述說她尋求獨立自主的生命價值時，所下的人生過程中的最大抉擇——抗拒父命、找到自己的婚姻。第二段則敘述林佳莉如何在這個自己選擇的婚姻與生活方式中，去掙扎出對自己存在的認定。第三段則敘述林佳莉如何過渡到她當初的目的。第三個階段的結構原則，正如同奏鳴曲式

的「提示部(exposition)→展開部(development)→再現部(recapit-ulation)」是一樣的形式旨趣。

就在這個向度上,楊德昌與其他學科(也同樣是研究現代社會的學科)分了家,而達到一種藝術的境界,提供觀者一種美學的經驗。因為就其他學科而言,它們是為一種知識的模式(a mode of knowledge)。而知識由於是經由對行動的控制,而有助於強化當下我們所面對的經驗(Dewey, 1934:290)。但是,美學的經驗是自立自足的,故不是種知識的模式(ibid)。因此,藝術作品所解決的是美學上的問題,而不是道德的、政治的或科學上的問題(Morris-Jones, 1968:103)。這就是楊德昌在中國電影美學上的貢獻──如何用電影的方式來攫獲現代人的存在困境。而究竟什麼是現代人的存在困境,則是他對中國電影美學在藝術哲學上的貢獻。

在「期待」裏,石安妮在最後目睹了平日她所期待接近的人的醜陋的一面後,在巷口她遇到了王啓光,那個當初以為只要學會騎單車後,便可獲得最大的自由(「愛去那就去那」)的男孩。可是現在他卻告訴她:「現在會騎了,可是又不知道要騎去哪裏。」楊德昌似乎在質問:他們似乎常常(「期待」)存在一種表象的錯覺下,以為眼前巴望的就是生命真正的最後價值。事實上,小男孩所說的那一句話,在《青梅竹馬》裏透過一名建築師(柯一正)的口中,用不同的情境再度表達出來:「我分不清哪一棟房子是我蓋的,哪一棟不是我蓋的?」我們真的懷疑:科技的進步(單車、蓋房子),似乎並不能解決我們對自我存在的認定(去哪裏?什麼才是我的?);這之間似乎並不如我們當初所想的(期待?):以為人類在物質上的精進,便可直接或間接的解決心靈上的問題。這也正是《海灘的一天》所提出來的問題:「是不是社會的進步、生活的安適就能保證人與人之間感情的永恆?」

「是不是學識就能理智的避免這種情感上的折磨？」「是不是自由自主的選擇就能保證我們的婚姻的絕對幸福？」(鄭慧蘋、鄒開蓮訪問，1986：119)。換言之，楊德昌在這裏所提出來的問題，就是西方哲學的笛卡兒(René Descartes)提出的二元論以來一直爭論不休的二個問題：物質與精神間的關係為何？理性與感性間的關係又為何？很妙的是，當初鮑姆嘉通(Alexander Gottlieb Baumgarten)創立美學(aesthetics——原本德文是 Ästhetik)這個字的出發點，乃是他看出了笛卡兒將人類知識的能力只限制在「清晰而獨特的概念知識上」，而忽略了人還有一種所謂知覺(希臘文為 Aisthesis)的含混不清的知識(丹青圖書公司，1986：3～4)。而楊德昌的成就在於，他是立基於臺灣三十多年來社會變遷的經驗，提出了這二個人類存在的普遍性的問題。

然而，楊德昌畢竟沒有面對：如何將中國古典美學創化進其電影美學中？我們不太清楚這條歷史線的不連續，究竟是楊德昌本身電影美學上的盲點？還是古典的儒家美學、道家美學、楚騷美學及禪宗美學，根本就無法在現代工業社會中轉化出另一套現代電影美學觀來(甚至我們在侯孝賢身上也找不到，因為他對中國古典美學的傳承及創造的空間皆在鄉村)？難道「天人合一」的美學真的無法在現代都市社會中，轉化出另一種新的氣象來嗎？

4.侯孝賢：中國傳統美學的繼承者及新美學的開拓者

甲、承續中國古典美學傳統

在《風櫃來的人》(1984)一片中，有一個場景是以遠景鏡頭拍的。畫面上看不出有什麼人，只有陰霾的天空、空曠的原野、一片矮牆，以及一段聲音低沉的對話。原來這是那三名青年男子剛和人幹完

架，面對著家庭與社會的雙重壓力，想到未來將何去何從，有種失落、茫然之感。此時畫面的構圖呼應了當時三人的心境：遠景的長拍鏡頭渲染出那種感傷。侯孝賢在這裏將不同對象體的音(人)畫(自然)統一起來的電影美學，乃承續中國古典美學所說的「人與自然的統一」(李澤厚、劉綱紀，1986：27～31)。請參閱下表(顏滙增 1987 b：20)。

人	自然
聽覺	視覺
說話內容	畫面色調
聲音的放射 (空間性)	開濶的空間

不只在這種對電影本質的掌握上，他與唐詩接上了線：

空山不見人	但聞人語響
	——鹿柴

木末芙蓉花	山中發紅萼
澗戶寂無人	紛紛開且落
	——辛夷塢

而且他和唐詩的作者，皆達到了「聽到他平常所聽不到的聲音，看到他平常不覺察的活動」(葉維廉，1983：156)之出神境界。似乎此時整個宇宙(畫面)的表情，就在為聲音的內容作見證。而我們不禁要懷疑，這時我們所看到的，乃發自人類靈魂深處的心聲。於是，和諧就在宇

宙的真理(人類靈魂深處)中渾然成形，在音畫間之對位法(counter-point)中，以一種原始的自然主義(primitive naturalism)(Belazs, 1970：219)渲染開來。

在《冬冬的假期》(1984)裏，有一個場景敍述村中的一羣小男孩在河中游泳，到黃昏時各人皆回家去了，唯獨那名放牛的小孩(顏正國)未見踪影。有人說他順河找牛去了，可是家裏人說牛已自己跑回來了，於是村人打鑼舉火去河邊尋他，找到他時，原來他竟因找牛找得人乏了，裸身蓋著荷葉就在河床邊睡了下來。侯孝賢在這裏用一件十分有趣的事件，來表現他那道家式的美學——就道家言，個人應當追求永恆之逍遙(隨心所欲的睡覺)與解脫(用裸身及不為工作束縛來象徵)(方東美，1984：217)。然而，侯孝賢的道家式的美學，並不僅止於此，在後來的《戀戀風塵》(1986)裏，他由此種莊子式的逍遙遊而進展到齊物論的美學思想，而認為人在面臨人世間一切存在的困境時，皆可用此種哲學式的美學，將人轉化到另一個充滿希望的境界上去。侯孝賢在此借用了中國繪畫上「移動焦點透視學」(shifting perspective)(Sullivan，曾堉等譯，1985：184)的觀念，將攝影機的移動模仿著國畫中的長卷形式：阿遠知道阿雲另嫁他人，忍不住在床上痛哭起來後，下個場景導演將鏡頭對準一片連綿不絕的木麻黃，攝影機悠緩的移動，笛聲蒼茫的散發，似乎人的視野便在這種時間與空間的不斷開展過程中，轉化到另一個氣象中去。因此，在最後一個場景，阿遠依舊穿著那女子當初送他的一件上衣，蹲在大石上靜靜的聽著祖父說話。山上的移雲、海上的流水，象徵著他此時的心境：原來人皆因「以是其所非而非其所是」(《莊子‧齊物論第二》)，而把自己困頓在一個小小的範圍裏；為什麼我們不能和天地萬物感化，像移雲越過無數的山頭(觀點)，像流水遨遊不盡的海洋(可能)呢？

侯孝賢就用電影中音畫的辯證特質、攝影機的移動，承續中國古典美學的長處，將人的存在推展到無限寬廣的領域上。相對於西方文化用科學、用理性、用相對論的方式來透視表象下的永恆面，侯孝賢卻用詩的意境，用藝術的洞察力，用超越的美學來開展出生命無窮的生機。

乙、攫取人類存在的本質與事物的特質間之關係

　　如果有人問：在中國電影史上，單一個特寫鏡頭在上下文的脈絡的關照下其含義最豐富而深邃的是在哪部影片？《童年往事》（1985）很可能是我們考慮的答案之一。片中有一幕是主角母親去世後天主教彌撒儀式。導演在肅穆的氣氛與莊嚴的歌聲中，突然對死者作了個特寫鏡頭。戲院裏觀眾的笑聲似乎正證明了當初導演企圖去捕捉一種荒謬感的準確力（顏滙增，1987 b：19）。原本在我們根深柢固的觀念裏，能生存下去是件值得慶幸的事，而死亡則是件令人難以忍受的痛苦事實。然而，現在的情境卻完全顛倒過來（錯亂）：生者（主角）哭得一副痛不欲生的樣子，死者（主角的母親）卻安然而悠然的躺在木頭長衫裏。請參閱下圖（顏滙增，1987 a：17）。

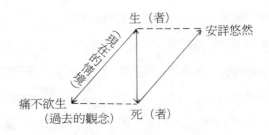

於是，原本死亡所代表的痛不欲生這個想法，在現在的情境中卻錯亂成爲安詳悠然的表態。如此說來，反而是死亡才獲得較美好的存在狀

態；這不是荒謬得教人難以接受嗎？再者，原本人類的化妝是和人類欣賞美的存在這個意識相關聯在一起的。然而，現在的情形是「死者」化了妝。攝影機的特寫鏡頭像隱喻著「美麗(化妝)的死亡(死者)」；但是，問題是：死亡難道竟也是人類所欣賞的一種美的存在狀態嗎？死亡也可以用來欣賞嗎？

侯孝賢的這個特寫鏡頭蘊涵了人類存在狀態的荒謬意象的雙重厚度，底下我們看到的例子，則是他捕捉到各個表象下在本質上的相關性，而鋪陳出一種存在的深邃的寬度感，這也正是《戀戀風塵》超越其前期作品的地方。

眾所週知，城市與鄉村的對立在侯孝賢的每部作品裏皆存在，其背後所蘊涵的意義：無情/有情、痛苦/安慰、挫敗/自得，無異說明了這位在鄉村長大的導演，其人文精神的搖籃為何。在《戀》片中，有一回阿遠及阿雲從都市回來，夜晚大家坐在廣場上看電影(李行的《養鴨人家》)時，一名青年向大家說明其在城市工作所受的迫害，他揭下衣服說明身上的傷痕乃老闆用鐵條鞭打的結果。話說完沒多久，忽然停電，電影也停了，場景這時轉到阿遠的家門口，忽然由屋中傳來一陣鞭炮的聲音，後來祖父由屋中跑了出來，心猶餘悸的說他原本是要找蠟燭，黑暗中摸到一塊與蠟燭十分相似的東西，點了起來，不料竟是鞭炮，眾人聽了也笑將起來。事實上，我們在一番深思後發覺，原來當時廣場上的電影影像及祖父誤將鞭炮當成蠟燭，不只影射著人在都市的處境的無奈──如當時銀幕上出現一大羣鴨子(城裏的勞工，如那名被鞭打的青年)不停的奔跑著，因為後面趕鴨的人(像城裏的老闆)，拿著竹竿不停的驅趕；而且還象徵著城市充滿著幻象，而原本給人希望、歡樂的東西(鞭炮)卻也可能造成傷害。值得注意的是，侯孝賢在此並不是用語言來對都市對人的傷害作直接的控訴，而毋寧是用

一種「來自對現實的選擇，而非來自對現實的改變」(Andrew, 1976：154)的藝術的洞察力，來攫取現象下的特質，並用以傳達出人類存在狀態那份複雜的真實感。這樣的藝術修養，教我們想起了中國三〇年代時錢鍾書的那本偉大的小說《圍城》。然而，侯孝賢在此超越錢鍾書的地方，乃是他是更進一步地達到了詩的境界。因為，就是在這裏侯將原本對比的東西(城市/鄉村)調和了起來。黑格爾說詩在認知上的價值，就在它將原本所認為的不同範疇的事物，用辯證的方法調和了起來(Shapiro, 1974：35)。侯孝賢就用他這種詩人的氣質，掌握到寫實電影的精髓：「寫實電影的目的，就在於使我們拋棄自己的意圖(significations)，而重新尋回這個世界的意義(sense)。」(Andrew, 1976：170)。

丙、美學式的知識論(epistemology of aesthetics)

　　侯孝賢的電影美學在電影美學史上一項重大的貢獻，乃是他補充了中國古典美學較專注於美與善的統一，而少於在美與真的統一上下功夫這個歷史的缺憾。在《風櫃來的人》中的一個場景，侯孝賢就用省略(ellipsis)與隱喻(metaphor)這兩種電影美學語言，不只將影像轉變成「一種絕對的視覺現象(an absolute visual phenomenon)」(Belazs, 1970：177)，更且超越了影像本身，穿透到現實(reality)裏時間對人的認知及存在的深層結構中。這個場景是敍述三個青少年無聊的坐在一家雜貨店門口旁的矮石牆上啃甘蔗。這三人遠遠看到雜貨店裏招呼生意的是名年輕女子，於是其中的二名便邀另外的那個胖子打賭，看他敢不敢只穿一條內褲，去跟那女子買東西。胖子下了注，緩緩朝店裏走來，孰料年輕女子突然轉身走進去，出來招呼客人的竟是個年過半百的矮小婦人。侯孝賢似乎告訴我們：很可能(不確定性)這個老婦人卽是原先那個年輕女子未來的樣子(時間的省略)。而由此

蘊涵著的隱喻上的思維方式(思維上的相似律)引發了人生哲學上的一種了悟：原本(深焦鏡頭裏位於後景的二名青少年)美好的事物(年輕女子)，待我們追到手(前景來到店裏的胖子)後，才知道原來不過爾爾，甚至是經不起時間的考驗的(年老婦人)(顏滙增，1987 c：150～151)。

　　侯孝賢在其電影美學中最重要的風格之一，就是他「喜歡許多與敍事發展似相干似不相干的各種東西，而排斥因果關係的直線進行。」(吳念眞、朱天文編著，1987：37)這種在藝術創作上的認知方式，在今天我們這隨時恐懼於失敗的功利主義社會尤富時代意義。人類學家 Dorothy Lee 在人類學歷史上最富盛名的田野地點 Trobriand Island 發現：當一名女子懷孕時，在孩子出生前這段期間伴隨著許多「準備」工作；但這都不是爲了使得生產時更順利或是爲了求得一個健康的嬰兒而作(Lee, 1977：163)。族人將懷著身孕的女子打扮成她有生以來最漂亮的時刻，然而這樣作並不爲了什麼──旣不爲吸引其他男子的注目，更不爲誘惑她的丈夫(ibid)。然而，今天的西方社會以其線性式的思考方式，判定此時的成敗皆有其前因後果可循，於是單一時刻的挫敗便意味著非比尋常的象徵意義(ibid)。因此，人在這種社會集體認知情緒下，不僅外在行動上受到一定的局限，連人「內心的自由(inner freedom)」(Marcuse, 1964：10)皆受到壓迫。因爲線性思維方式易於將每個人保存其自我自由狀態的那個靈魂深處的空間納入社會體系中去。侯孝賢在這個向度上，其影片所表現出的那種「無目的的自由氣息」(吳念眞、朱天文編著，1987：36)，無疑是種現象學(phenomenology)式的美學。因爲就在那一個個獨立自足的狀態下，「人已超越出他們先前所被人確立的所有『資料』(data)」(Strasser, 1967：507)。

然而，侯孝賢在《戀戀風塵》裏的認知旨趣似乎已超越了他先前的這種不受拘束的游動氣息。阿遠父親的腳傷在片中乃是以一種和原來事件發生的順序相反的方向慢慢敍述開來，而且這個倒轉的順序中間還插入大量的事件，似乎有意無意間要觀者去忘掉這件事。但是，當片子已近尾聲時，這個謎底的終於揭開，卻又不免引發我們對這片子開始時一些細微末節的重新深思。一方面我們這時似乎才驚覺到原來自己忽略掉了很多東西；一方面我們又從這個逐步剝落的過程中得到一種認知的美感，一種圓的感覺，一種無限的氣息（像最後一個場景所傳達出來的訊息——請參閱本文二、4、甲）。在此，侯孝賢這種美學式的知識論乃與認知心理學相勾連起來：皮亞傑（Jean Piaget）說人類心靈活動中最重要的特質之一，就是對事情發生過程上的可逆性（reversibility）（Biró, 1982：116）。如果缺乏這個能力，我們便找不出事件的原動力，也無法有應變的能力，更遑論價值判斷（ibid）。透過侯孝賢這種對人、對事物、對大自然本身的尊重的美學，我們不禁和克拉考爾及巴贊一樣對電影抱持一股希望：「電影能為世界提出某種共同的、沒有意識形態之事的瞭解，並且經由這種瞭解，人類可以開始為新而持久的社會關係而努力。」（Andrew, 1976：171～172）。

三、結　論

在最後的結論，我們所企圖努力的，是希望能為中國電影美學找到新的靈感，發現真正關乎「中國」的令人深思的問題。

由我們在上面對四位導演的討論，我們發現中國古典美學中所重視的美與善的統一問題，在他們的身上已不再佔據著最重要的位置。

他們所專注的無寧是在美與真(如社會批判、現實的穿透、認知上的探索)的統一上。從樂觀的立場上言,他們確實補充了中國古典美學在這方面的不足。從較悲觀的立場上言,他們似乎「比較」忽略善與美之間的關係。而從人類歷史的經驗中我們發現美與善的關係,似乎較美與真的關係更加親密。再者,他們的片子所一貫表現出來的那種沉靜與客觀,似乎在有意無意中阻隔了藝術的親和力。當然,我們並不是說善在美的價值中當更高於真,而是說藝術作品的成功處,即在於從這兩種關係之間,取得一種微妙的平衡。例如,我們在日本導演小津安二郎的作品中,即發現劇中的人物乃身處重要的人際關係網絡中,所呈現的不只是人內心深處個體自由與文化間的衝突(真),而且更重要的是,片子是用相互主觀性(善)(intersubjectivity)的情感與力來作為前者的礎石,我想這點是很值得我們深思的。

其次,再回到我們在前面(本文二、3)所提出的一個問題:難道中國古典美學與現代社會是格格不入,而無法轉化出新的美學體系來嗎?我們底下舉兩個例子,關於禪宗美學與西方電影美學的會通,來作為對這個問題的再深思。記得柏格曼的《芬妮與亞歷山大》的最後一個場景是:亞歷山大那已死去的繼父,突然出現在亞歷山大(當時他正悠閒的行走於穿道,吃著小點心)背後,按了一下亞歷山大的頭,並丟下一句話:「你跑不掉的!」且在顯出一道狠毒的眼神後,揚長而去。在中國禪宗史上,有關六祖一段極有名的事蹟是這樣的:六祖到廣州法性寺時,正逢印宗法師主持講經。其中有兩位僧人,因見風吹旛旗飄揚,而起爭論。一僧說是旛動,一僧說是風動。二人爭執、議論不休,六祖聽後即言:「既不是風動,也不是旛動,而是自己心動。」我們發現在這裏柏格曼的影片是與禪宗的精神相通的;現實(繼父已死;旛動)與虛構(銀幕上出現繼父的影像;風動)的不可分,唯其真實

(reality)只存在於想像(亞歷山大的幻想；心動)之中(顏滙增，1987d：45)。另外一個例子是雷奈的《去年在馬倫巴》。我們在這部片子眼見的影像是弦樂四重奏，耳聽到的卻是手風琴的聲音；而且常常發現到敍事者正在描述一個場面或動作(聲音)，但我們卻看到別的事物(影像)。雷奈這種用音畫間的不相干，卻同時出現在影片的放映中的美學，似乎要觀者由眼前、耳前的表象上超越出來，而去反思那表象下真正的自我。這種理念在禪宗的公案中俯拾卽是(鈴木大拙，孟祥森譯，1975：56)：趙州從稔(778～897)有一次被一個和尚問道：「我的自我是什麼？」趙州說：「你吃過早粥沒有？」「吃過了。」趙州又說：「那麼，去洗碗吧！」吃是一個動作，洗是一個動作；但禪宗所要求的卻是動作者自己，是做吃和洗那個動作的吃者與洗者。我們希望這兩個例子，能給未來中國電影美學新的靈感。

　　當然，關於中國電影美學，我們還有許多重要的問題還沒來得及討論。例如：中國電影美學的構建，相對於西方電影美學，其對電影本質的掌握，有何其文化創造上的意義及限制？這在與其他文化的電影美學相較之下，中國電影美學為電影及全人類展現了什麼不同的視野？而這種視野是否能進一步為這世界的和平、不同文化的人之間的了解，提供一種更加圓融、寬廣的途徑？中國電影美學是否能提供現代社會、重新思考人與自然及宇宙間的關係，而使得彼此間取得一個新的平衡的視野？最後，當然，「中國」電影美學的完整性與獨特性的確立，尚須一種人類學式的世界觀，來為「中國」作最後的自我存在上的定位。

(原載 1987 年第三十二屆亞太影展「亞太電影與文化變遷學術討論會論文」)。

參考書籍

中文部分

❶ 方東美，1984，〈中國形上學中之宇宙與個人〉，孫智燊譯。收編於《中國人的心靈》；臺北：聯經出版事業公司。

❷ 丹青譯叢編委會，1986，《當代美學論集》。臺北：丹青圖書有限公司。

❸ 王唯蘭譯，1982，《神話與意義》，頁 33，Claude Lévi-Strauss 著。臺北：時報出版公司。

❹ 吳念眞、朱天文編著，1987(三版)，《戀戀風塵》。臺北：三三書坊。

❺ 李澤厚，1985，〈關於中國美學史的幾個問題〉。收編於《美學與藝術》；臺北：木鐸出版社。

❻ 李澤厚、劉綱紀主編，1986，《電影美學史㈠》。臺北：里仁書局。

❼ 馬森，1986，〈玉卿嫂〉；《中華民國七十五年電影年鑑》：106～109。臺北：中華民國電影事業發展基金會電影年鑑編輯委員會。

❽ 孫隆基，1983，《中國文化的「深層結構」》。香港：壹山出版社。

❾ 陳迺臣等譯，1978，《論人》，G. Maian Kinget 著。臺北：成文出版社有限公司。

❿ 黃建業，1980，〈楊德昌的臺北故事〉。收編於《港臺六大導演》(李幼新編)：97～99；臺北：自立晚報社。

⓫ 黃錦鋐註譯，1978(三版)，《新譯莊子讀本》。臺北：三民書局。

⓬ 曾堉、王寶連譯，1985，《中國藝術史》，Michael Sullivan 著。臺北：南天書局。

⓭ 焦雄屏，1985，《焦雄屏看電影‧臺港系列》。臺北：三三書坊。1987，〈割裂與重組的意義神話——楊德昌《恐怖分子》論〉《中華民國電影年鑑》：8～9。臺北：中華民國電影事業發展基金會電影年鑑編輯委員會。

⓮ 鈴木大拙、佛洛姆，1975，《禪與心理分析》，孟祥森譯。臺北：志文出版社。

⓯ 葉朗，1987，《中國小說美學》。臺北：里仁書局。

⑯葉維廉，1983，《比較詩學》。臺北：東大圖書公司。

⑰齊隆壬，1987，《電影沉思集》。臺北：圓神出版社。

⑱鄭慧蘋、鄒開蓮，1986，〈訪問楊德昌〉。收編於《港臺六大導演》：109～119。臺北：自立晚報社。

⑲顏滙增，1987 a，〈個人知識初稿之一：社會科學思考方式下的電影內涵──知識的轉化〉；《人類與文化》，23 期：94～118。臺北：國立臺灣大學人類學系系學會。

1987 b，〈詩意寫實主義──臺灣新電影語言初稿〉；《電影欣賞》，26 期：17～22。臺北：電影欣賞雜誌(電影圖書館)。

1987 c，〈超越「視覺的麥當勞」──臺灣新電影的社會與文化意義〉；《當代》，13 期：144～151。臺北：允晨出版社。

1987 d，〈被埋沒的中國電影新靈感──試評「六祖慧能傳」〉，《長鏡頭》，第 1 期：44～45。臺北：長鏡頭雜誌社。

英文部分

❶ Andrew, J. Dudley, 1976, *The Major Film Theories*. Oxford: Oxford Univ. Press.

❷ Bazin, André, 1967, *What is Cinema?*trans, by Hugh Gray. Berkeley & Los Angeles: Univ. of California Press.

❸ Belazs, Béla, 1970, *Theory of Film,* trans. by Edith Bone. New York: Dover Publications, INC.

❹ Biró, Yvette, 1982, *Profane Mythology: The Savage Mind of the Cinema,* trans. by Imve Goldstein. Bloomington: Indiana Univ. Press.

❺ Dewey, John, 1934, *Art as Experience*. New York: Minoton, Balch & Company.

❻ Lee, Dorothy, 1977, "Lineal and Nonlineal Codifications of Reality". in

Symbolic Anthropology: 151~164; ed. by Janet L. Dolgin, David S. Kemnitzer & David M. Schneider. New York: Columbia Univ. Press.

❼ Marcuse, Herbert, 1964, *One Dimensional Man*. Boston: Beacon Press.

❽ Morris-Jones, Hun, 1968, "The Language of Feelings". in *Aesthetics in the Modern World*: 97~109, ed. by Harold Osborne. London: Thames & Hudson.

❾ Newton, Eric, 1968, "Art as Communication", in *Aesthetics in the Modern World*: 321~335.

❿ Ricoeur, Paul, 1976, *Interpretation Theory: Discourse and The Surplus of Meaning*. Texas: Christian Univ. Press.

⓫ Schrader, Paul, 1972, *Transcendental Style in Film: Ozu, Bresson, Dreyer,* Berkeley: Univ. of California Press.

⓬ Shapiro, Gray, 1980, "Hegel on the Meaning of Poetry", in *Art & Logic in Hegel's Philosophy*: 35~62, ed. by Warrew E. Steinkraus & Kenneth L. Schmitz. New Jersey: Humanities Press.

⓭ Strasser, Stephan, 1967, "Phenomenology & the Human Science", in *Phenomenology*: 503~532, ed. by Joseph J. Kockelmans. New York: Doubleday & Company, Inc.

後記1.　人類歷史不斷重演

「他們(美國人)走得太快了，以致錯過人生。」

——電影《阿拉莫灣》

思緒是從中國的萬里長城開始的。(多年以前，不少人在對本文直接或間接的意見裏，皆「很簡略的」——在這個事件，這四個字眼扮演著最關鍵的角色——表示我「未免將題目訂得太大」。在當時這樣的質疑難以引發我的思緒，我有的也許只是和這些人相仿的「情緒問題」。直到底下這個事件的出現，問題才開始逐漸在我心中發展。)

常常以一種簡單的言詞提及還要再去中國大陸，在與他的接觸裏似乎並沒有如此專情的話語。我含混地想著這個問題，想著這個問題與他之間的關係，想著這個問題背後的象徵意義。在想著這問題與我之間的關係時，便當面問起他來。

「就喜歡大陸那種大的感覺。」

也許，最初在我心中出現的，也很像是那條能由河北到甘肅的城牆(請參閱本書〈婚禮·A片·喪禮〉文章剛開始的段落)。然而，在逐漸將書與周遭的環境對話起來的時候，一個問題不斷在我心中起伏；對於我(們)這些接受著殘碎的傳統中國文化教育成長的人，也同時面臨著一波波殘碎的西方文化沖擊，我這樣的讀著符號學，究竟我「能」立基於何？

我可以瞭解這個「大」標題是如何激怒許多人——畢竟我的內容

是那麼的渺小。但我疑惑他們憤怒的理由是與他們憤怒的情緒是分離的。

萬里長城的建造並非如我們「現在所見」是從山海關「開始」，也非從秦始皇就開始，萬里長城的完成，並非真是「止於」嘉峪關（很可能是「完成於」「孟姜女哭倒萬里長城」）。「最初」建造的情形是（還在秦始皇統一六國之前）：趙武靈王首建「一部分」，燕國甚至築到朝鮮境內，秦昭王則在「自己」疆域上築另一「段落」。

我並不確切明白自己的疆域在哪裏——中西「於我」來說皆殘碎不明。於是(A)我嘗試從我生長、小小的臺灣，一小片瓦礫中「開始」行走（因此我用〈初稿〉——在我「可見的疆域」裏，邊走邊找）；(B)試圖在這顛簸的「長程」中，再次尋找我五年前在鬼片的分析中所懷抱的目標：「試圖尋找新的電影語言」——前者是我激怒他人的理由（內容太小），後者是引發他們激怒的情緒（題目太大）。然而，正是這個試圖從「斷垣破瓦」（「我們」所接受的歷史教育不正如此！）中，一小步一小步，蹣跚邁開的建構「過程」——我以為這樣才能將這兩者連接起來，為與我同在這一小塊土地與破碎的環境中成長的人所不容。我明白自己的思想還很粗糙，我的思考也很遲緩，因此，我可以「苟同」自己的文章將不為人所苟同，但我不能苟同於那些以更粗糙的三言兩語，便想以一塊「隨地撿起的粗石」，就想擊倒一面牆的作法與心理——荒謬的是，這不正是他們當初「義憤填膺」所欲攻擊者！人類歷史或許就像這樣不斷重演。

我想著臺灣至今有幾人踏踏實實的做這樣的工作；想著幾個月前方勵之博士之妻在電視座談會上「勸誡臺灣同胞要具有泱泱大國民之風」；想著這幾年過海來臺的幾位「大國民」的「大」作風；想著多少知識分子言必「要將眼光放遠」、「要站在他人的立場來思考」，

而所為者正是其「思想」的「反思」。原來，「泱泱大國之風」正與「島國小民」皆為「檯面上的用詞」而已，並非真正本體(reality)的究竟。

義大利小提琴家 Zino Francescatti 說我們現在已找不到世紀初，像 Heifetz、Casals、Segovia 這樣的大師；現在的年輕演奏家，技巧南北兼融，但我們卻無法在其中找到所謂的個人風格。原因何在？

就跟隨著攝影機「一路流暢不停」的視線，觀察萬里長城完整的蜿蜒過程——也許這是電影對現代人最具負面的問題：一路感官的「不停頓」的「大視野」？

我當初沒有繼續寫下去的原因有二：出版無門；我開始懷疑西方學術論文探討現象的模式對人心靈的負面影響。現在，暫時解決了第一個，第二個卻還仍然存在。我不知道自己能否解決這個問題。在這個向度上，〈婚禮‧A片‧喪禮〉、〈電影中的愛情〉，在本書中「最主要」的是扮演著這樣一個象徵意義的角色，而不只是它們在文中所敍述的內容而已——這樣的關係似乎有點像電影《法國中尉的女人》的味道？

或許我當再提一件「人類歷史不斷重演的現象」——當然這仍與我們的「電影觀察」是相關的。記得六年前我請一位對結構人類學頗有研究的學長，指導我的「社會科學思考方式下的電影內涵——知識的轉化」演講。學長率先起立發言「你的方法事實上很簡單也很膚淺」！其餘在他很簡短的評論中，但將他所以為的「膚淺」述說得「很簡單」——他甚至連區分「膚淺的研究方法」與「膚淺的內容」，這樣簡單的論說都沒有。多少學者滿載汗牛充棟的理論，然而對於現象的洞察力，卻仍駐足在那些陳腐的雕樑畫棟上。如是高傲的評論「立即緊抓住」這樣的講題「之後」（「知識的轉化」！），

Levi-Strauss 對現代社會的悲觀也許還需百年之後，人類才能逐漸明白這種危機。（我印象中極深的一件事，是我在'90 聯合報上連載的一本毛澤東傳中，提及毛澤東的父親脾氣專制而暴戾，毛澤東當初離家出走就是由於他難以忍受其父如此的脾氣，但是他自己的脾氣卻也承繼著該父的專制與暴戾。這段記事令人深思不已。）

人類要穿過地球的大氣層，沒有那從「最膚淺」的原理產生的電腦，大概是很為難的。膚淺，從此引起我深深的注意。這麼注意周遭的人羣，每當他們在論及對方的膚淺時，似這段「膚淺的情緒」佔據著言語大半的內容。這個時代，似乎真假或敵對的雙方，並非是一刄之隔，亦非一個海峽之遠，或只時間差所造成的幻覺罷了?!

'92.5/1

後記2. 重複自己 vs.重演自己

關於本書在討論臺灣新電影的幾篇文章中，有人很以我在這幾篇文章中一再重複幾個場景（或鏡頭）的討論為意……意下以為我在「重複自己」。關於這樣的批評，我以為當事者未免將事情的重要性過於放在我的身上。如果將焦點轉換到讀者自己的身上或許會較符合「批評者當時的心情」……為著對所觀察事物其完美程度的要求。

我的意思是，由於它們在觀察電影的方式與心境上，迥異於多少年來我們在這島上正統與非正統的教育體系，所教導/暗示我們看電影的方式。我懷疑我這小人物如是觀點所能與此龐大又具「悠久歷史」的刻板觀看電影的方式相抗衡（用句不太客氣的話來述說我對後者的看法，那將是「一點『個人』的看法都沒有」……而這不正是批評我「重複自己」的批評者所要求的「完美」標準之一嗎？！）因此，我認為再度重演自己或許是一個「影響人心」再簡單不過的辦法（據說宇宙中某些法則就一再在地球上植物小小的葉片上重複著）。

當然，重複自己與重演自己自難以區別。就像在偵探小說或電影中，兇手與目擊者往往只是一牆之隔而已。如果這尚不能消解批評者對我此作法的不滿之情（事實上，我喜歡激怒讀者或聽眾，因為…就我來說…這往往意謂著我在他們身上發掘到「他們忽略到就在自己身上發生過的事情」），也許讓我們回想一下另一對再簡單不過的宇宙法則，或者他們就不再以我為事情的「重心」：形式與內容……究竟我所「重複」的是「什麼」（是再三重複他人所述說過的陳腔濫調

嗎）？而這不正是我在本書的序中所「一再重複」強調的觀點嗎！

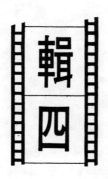

輯四

那等在季節裏的容顏

——試論《葛楚》

對「大多數」（廿世紀人類社會的代表性的用詞）《葛楚》的觀眾而言，那二小時漫長、低沉，像舞臺劇的《葛楚》經驗，打斷了他們原本對德萊葉(Carl Theodor Dreyer)多少奇幻的憧憬。

也許，柏區(Noël Burch)對本片之運鏡的三個特色——長鏡頭的取向與本片八個場景只從幾個鏡頭來拍攝；每個鏡頭則由一定數目的，而又漫長的場所組成；片中人物幾乎是一成不變的坐著或站著，他們都是從相當的一段距離，沿著那條與攝影機平行的軸，來與攝影機相對——之「欣賞」，正是觀眾們以這天爲「憤怒之日」(Day of Wrath)的最主要理由。（編按：《憤怒之日》乃德萊葉另一作品）。

而許瑞德(Paul Schrader)以 "Kammerspiele"（室內劇——親密的家庭戲，固定的室內佈景，不加粉飾的道具，以長鏡頭掌握表演效果，運用姿勢及臉部的表情來傳達人物的心理狀況，平鋪直敍的語言，一本正經的舞臺表演)來闡釋《葛楚》所傳達的某些電影史上的「卓越風格」(transcendental style)，似乎也不能澆息觀眾的這把怒火。另外，凱曼(Ken Kelman)以「幻滅」(disillusion)的觀點來解釋《葛楚》的獨特意義，教人看來不知不覺其與影片之「沉悶風格」有異曲同工之妙。

那麼，現在該怎麼辦呢？

身爲一名中國人，如果，我們從人類學中「泛文化」(crossculture)比較的思考方向來著手解釋《葛楚》的電影經驗，那麼，我們可以獲得的其中一幅意象將是：西方當代社會中錯誤的、膚淺的愛情觀，與東方宗教中佛家所秉持的「空」的意念所表現出來的神態，這二者相互糅合一起出現在本片中。

《葛楚》一片裏面，德萊葉似乎企圖借著葛楚這個女性角色，把各個層次的男人（心理學家說，人類工作種類的不同，其人格特徵也就有某種程度的距離）──從「最缺乏靈性」的男人：葛楚的先生、政客甘寧，到「最具有靈性」的男人：音樂奇才厄蘭簡生、詩人加博李德曼──一加以痛斥。葛楚說「男人無法兼顧愛情與工作」，而且「男人成名後便藐視愛情」；她似乎無法忍受「愛情只是男人的次要生命」這個事實，因而，她最後痛恨的說：「女人以生為女人為恨」。

由於葛楚對男子愛情態度的徹底失望，使得影片瀰漫著一種孤獨、隔離的情境；而影片的這種「內容」，又與其「室內劇電影」(kammerspiel film)的「形式」風格(低沉的步調)緊密結合在一起。

在表象上，這展現出片中人物溝通(communication)的困境，然而，事實上，我們從葛楚對愛情的態度卻明白這原來是「存在的困境」(the difficulty of existence)。葛楚在一開頭對甘寧提到離婚的念頭時說：「先生不在我身旁，我就有種不存在的感覺。」她批判她的先生喜歡太多的事物(雪茄、書本、權力、工作等)，而不知「先生乃是太太的重心」。在此，德萊葉似乎表達的是女人較傾向於那種單純的完美的滿足之心理狀況。然而，葛楚在德萊葉的意念下，卻只是個「超然的批判者」；她並沒有其積極的信念。這個影片中的世界像是個一無可取的存在，然而，葛楚也拿不出什麼來填補這片真空。

葛楚的批判觀念本身也有其三方面的偏差，因而使得最後的「真

空」成爲必然的結果。

首先，葛楚的基本愛情觀是立基在被動的心態上——「墜入」(fall in love)。如此的話，她把「愛的首要意義在於給予，而非接受」顚倒了過來；她追求的是「被愛」，而不是「去愛」。

其次，葛楚對男人的愛情之幻滅，最根本的原因還是在她自己身上——廿世紀人類「大多數」所表現出來的「市場性人格」。廿世紀資本主義社會一方面是建立在政治自由的原則上，另一方面則是以市場價值爲一切經濟的標準，因而亦是各種社會關係的標準。舉例說，鞋子可以說是人們十分需要而有用的東西，但如果在市場中不需要它，就沒有經濟價值(交易價值)。如此，一切有用的東西和有用的人力以及技術都變成貨物，在市場的條件下，不用暴力、不用詐欺而互相交易。一個市場性格的人願意給予，但只有在接受交換之下才願意，給予而沒有接受，在他認爲就是受騙。所以，與其說葛楚對週遭的三個男子之幻滅，不如說是對她自己人格潛在行爲能力的絕望。

第三，我們很容易解釋的，葛楚這種「批判的了解」所造成的空虛，是在於其了解不以「關懷」爲動機。

這種種的錯誤，注定了葛楚將與隔離感共度一生。葛楚如何解決「人最深沉的需要是脫出他的隔離狀態」的問題呢？葛楚的「阿彌陀佛經」是「我像雲從天空飛過，漫無目的」，又說「一張口渴望另一張口，生命是一連串的夢，口亦是一個夢」。葛楚對加博李德曼說她解決生活空虛的方法是「追求肉體的快感與靈魂無盡的孤獨；藉肉慾來麻醉自己」。也就是說，葛楚採用克服隔離感最自然而正常的方式——性；但是，當麻醉消失的時候，其副作用帶來更多的痛苦：這種沒有愛的「結合」卻使得兩個「陌生人」和原先一樣遙遠，有時使得他們互相感到羞恥，或者，甚至使他們互恨，因爲當他們彼此間的幻

覺消失後，他們覺得他們之間的隔閡比原先更為明顯。

這種把愛當作相互間的性滿足，把愛當作是「二人聯隊」，以逃避孤獨，這是現代西方社會的愛之瓦解的兩種「正常」形態。

最後，我們要來談談德萊葉所帶給觀眾的一種錯覺。

也許是由於「室內劇電影」的「一本正經的舞臺表演」，再加上德萊葉將葛楚在片中塑造成一個超然的批判者，以及最後葛楚那為自己未來幽冥二路上早已選好銘文及墓碑的行為，這三種情境因素的混合表現，幾乎使我們把影片那種神秘的虛無意念，錯認為是佛家所尊崇的最高人生境界——「空」（看破一切）。

然而，事實上，從在前面我們對葛楚的了解知道，葛楚在片中的地位是很諷刺的；她看透了一切她周遭的人，然而卻看不透她自己。

《葛楚》是部淒涼而富有詩意的影片，它的意境就像鄭愁予在一首詩中所表達的：

> ……………
>
> 東風不來，三月的柳絮不飛
>
> 你底心如小小的寂寞的城
>
> ……………
>
> 跫音不響，三月的春帷不揭
>
> 你底心是小小的窗扉緊掩
>
> ……………
>
> 這首詩的名稱叫「錯誤」。

化蝶與飛碟

──八十年代的《梁祝》觀

大概每個人皆應當有一種轄治，方能像一個人。不管受神的、受
鬼的、受法律的、受醫生的、受金錢的、受名譽的、受牙痛的、
受腳氣的；必需有一點從外而來或由內而發的限制，人才能夠像
一個人。一個不受任何拘束的人，表面看來極其自由，其實他做
什麼也不成功。因爲他不是個人。他無拘束，同時也就不會有多
少氣力。

──沈從文：八駿圖

　　身處於八十年代台灣這瞬息萬變的社會，是很容易教人想起那本
具有數千年歷史的古書──《易經》的。《易經》告訴我們人類社會
是個不斷變化的社會（「生生之謂易」），然而易經在其背後的假設
是：在這變化萬千的世界裏，仍有其不變的東西存在，那就是主導這
一切現象變化的「原則」（道）。回思六〇年代的《梁山伯與祝英
台》，其在中國影史上所留下的顯赫記憶，再看看今日高掛西門鬧區
半空中的電影看板，我們不禁要問。《梁祝》而《E. T.》而《暫時停
止呼吸》，這其間的變化是否和今昔社會之變遷相平行？如果是的
話，是如何平行的呢？這其中變化的「原則」又爲何？而這個原則能
否爲我們說明人類存在的本質？

　　無疑的，六〇年代的台灣社會，其政治環境是封閉的，其經濟是
被動的、保守的（在一九六〇年代，貿易入超年份有九年，但自一九七

〇年代以來，入超年份只有兩年；一九六一年平均每人每年國民所得為一五一美元），社會結構大體上仍為一高同質性的農業社會（一九六一年，農業產值比例高達 31.4%；農產品及農產加工產品出口金額佔出口總金額的比例高達 59%）。這種社會的特質就是：「看重初級關係，強調父權，聚居，家族觀念十分強烈，宿命的人生觀，以及勤儉勞苦的工作態度；在重視功名，尊敬官員，努力發財，擁護政治地位和工地的行動上，相當一致。這一種農業社會結構，如果把它概念化，就是：在以農業為基礎的生態體系和經濟結構上，建立一種以親屬關係為社會網絡，以富貴貧賤區分社會階層，以四維八德為中心價值體系的社會。」（文崇一：《台灣的工業化與社會變遷》）。

在這樣的社會背景和社會結構下，《梁祝》成功的關鍵是：「從平劇和許多地方戲的效果來看，能唱的戲劇會使觀眾一看再看而不覺煩膩，所以黃梅調的電影觀眾肯花錢一看再看，而一般影片則難做到這點。」（民國五十二年十月九日聯合報第八版），因此「選擇曲意易通的黃梅調來拍古裝片」（ibid）。這種以簡單的文化觀點（中國地方戲劇的特質）來解釋其《梁祝》成功的原因之看法，並不能為我們進一步說明為什麼在六〇年代黃梅調古裝片羣集的時代裏，是《梁祝》而不是《花木蘭》使得社會萬人空巷？為什麼是《梁祝》而不是《王昭君》寫下這中國影史上輝煌的一頁？又為什麼是《梁祝》而不是《七仙女》令人在戲院裏徘徊、吟哦、淚灑十餘年？

個中的原因是多重的。而我們提出的第一個解釋的理由是社會的。在「表象」上，《梁祝》訴說的是一樁在傳統社會體制籠罩下的愛情悲劇故事，這其中有愛情的浪漫（尤其是為中國文化中之理想愛情典型：才子與佳人），亦有悲劇的同情心理（及由卑微而偉大的昇華、淨化作用）。然而，我們以為《梁祝》之能趨引六〇年代的台灣民眾到

戲院中來的，不只是由於當時人對其在形式(悲劇)與內容(愛情故事)有著一分難以割捨的文化情感，而且還有一分農業社會中一切情感以親情爲放射中心的潛在深情在不停的游移。表象上，梁祝二人是爲著一份崇高的愛情理想而與社會體制相抗爭，然而，我們皆不會忘記梁祝二人的情感是由草橋結拜後，兄弟相稱而建立、凝結起來的。因此，細究之下，這份男女之情事實上還「混雜」有友情與親情，而且親情(兄弟、兄妹)實爲兩人往後一切情感之發端的「合理性」邏輯。這是由於中國文化中的感情邏輯，乃是將一切社會中之種種關係網絡與情感收歸在親屬的關係中(如「四海之內皆兄弟也」，「君臣如父子」，「一日爲師終身爲父」)。因此，我們與其說悲劇的起因是個體與社會體制抗爭的失敗，還不如說是父子(父女)之情的權威性壓倒兄弟(兄妹)之情。回過來說，今天的台灣社會在西方文化逐漸影響之下，情感的萃取網絡是逐漸和以前社會倒反過來──以友情的態度處理一切的情感網絡(父子、師生、主僱等)。因此，《梁祝》這種親情、愛情相混相輔的美學，能在今日的「友情模式社會」裏引起多少的共鳴，是令人深思的。

其次，我們提出的第二個解釋的理由乃由藝術的本質上來考慮。藝術不像科學，科學的本質是要對現象界作出明確(exactness)的解釋，而藝術爲了刺探出現實界的豐富生命力及可能性，因此，曖昧(ambiguity)的創造便成爲其在本質上最動人的地方。然而，《梁祝》的曖昧性不只存在於戲「裏」的虛構(imaginary)世界上，更存在於戲「外」的現實世界中。

《梁祝》一片的曖昧性即存在於祝英台女扮男裝後，她這位「假書生」如何在這個年輕男子的世界中，重新開展其對自我存在角色與意義的認定過程。結果，她的求學是圓滿的，一方面她滿足了對知識

的渴望，也逐漸完成了自我人格的成熟，另一方面，她在那亦兄亦友的梁山伯身上找到另一個肯定其自我存在與完成的更重要途徑：愛情與婚姻。於是，在十八相送的過程裏，另外一個階段的曖昧再次的展開，卻又不斷給「天眞，老實」（這是劇中人格特質及凌波外型和演技相糅合後吸引觀眾的另一個地方）的梁山伯「明確」下來，於是戲劇的張力就因此不斷的展開——再且是配合著音樂有節奏的展開。這是戲「裏」的曖昧性，至於戲「外」，凌波的反串則提供給觀眾另一個揭發這眞實世界中的曖昧性的戲劇性心理。於是這一切的眞、假、虛、實〔包括在音色上戲中的男聲（凌波）卻反比女聲（靜婷）來得高亮、活潑〕便迂迴在愛情的浪漫氣氛與曲調的美妙處，而使人拋進一個似眞似幻的雙重世界中。

　　《梁祝》在這個向度上事實上不只掌握到藝術的本質，而且其也摸觸到人類存在的永恆問題——爲我們從「異」性的立場（有著各種方式）來了解另外一個性別的人，我們不只因此才能眞正了解對方的世界，也了解到先前自己的世界是一廂情願的視野，而且從此我們才可能比較掌握到人類存在的整體感。因此，男女角色在戲劇中的互換配合著當時的社會情境，時代脈動，永遠皆包容著引人深思的「人是什麼」的問題。五、六年前達斯汀・霍夫曼的《窈窕淑男》不正是西方文化對此問題的呼應嗎？

　　最後，我們提出一個與農業社會裏的觀眾相契合的中國美學觀點，並從這個理由來反思當代社會的特質與電影間之關係。

　　《梁祝》在最後的那場悲劇戲裏所凸顯出來的情感是中國人對其文化中的不完滿處的儀式性情緒：梁祝二人的死象徵著這個社會組織對其文化體系奉上其犧牲。然而，在此藝術並不用正面的視野去面對這個矛盾（這是科學的範圍）。中國的美學在這裏的處理方式是，將這

個個人的理想與希望轉化到自然界(死後化蝶)去,而這乃與生的世界(人界——文化界)是兩不相侵的。因此,基本上這是莊子式的道家美學:他把自然看作是對人的自由的肯定,是主體得以逍遙無為於其中的一個無比美好的世界。因此六〇年代是一個可以從容去欣賞美的時代。

然而,用這樣的美學觀點去「化解」一場愛情悲劇,在今日科技掛帥的八〇年代台灣社會是要被斥為神話——對社會的批評無力、對科學的方法掌握不足、非理性的!今天,我們的社會生活中所懷抱著的藝術理念毋寧是較傾向於西方式的,而西方文化對藝術的看法,自古希臘以來即認為其與技藝(technics)間有著密切的關係。時至今日,西方的藝術與科技(technology)、理性(rationality)形成十分緊密的關係。因此,相應於當代科技社會的時代脈動,羣眾要的則是《E.T.》式的科技神話電影;或者是最近香港重拍的「科技美學電影」:《倩女幽魂》。而一切包裝著科技上的新奇(unfamiliar)事物,皆給人一種創造(變化)的幻覺。於是今日的人乃以「快感」取代了過去的「美感」。即使是假日的野外踏青、釣魚、郊遊、登山、攝影,皆不過是今日的組織人「採購大自然」的假象——因為美感早已為其繁重的工作給隔離開來。因此,快感便成了人們對美感無法意識到的錯覺。遂此,今日的人便將幸福完全置放在可以「匆促完成」的「享樂」活動中。而享樂的意思就是消耗和納入大量的商品。電影至此便淪為人們視覺上的享樂。於是便有似人似器的《魔鬼終結者》出現,將複雜、真實的人性剔除,以便把人在心靈上的探索化約成科技上的冒險;也有著將人當玩具般耍玩的殭屍片出現,將民俗作成笑謔題材的封皮;更有專為宣洩現代人情緒而設計的港式笑鬧片。

很奇怪的是,文明愈進步,科技愈發達,社會愈繁榮,人類存在

的尊嚴與價值卻只有變得更微不足道。這個悲劇似乎是工業革命以來，人們對「進步」充滿了無限的希望，並且對人類的能力之「可能性」作無限度的開展所造成的結果。如果這是人類社會變化之道，那麼，今天，我們不禁要對它產生遲疑。又如果我們說《梁祝》的那個舊社會犧牲了個人的自由，那麼我們即可說，今日的文明卻是要犧牲掉整個社會而不使人自覺得到。至此，美學的悲劇與科技的「喜劇」，孰較能給人類留下一絲希望是值得我們重新深思的。難道人類存在的本質與圓融，即在於力圖去把「真、善、美」維持成某種因時空而異的和諧局面？

被埋沒的中國電影新靈感

——試評《六祖慧能傳》

> 空手把鋤頭，步行騎水牛，
>
> 人從橋上過，橋流水不流。
>
> ——傅翕大士

　　就我個人而言，看一部電影，最先有的往往是感覺，而《六祖慧能傳》給我的第一個感覺是「諷刺」。雖然如此，在失望之餘，個人仍不絕望的找尋該片是否有足以爲未來的中國電影借鏡之處。在這種心情下，過了一段時間後，心中突然有了「東西文化(電影)融合的激動」；這感覺有點像禪宗所謂的「頓悟」。於是，我把這兩種感覺，納入自己的思考方式和意識形態裏，企圖從失望的廢墟中，尋得中國電影的新靈感。這個過程十分有趣，因此我把它整理成下表，以爲來日在「知見上的超越」(禪的超越性)之記。

感　　覺	諷刺；東西文化融合的激動
思 考 方 式	破壞性批判；建設性想像
意 識 形 態	電影的本質與禪宗的要義

先說第一種感覺。

如果導演李作楠所拍的這部《六祖慧能傳》，所敍述的是其他教

派的宗師，或者是佛教其他的宗師(只要不是六祖)，那麼，即使我們如何的去貶損這部電影：像在拍一部銅鑄的紀念像，而不像是在描述一個有血有肉的偉大人格時，充其量我們不過是拿些負性(negative)的詞彙來消解這種視覺上的虛無。因為，我們看不出一個人逐漸發展及成熟的過程——而這也正是為何所有的傳記對人類歷史文化的貢獻！劇中的主人翁彷彿是帶著一套先天的做「神」姿態，登上了人生的舞台，且毫不動搖固執著這些態度直到幕落的那一刻。

然而，不幸的是，今天這樣的傳記電影是用來「敘述」真正創發於中國文化中的禪宗祖師六祖。看過梁朝高僧慧皎所寫的那本《高僧傳》的人都知道，這部電影簡直是完完全全由這書中所述六祖的一生事蹟「直譯」過來。影像在這部電影裏，沒有它獨特的存在意義與魅力，有的只是「功能」——為原著(文字)服務的功能。這種服務的方法就在於將原文「配上」圖像，以達通俗的目的，並造成一代偉大宗師「生動」再現的錯覺。

看看這部電影的「直譯精神」，再想想禪宗的真精神：「教外別傳，不立文字，直搗人心，見性成佛」中的「不立文字」時(意謂不執著於語言文字)，我們內心不禁要流露出一股深沉的悲哀。也許，導演與編劇認為照《高僧傳》中所說的，一字不改的拍成影片，便是忠於史實，便能使六祖「復活」。然而，他們忘了，電影真正的語言是影像，如果他們拘泥於文獻上的文字，這不正是與禪宗精神大相庭逕的執著嗎？

由這種行動模式，我們不難推測導演與編劇的意識形態，以及其他佛教界人士「贊助」的「單純」動機：可想而見，本片的最大目的，即在透過目前最強有力的「大眾」傳播媒體(電影)，將六祖一生事蹟的「通俗」化過程中，達到宣揚佛法的「廣告」效能。事實上，

事情的嚴重性並不在於這種廣告的意識形態，而在於影像的拘泥文字（電影手法），拘泥於正襟危坐，拘泥於道學；以致，即使我們看了一代宗師的事蹟後，對於人性深沉的光明與黑暗面（這不是宗師經驗的意義之一嗎？）仍感茫然。

反諷的是，影片背後所潛藏的這種意識形態。正是佛學中所斥為末見（「不見可欲，其心不亂」）的另一種表現方式。

其次，讓我們來談談為什麼這部片子會引起個人對「東西文化（電影）融合的激動」。

影片中敘述六祖一段極有名的事蹟：六祖到廣州法性寺，正遇印宗法師要主持講經；有兩位僧人，因見風吹旛旗飄揚，而起爭論。一僧說是旛動，一僧說是風動。二人爭執，議論不休，六祖聽後，即言：「既不是風動，也不是旛動，而是自己心動。」當時腦海中浮現的卻是柏格曼的《芬妮與亞歷山大》的最後一幕：亞歷山大那死去的繼父，突然出現在亞歷山大（他正悠閒的行走於穿道、吃著小點心）背後，按了一下亞歷山大的頭，丟下一句話：「你跑不掉的」，並顯出一道狠毒的眼神。六祖的場景（影像），如果是用文字來思考的話，那就是說：現實（旛動）與虛構（風動）的不可分（即不是～也不是～），唯其真實（reality）只存在於想像（心動）之中。不過，問題的關鍵卻是我們今天表現的媒體是電影而不是文字。因此，諷刺的是，柏格曼的《芬妮與亞歷山大》竟比《六祖慧能傳》更接近於禪宗之道！

西方電影中，類似的例子還有格萊葉（Robbe Grillet）的《橫越歐洲的快車》（Trans Europe Express, 1967）。影片是說：一羣電影製作者同乘一班開往阿姆斯特丹的火車，大家分別設計一個電影的情節，故事是說在這列火車上有一名毒品走私客，而大夥兒自己的「真實」影像跟那名虛構中的走私客「同台演出」。片子結束時，這些素

材不是由於不連貫，就是因果關係不相符而終不能作爲拍片之用。但是，正當火車抵達目的地時，他們步出車站，彼此虛構的走私客居然出現在人羣之中。

在這裏，格萊葉慣用的將眞實與虛假混合處理的手法，似乎對「假象」加入一種時代意義的質疑與探討。和柏格曼不同的是，同樣的關照，格萊葉是用紅花般的全副心情去孕育，而柏格曼則用綠葉似的手法去畫龍點睛出眞實的另一個層面。

然而，當我們仔細去搜尋西方經典名片中的一些章節，我們皆可「頓悟」（中國禪宗的精髓之一）出它們與禪宗的許多公案所要傳達的境界與訊息，皆有異曲同工之妙。又如，佛家所謂的「一念三千」本身就極富電影感。雷奈的《去年在馬倫巴》，其中就有許多場景現出禪宗的意境：我們眼見的景象是弦樂四重奏，耳聽到的却是手風琴的聲音；敍事者正描述一個場面或動作（聲音），但我們却看到別的事物（影像）。

雖然，我們看到的這部《六祖慧能傳》，會覺得失望；然而，它也「可能」給某些「電影自覺者」意識到禪宗的精神與境界，似在教我們跳出過往的窠臼，瞭解到、意識到電影的本質，並眞正是用影像在動人心弦的這另一個極重要的靈感——甚至是朱熹所謂的「源頭活水」；因爲，禪宗這眞正創發於中國文化中的宗教，對於中國的七大藝術皆影響深遠，唯獨電影這第八藝術始終與之不相往來，希望《六祖慧能傳》能打開這個自覺的起點；果能如此，這就是它對中國電影的最大貢獻——也是中國電影對六祖「最高級」(the highest class)的「廣告」了！

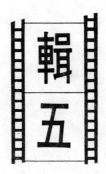

輯五

婚禮・A片・喪禮

最難以告白的，

並不是罪惡事件，

而是那愚蠢的可羞行為。

——盧梭：《盧梭懺悔錄》

一、畢業後、入伍前：台南的喜宴

民國七十二年六月，我把那身黑色的畢業「戲服」脫下後，心中懷著一份解放後的舒暢感，及幻想極多却又寂寞極大之感，回到家中，我把學妹送我的《國家的神話》束之高閣，因為我知道它無法解開我三年來唸社會科學的所有憂鬱：這個宇宙是龐大的，這個世界是錯綜複雜的，而這個社會裏的人是善變的；究竟我們有沒有什麼方法，可以捕捉到人類的永恆面與暫時點？究竟我們可不可能用理性的邏輯法則，把這個世界的紛亂和狂放，收藏到心靈深處，並轉化為一份既莊嚴又瑰麗的情感？於是，我再度拿起書唸了起來。

那股勁是狠命的！當時我的感覺是種氣吞宇宙大地之勢的氣魄，現在我仔細想來才明白，這其實是種恨不得一脚下地即可粉碎什麼東西似的衝動。連父親皆察覺出家中最近竄出一股怪異的空氣；他說我最近睡著時，老用英文說夢話。七月初，住在台南的吳兄打電話邀我去他家玩玩，並喝他二哥的喜酒。我帶著一份與過往生活方式相決裂

的心情，離開了台北這個被困在羣山之中的城市。

　　喜宴的內容一如以往我所參加過的，然而，其節奏却是驚人的：每道菜之間相隔不到五分鐘。我和吳兄其他幾位朋友，下筷不到二十分鐘，皆爲這迅雷不及掩耳的「食速」，逼出一身的熱汗來。到後來，我們皆不得不用桌巾來拭去手臂上的汗水，而乾燥的大地却吸取我們頭上、身上的「甘霖」。

　　宴罷，吳兄那幾位朋友皆說再不出去走走，便要給汗水淹沒了。一行年輕男子，遂把那裝著一肚子酒與肉的身軀，投到小鎮的各個角落去晃著。每個人的話皆多得很，像溢出酒杯的酒，不時潑灑在街道上；行人皆用異樣、不滿的眼神遠遠的望著我們。最後來到一家旅舍的門口，眾人竊竊私語後，便兵分兩路，覺得當趁此節日放浪形骸的便進了那座昏暗的房子；覺得如此有褻瀆、不敬之感者，便進入近旁的另一座昏暗的房子──戲院。

　　影片內容的粗俗與「直接」，使我想起方才進來前，正要買票的時候，那坐在藤椅裏的中年男子(著一件與牆壁同色的白汗衫，及與藤椅同色的米黃色短褲)。他告訴我們說一個五十塊──連買票的過程都免了，說著便把錢收進自己口袋裏。這個不必買「票」看電影的經驗，一者使我懷疑這收票員很可能就是戲院的老闆，二者這時我才明白戲票的多重意義。而這家戲院的門，說來在電影上映時眞扮演了一部分聲、光方面的重要角色。它的門是關不住的，只要微風一吹，那兩扇門便呀呀的搖動起來。此時，台下觀眾的神情便極具有表現主義的風貌；同時銀幕不時會有一部分區域因陽光的滲入，而成爲一片空白。這種情形有點反諷，這樣「設防」不甚完全的情形，難免有「春光外洩」之慮，而今却因大自然現象(陽光)的入侵，而使得情勢倒轉過來。我懷疑在此情勢下，觀者想滿足其感官上的刺激，恐怕不靠點性的幻

想是難以久坐的。

次日中午我便回台北家中了。

整個下午，我拿著 Eco 的書在家門前的石階上翻著，心中是十分的矛盾。近四點時，適逢郵差送信來，我問他為什麼現在中午都沒人來送信呢？他說：「我們現在人手比以前多了，改成只送下午一次信。」說完笑了笑，騎著腳踏車風也似的走了。我在那兒楞了半晌，一直不解其話中的玄機。遂進屋去，將《國家的神話》拿下來隨意的翻著(該書封面上的佛像其眉與眼優美的線條吸引著我)，書中六十九頁的一段話教我難忘：「蘇格拉底的懷疑論打算摧毀知識的多樣性；因為知識的多樣性矇混並阻礙了唯一重要的──自我認識。蘇氏在論理和倫理領域方面的努力，不只是要澄清，而且還要強化和集中。以複數形式論『智慧』或『德性』，蘇氏認為這根本是錯誤之見。」

次日下午，我又遇見那郵差，他依然對我笑了笑，且又匆匆的走了。此後，我便沒再見過他。

後記：我嘗試由這一些輟段的經驗中，去反省人類行為間的相關性──符號學家與亞里士多德皆有相「類似」的野心：企圖由某種大一統的理論去掌握這宇宙的一切現象。這和許多人想由色情活動來「窺伺」出人類性行為的本質，有著十分「相近」的旨趣(或許這兩者間實乃為變形關係)。另一方面，郵差的那句話，毋寧使我們更加相信電影裏的省略(ellipsis)手法有其穿透宇宙本質的無窮韻味──因為這世界從來不曾完完全全的展示在我們面前。因此，科學家的野心注定了其悲劇的結局？而 A 片與其他色情產物乃物質文明之「必然的文明表現形態」？

二、南投：A 片中的喪禮，喪禮中的 A 片

我對都市向來沒有什麼好感。今年六月，趁著我在民族所的工作已近尾聲之際，心中懷著幾分自我放逐的鬱悶與對鄉村長久以來的愉快默契，和謝兄一塊兒回他南投的老家。他家裏原本有一塊近百坪的「小」花園，由於十幾年來任其「自由」發展的結果，如今若是一個人跑了進去，白天和黑夜似乎分別不大，我對謝兄說這是練習叢林戰的好地方（他是名職業軍人）。到他家的頭兩天晚上，我們騎著腳踏車，到貓羅溪上的白色長堤去抽烟。天上的星光，堤上我們二人的小火光，堤旁草叢間螢火蟲的冷光，間雜在無盡的白色長堤四周，恍惚間令人有身在雲河的神秘、蒼茫之感。

端午節次日，黃昏時，與謝兄至附近的山中，想拍幾張風景照，期望將大自然的靈氣帶回都市，以便隨時稀釋積存的市儈氣。然而，不知是大自然捨棄了我們這「人間孤兒」，抑或我們已捕捉不住其微妙的神韻，我們總無法由黑箱子中觀察出宇宙的美麗、渾厚或曖昧（ambiguity）。下山後，我們在山腳小鎮上的冰店吃冰，觀看對面裸著上身，蹲在石階上無事相互謔笑的消防隊員。昏灰的夕陽，照射在冷清的柏油路上。

晚飯後，謝伯父在客廳播弄著卡拉OK，忽然想起黃昏後我們下山時，在小鎮上看到的幾張A片海報，我跟謝兄說：「咱們去『查訪』一下如何？」他說了個「可！」。

在戲院門口，看到旁邊搭著的一個長方形的棚子，有一人著黃袍、戴黑帽，手中不知拿什麼不斷的揮著。嗩吶的聲音夾雜著鑼鼓的節奏如排山倒海般的放肆開來，不曉得這是對是對死者的哀悼，或者是對戲院的抗議、對觀眾的嘲弄？謝兄說：「喪事？」我點點頭說：「超現實的！」片子放映期間，外面的鑼鼓依然喧天蓋地的由牆縫中穿透進來，而嗩吶淒屬的叫聲也不甘落後的擠了進來，在每個人的四周像

遊魂般的穿梭飄移。銀幕上的情景，更透露出一股詭異的氣氛：兩名著白紗的年輕女子，用手、用嘴、用腿，互相在對方身體「一些轉彎抹角的地方，一些幽僻的地方，一些墳起與一些窟窿」（沈從文：〈柏子〉）處憐愛著。且又不時在彼此的身上塗抹著亂七八糟的油彩，卻又起身將這些油彩「畫」在橫掛在其四周的白紗上，用乳峯作出線條，再用其曲扭的豐臀壓迫出一團團放浪的山巒。

我的感覺是荒謬的，這不僅是表象上的荒謬。銀幕上的性愛交歡（「生」）與外面喪禮法事的悲淒（「死」）是如此強烈的不和諧，而且是深層結構(deep structure)的荒謬；官能上的性刺激與喪禮超越性的象徵意義，這種生、死關係由表象而轉入實質內容的錯亂。然而，深思下，我有理由相信一部分的原因，當歸罪於企業管理上所言之「區隔化」(segmentation)——這種科技文明的特有專業手法。現代的電影院與以往民間的野台戲(如外面喪禮法事)相較之下，一個是理性化的、焦點式的；並企圖用理性的抽象架構去囊括(或言「約化」)一切人類的經驗(包括情感上的經驗)。而另一個則是以一種近乎儀式性的、放射性的角度，教觀者遊移在真實(台下、台後、台旁)與虛構(台上)之間：這種走動式的觀察及半參與行為，似乎要比現代戲院囿於理性思維下的諸多禁忌(taboo)：不許抽煙、談話(溝通的阻絕)、吃東西、隨意走動(時間、空間的限制)，更能「體會」(empathic understanding)出人類行為在整體情境下的觀念來。因此，反觀 A 片在這種戲院結構下，不僅是種感官的刺激與壓抑，更由於「區隔化」的作祟，使得感官只有被打入本能的反應圈中去速食。

出了戲院，謝兄帶我去一株百年大榕樹下「品味夜色」。我們坐在樹前的鐵條椅上抽煙，樹下立著一座小廟，香紅的燈光映射著裏面的香火裊裊，樹上的小樹籽不斷打在我們身上，星光逐漸朦朧。我們

站起身來正要離去，才發覺這個地方給人用水泥築隆起來，且用鐵欄杆在四周框起來。不知是否烟抽多了，起身去牽腳踏車時，忽覺有點暈眩。我四下望了望，覺得這條馬路像個駝子，而我們就在這駝峯上。

空曠的南投市街道，不時迴蕩著腳踏車尖刺的煞車聲；不知怎麼我忽然想起，我在成功嶺的伙房中，看見阿兵哥將刀刺進豬心時那凄厲悠遠的嘶叫。次日，我便離開了南投。然而猫羅溪上月夜下的白長堤，至今猶不斷的在我夢中出現。

電影中的愛情

愛情不只是愛情

當落桐飄如遠年的回音，恰似指間輕掩的一葉

當晚景的情愁因燭火的冥滅而凝於眼底

此刻，我是這樣油然地記取，那年少的時光

哎，那時光，愛情的走過一如西風的走過

————鄭愁予：當西風走過

1.筆法

對這個題目充滿著無盡思考的熱情，最早可追溯到四年前我在軍中服役的那段日子。那時我們尚未下部隊，還在受分科教育訓練；地方偏僻；靠海却看不到海。那三個月正值冬春二季，因此，下了課，這批柔嫩的預備軍官不是飲著熱茶，便是奔出教室外披著陽光。似乎這樣也才不過引起一點點表皮上的溫度，而靈魂和那顆心依舊是冰凉的。於是，有好事者便詢問起對方的所學，美其名將這類的嚼舌根社會運動呼為「科際整合」。「理想」是攀著一點，心窩似也發生一點物理變化，可總也覺得少了一點「化學變化」的引子，溫度始終不覺使人有一點感慨、一絲幻想的奇異光彩發敢開來。有幾個人知我唸的

東西雜些，我也知其中有些人對情感之事博些，於是，我們便用理性與感性相互誘惑著。於是，愛情成了這些年輕人惆悵與深思的東西。

然而，剛開始吸引人的仍舊在事件的戲劇性轉折這層表皮上，這暫時確也消解了這羣男子的苦悶，似乎這些人的神經在此受了點異樣的刺激，便有了點自由的安慰。但是，人生並沒有太多的戲劇性可資逍遙，於是，聆聽轉成了議論，議論成了另一種排洩情緒的方式。而真正使我對這般的「苦悶」，引動起不滿和反省的，却來自底下的議詞：「接吻不過是兩片皮肉的摩擦。」既明白這是生理學的「片面」之詞，於是，我當時「深沉地」以為：只有用社會科學的邏輯分析處理人的情緒(emotion)，方可得出「肺腑」之言。結訓前，我用符號學的一點概念講了一個題目「愛情與象徵」。結果，這般「去肉(情)存骨(理)」的旨趣，使得連隊一半的人消失於「情場」；我開始懷疑這背後有很濃厚的象徵意義。下臺後，途經浴室，見室內炊烟裊裊，眾人圍蹲在隊長前聽得入神。隊長馬步微蹲，雙手亂舞，我入屋一看，方明白地上放的是一個小爐子，熾紅的小火上壓著一個小藥壺，緩緩昇起的白煙和隊長的養生之道言詞糾結在一起。

我不明白為什麼這幾年來，這兩個圖象始終在我的靈魂中糾纏在一起、浮沉在一起？為什麼符號學分析下的情愛，其「普遍性」要小於藥「引」下的養生之辭？莫非科學的分析，不只整理了現實的雜亂，也簡化了生命的豐富本質？而似乎文學──「較高明」的文學──在「凍結」經驗的豐富本質的可能性要來得大些？我沒有確切的答案，然而，這是我這年參與多項社會運動後的反思。因此，我企圖排除過往極度分析式的論調，而採取「較偏向於」文學陳述的筆調，來言談這動人的話題。至於「高明」與否，就「皆非所計」(吳魯芹先生名言)了！

2.旨趣

前些日子上映的約翰・赫斯頓(John Huston)遺作《死者》(James Joyce 原著)，說來並不是一部「典型」的愛情電影。因爲影片中關乎愛情部分的情節，大概只佔全片的三分之一。然而，由於原著的野心並不止於情愛的表象，而那意圖探究人類靈魂深處中某些東西的企圖，與筆者探究此類題材的旨趣相仿，再加上友人提供的一個十分相近的實例，於是，筆者便就近將此作爲未來各篇章的引子。

《死者》最扣人心弦的部分是從宴會結束後到劇終這一段戲：

> 宴會完畢後，嘉柏瑞爾和他的妻子駛過白雪，回到他們要過夜的旅館，他心中充滿了想佔有她的慾望，但她却無動於衷。而就在此時他才了解在宴會時她聽見的那首歌，令她想起了很早很早以前一個身體衰弱、熱情如火、爲她守夜而死的男孩子——米契爾孚瑞，而對於這個男孩子，他是前所未聞。嘉柏瑞爾此時才發覺，他在妻子的生活中只不過是一個陌生人而已。這種覺醒變成爲嘉柏瑞爾生活中最深刻的一種經驗。(J. I. M. Stevard,引自晨鐘出版社,《都柏林人》,1978:295)

這樣的覺醒，重要的是並不在於妻子愛的是何人，而是關乎「人的世界觀」這個問題上：

> 嘉柏瑞爾最後對於妻子是一直生活在另一個他毫不知情的世界裏的充分了解，以及他想將妻子領回到以他爲中心的世界的全盤失敗，爲摧毀嘉柏瑞爾的自我世界的兩大主力。一個死去的年輕人，一團記憶竟是妻子生活的中心！當他了解妻子的世界是如

此以後，他便開始從『自我』逃脫。而自以後的故事中，我們發覺嘉柏瑞爾逐漸擴大的同情心，使他覺得他和這世界上所有的一切，甚至包括那些曾和他『自我』敵對的種種都渾爲一體。

(David Daiches, Ibid: 299-300)

因此，在這片情愛的表象下，所翻掘出「人的靈魂深處」的問題是：

「《逝者》（一個較『死者』好的譯詞）是以寫實的題材表達作者心中預定的一個主題，這個主題就是人往自我狹窄的範疇中退縮，而一連串外來的因素，却相繼試探著要打破這自我的圍牆。最後，這道圍牆終於被來自內在的自我了解與來自外在的偶發事件的交互影響所摧毀。」（ibid）

3. 人生最大的矛盾之一──愛情的「可能」

今年春節前，黃兄因工作上之便，無意中碰到以前的大學同學張小姐。由於工作空間的關係，兩人在一起相處了幾天，各返工作崗位後，二人亦走得近些。春節後，黃兄至銅鑼出差，任務結束，搭火車返北。上車時，坐在一位六十有餘的老婆婆旁。那老婦人極少說話，雙眼只是望前，右手靠在其右股旁，似抓著什麼東西。車過竹南不久，黃兄彎腰撿起掉在地上的筆，方知老太太右手護著的是三個布丁。他微笑著，他想起了她，因爲布丁是她最喜歡吃的東西。他望著窗外，眼前忽然迎來一片的白，那似是一家豆腐工廠，將近五十公尺長的豆腐列在離鐵軌不遠處。他回頭看看那老婦人，她依然將一雙空洞的眼望著前方。猛然間，他的臉色亦蒼白了，心也沉下了一大半。

他忽然明白，他所了解的她事實上與現在坐在他身旁的老婦人是

相差無幾的，他對她知道那麼少，他「想」了解她的慾望是那麼小。那麼，如果，三十年後，她坐在他的身旁，她又跟這婦人有幾許相差？因此，反思回來，「目前」是什麼吸引著他去接近她？他頹然的倒在椅子上。他將隨身聽的耳機拔下來，却發覺他聽的是莫札特的「長笛與豎琴協奏曲」第二樂章──這樂章散發著淡淡的哀愁；而相傳這是莫札特在參加友人的婚禮時，所感受到的一股在喜樂背後的哀傷。

很奇怪的，愛情本身似乎包含了兩種絕然相反的「可能性」於一身：甲、愛情似乎是最易於引誘一個人產生自我投射的媒介──將對方幻想成「自己理想」的情人，將自己種種的情緒投射在對方的身上，遂此，他愛的不是對方而是他「自己」（此曰「自戀的外化」externalization），他愛的不是「另一個人」，而是「愛本身」（愛情的種種幻影）。乙、然而愛情似乎也最有希望使人打破自己「一個人式」人格的封閉世界觀──因為，我們從未如此的去接近一個人的生活，去了解另一個人是如何生活、如何存在、以及一個與自己不同性別的人是如何成為另一個「人」。如果，我們對於對方的這些存在充滿了好奇與關懷，那不只從此我們打開了自我的封閉世界，回過頭來，我也不只是我，而此時我們也較明白自我是什麼。

愛情本身就飽含了這麼極端的兩種可能性，這也是愛情與生命間的關係。因此，失戀、情投意合，就生命的意義之長遠路程看來，那很可能只是個錯覺和迷失。然而，無論如何，愛情與生命間之關係並不如此單純、理性，因為情緒的成分我們還沒有論及。也許，電影這種媒體，可在這個向度上（情緒的渲染、氣氛的凝塑）提供其獨特的令人深思之處。

電影與愛情的本質

> 她(費爾米納)說:「他(阿里薩)好像不是一個人,而是一個影子。」對的,他是某個人的影子,而這個人從來就沒有人了解過。
>
> ——加西亞·馬奎斯:《愛在瘟疫蔓延時》

1. 氛圍(atmosphere)

那天,下午,臺北市傾盆大雨。

我和 L 坐在台大旁邊的一家咖啡店裏。L 問我喜歡怎樣的女孩子,我笑著反問她,她說只要兩人相處時「感覺好」就對了;「就像現在窗外下著雨,那灰灰的、清涼的感覺就很好。」她眨著眼說。

「妳知道嗎?今年農曆春節,大年初六一大清早,我由臺北奔去基隆幫一友人辦事,其中所歷之事,回憶起來不禁妙絕:大年初六早上七點半,跑去基隆廟口吃早餐,旁桌坐著一名穿件黑色低胸衣服的女子,那身細白的肉與嫣紅的嘴唇,在陰暗的攤販中,教人覺得不協調的喜悅。八點在近旁的開漳聖王廟稍坐,轉右首,但見一著紅冠、穿紅衣袍之道士,正為兩婦人祈福。一會兒,我朝左首望去,但見廟口兩個全身綠衣褲之人經過。出廟口,沿街走逛,抬頭竟見麥當勞速食店之樓頂旁,立著一座自由女神像,像下面的牆漆著四個大字『效忠領袖』。那種感覺是新鮮的荒謬。」

「而今我每每想起去年多天我們去淡水,那一天的感覺很好。多天的陽光,列車長尷尬的表情(我們坐他的位子,他不好意思的向我們要回位子),淡水河邊的紅油抄手,車上的沉睡。」L 神情悠然的說。

「中華民國七十七年八月八日父親節，早上七點半，在士林吃冰。冰販旁就是廟（每次我們見面皆會碰著廟，我告她那不太『妙』）。廟口一七、八歲小男孩爬上攤販枱面上，對著路人當眾撒尿，眾人大笑，他却一副莫名其妙的表情。早上八點四十分，兩人在圓環吃冰。」我說，「而且，你知道嗎？小說中發生的一些事件，大都在那重大的節日。」

而「那天」，就是七十七年八月八日。

2. 來自電影形式與內容的「感覺」

電影既成為一種最具普遍性與通俗化的藝術，因此，在本質上，它便與商業有著無法割捨的關係。然而，弔詭的是，這個「最平凡」的媒體，却往往在經濟利益的交換上，取向於「最不平凡」的題材（事件）。於是，廿世紀的人類在工業文明層層規範的包圍下，日日過著「庸俗不踰矩」的日子，而在驚喜於九十分鐘裏戲劇性事件的奪目之餘，便錯覺的以為生活中又得著了一份真感覺，却不知那份感覺是由電影本身「放射」出來到每個人身體「表面」皆有的，那是種被動性的感覺。

我問朋友「你覺得《綠寶石》如何？」他們率皆搖頭，有種不屑談它的味道。《綠寶石》中凱薩琳・透納與邁可・道格拉斯的情愛，一如其他典型的商業片中的男女處境般，皆為戰爭與冒險那充滿無盡「外在」、「強烈的戲劇性」刺激所包圍。於是這些不平凡的遭遇，「擠壓」出這番不平凡的「愛情」。我們第一個會疑惑的是：他們似乎與其他冒險片的男女沒有什麼差異（有的只是演員的不同）？似乎每對男女落此情境，便有情生發出來了？這竟成了一種必然性？那麼接下來，我們「必然」也要問：至此，每個「個體」的主體性，在這樣

的情境中不是都蕩然無存了？

人們常驚異於一個平凡無甚戲劇變化情節的故事，放在一個高明的電影導演手中，竟出現令人意想不到的感覺來。有人便說這是因為這個導演的電影感夠。然而，究竟是什麼樣的「電影感」使得電影之所以為電影？

在現實生活中，在造形藝術裏（如繪畫雕刻），或在戲劇舞台上，空間是不能移動的，是靜態的，而且也不能任意變更，在這種情形下，空間本身不動，動的是我們自己，由於我們外在（身體）或內在（心靈）的活動才產生空間的流動感。（Ralph Stephenson，劉森堯譯，《電影藝術面面觀》，1980：184）

可是在電影中，空間喪失靜態的特質，……譬如，特寫鏡頭的呈現並非只是一種空間的現象，……因為這個特寫鏡頭不可能永遠停滯不動，很快地下一個鏡頭的空間馬上又要接著呈現出來。……電影中，把不同內容的空間鏡頭加以組合，配合時間的次序呈現出來，或者以不同的時間次序呈現出來以期產生更進一步的效果，這可以說是電影藝術中最富魅力的一環，也是電影有別於現實世界最重要的一點。（ibid）

蒙太奇，就是決定這種時空變化的媒介。蒙太奇決定「空間的時間化」（temporalization of space），由這種結果連帶而來的現象是「時間的空間化」（spatialization of time）。（ibid: 185）

因此，電影確實可大力運用這種時空變幻的特有形式，幻造出種種情愛的氛圍來，使原本在現實界中十分平凡、腐朽的愛情，經由電影魔術後，「放射」出那種感覺來（觀眾「被動」的接受）。

3.「天、地、人」三才

　　然而，無論是動人的「氛圍」，或者是迷人的「電影感」也好，我們不禁要問：如果天不下雨了，地點也不在淡水了，電影形式（對時間空間的重新組合）也變了，那麼「愛情」是不是也跟著變了？如此，難道人的情感（愛情）竟可以沒有「人本身」這要素而可以存在？

　　前些日子，我在一家雜誌社待過一陣子，有回開公司員工大會，公司中二位為首的領導人，在最後的結語中，莫不自我批判曰：「或許，我不該放在我現在所在的位子（職務）！」

　　凡此種種，莫不令人想起中國文化中的一個基本的宇宙觀：惟「天、地、人」三才和諧的並行，事方可成。我們絕不能否認電影形式對人類認知的重大革新，然而，我們更不能忽視電影中的時間（天）、空間（地），亦有其虛妄處與限制處。畢竟，放進了人的因子進去（有不同樣的人方有不同事狀的變化），這時人的「自由意識」方可顯現出來，而惟此人方成為人。再者，愛情亦只有立基於這個人的本質下，生命才有再生（創造）的可能。

　　說來簡單，但人一旦落在複雜、紛亂的現實中，卻很難去發現：原來現代人在情愛上的虛幻，一大部分乃在當事者忽視了主客間之體性的溝通，而把太多的心思放在人「以外」的氛圍上，於是一切的人皆變得「更易變」了。

愛情的弔詭與電影的超越性

　　沒有船舶不能過那條河，沒有愛情如何過一生？

我不會在那條小河裏沉溺，我祇會在你這小口上沉溺。

——沈從文：月下小景

近來思緒極亂。一部分原因是最近工作較忙，另一部分原因是心不在工作上，於是，兩相撞擊下（衝突），生活由於受著無可奈何的糾纏，卽使有著小小的幻想，那理性則猶如歧路亡羊般，雜亂的失了蹤影。因此，這回的文章，我不想分加幾個小標題，來表示在思考上的「段落分明」，因爲，那是自欺欺人之言。

在我平凡的日子裏，常由友人那耳聞得某某人失戀了，某某人的女友跑了，又，某某人悔恨當初認識那「差勁的男子」。雖身處在這樣空氣的「外圍環流」，但仍總不免對愛情兩字有風聲鶴唳之感；似乎，這玩意在這時代——科學的時代，人類反而對它有無可奈何之感。初入伍時，在受分科教育那段日子中，不只耳聞連中有位同志與女友極相好，在隊慶、舞會中也親眼看見他們那般「夫妻樣」。後來，下了部隊，大夥兒各奔西東，有一回遇著以前有位連上同志，竟聞那女的向旁人說：「我對他似只有恩情，而無愛情。」那份情感消逝的快速與容易，似如現代人與麥斯威爾咖啡般之關係。只是，旁觀的人對這事（那曾經給予多少人在枯悶的軍隊生活中，幾分浪漫的生存的希望與勇氣）——這曾經近得那麼美的事——不免心中很激動，連帶的也使人對於「現在的愛情」產生不少懷疑與不安。

去年，在遇著在分科教育時坐我後面的Ｃ，我知他有個交往了五年的女友，不知經過一年半的「馬祖考驗」而今若何？問他快結婚了吧？他頭低著，無可奈何的笑著說：「你看過一部電影叫《戀戀風塵》的吧？幾乎一樣。只是跟她結婚的不是穿綠衣服的郵差，而是她在我去馬祖那年新進的同事。」當時，聽了他的言語，我心中迷惑得

很，我不明白這背後隱隱有什麼東西在搬弄著，而這「東西」給我的是一份空虛的感覺、慌張的情緒。五年的時間與空間的凝鍊，竟抵不過一年半的時空曲折！而今想來，「傾城之戀」反而不如小說、影片中那般陳述中的偉大，那反而是件「容易促成」的愛情。因為，當強烈的外力擠壓到這兩人身上，而這兩人不得不患難相扶持時，那外力只有迫使這兩人距離愈來愈小。然而，最重要的是，在此情境下，這兩人要在「同一時間、空間裏」；否則，就是另一版「六月六日斷腸時」或愛情的再造。

因此，我不免會問：為什麼有那麼多(現代)人失去了愛情？是他們不明白愛情的真諦？還是現代人所要的不是真正的愛情？或者是愛情已棄現代人而去？

也許，有太多人(尤其是科技時代的人)將愛情寄予太高的厚望，那好比是持著「為藝術而藝術」論調的人，他們也持著「為愛情而愛情」的態度，將彼此存放在時時刻刻令人悠然神往的溫愛中。然而，這似與「為藝術而藝術」者犯了相同的錯覺，因為「藝術只是使生命更加豐富多彩的一種方法，它並不是豐富多彩的生命本身」(Heny Miller,，李元春譯，金楓出版社，民國76年，《創造的歷程》：141)，愛情的死亡似便在於這些當事人用它取代了「多彩的」生命本身：「藝術一旦成了一種目的，原有的價值便會消失。許許多多的藝術家渴望緊抓住生命，結果反而失落。」(ibid)這樣的弔詭(paradox)在禪學對自我的概念中也有同樣深刻的論述：「自我的這一面當變得過為明顯，過為胲大，真正的自我就被擠向後方，而往往縮減至無有，……」(鈴木大拙，孟祥森譯，志文出版社，民國61年，《禪與心理分析》：59)很奇異的，當人類想保有或持有某些事物於永恆(或接近永恆)，似乎，惟一的辦法不是去讓它「永遠」維持原狀，而是「不斷去變化」

它。同樣弔詭的是，似乎只有這樣經由「不斷變化」中，人才能攫取住「不變」的事物。因此，要使「愛情不變色」，便只好失去變化(transform)，而不是改變(change)愛情的顏色。

雖然，侯孝賢的《戀戀風塵》已下片兩年多了，然而，我却要到最近才明白他影片中最後一個鏡頭(山頭上雲影的飄移)的奇妙處。然而，這還是得由愛情說起。

在前面我們說過，藝術只是使生命更加豐富多彩的「一」種方法，因此，愛情也只是使生命更加豐富多彩的「一」種方法。換句話說，愛情在此不同於藝術者，乃在愛情是通過另一個「人」(一個十分親近的「異」性)，去重新了解、關懷、進而參與(或者另一部分的「掌握」)這廣大的世界。然而，很多人却駐足在這小塊田地上，為初時「異」樣的甜美、驚奇所惑。因此，一個十分重要的關鍵即在「通過」這個概念和行動上。若您是位精細的觀眾的話，您當注意到《戀戀風塵》的英文譯名竟是「rite of passage」(這也是一本人類學經典之作的書名)，中文的譯名就是「通過儀式」。

了解《戀》片的前提，我們便可明白愛情不是侯孝賢的「終站(目的)」，那只是他「通過」的浪漫素材，那麼他「別有用心」的是什麼？

不錯，在《戀》片中，侯孝賢的成就不只是「承續中國古典美學傳統」(參閱〈中國電影美學初稿〉)，更開發了「美學式的知識論」(ibid)然而，我想這都不是侯孝賢在本片中對中國電影的最大貢獻。

無可置疑的，「當初」《戀》片有部分原因是要以「愛情」來吸引票房的，不過，諷刺的是(也是無可置疑的)，正是片中「這種的愛情」造成商業上的失敗。因為「侯孝賢式的這種愛情」讓人覺得「沒

頭沒腦」、「莫名其妙」──一對青梅竹馬的戀人,在男的去金門當兵時,那女的與一郵差結婚,而影片竟然沒交代這女的是「如何」或「爲什麼」「背叛」愛情的。而荒唐的是,影片竟只用個「天光雲影共徘徊」來「一言以蔽之」。因此,許多觀衆出場時也不免學影片中的祖父的口頭禪「幹伊三妹」起來!

在此,個人所領會的是,侯孝賢放棄各種「人爲的」解釋(來說明這件「背叛」的愛情),而改用一個「自然的」大自然鏡頭來作爲影片的終結,乃是因爲:任何「人爲」的解釋不過是人類自己加上去的「人的意義」。而電影有別於其他藝術媒體的獨特表現方式是「電影(可以)超乎人的語言和人的設計」(Dudley Andrew,陳國富譯,志文出版社,民國 72 年,《電影理論》:267),而這樣的技巧不只是要「電影保有各種現實的意義」(ibid:265),「拒絕將個人的意義強加到觀衆身上」(ibid:266),更重要的是用來「顯示人類和物質世界不絕的對流溝通」(ibid:269),「因爲從銀幕中發出訊息的不是人,而是自然。」(ibid:266)

侯孝賢在此所表現出來的理念,對於中國電影最大的貢獻是:電影不只是個人的語言,也不只是人的語言,它還可以是傳達超乎人類的語言。這樣的觀點,不禁使我們想起《莊子》一書中的「齊物論」觀點。眞眞奇異的是,法國當代這批電影現象學者(Amédée Ayfré, Henri Agle, Roger Munier)的電影理論背後的哲學,竟與二千多年前的中國莊子的哲學不謀而合。

然而,如果我們拿此觀點來反思這二年來的臺灣社會潮流,也許我們可謔稱侯孝賢此處的作法爲「中國電影語法的環保」──如果,目前已死氣沉沉的臺灣電影能朝此方向多思考,那麼臺灣電影的視野和生機才會寬廣。因爲唯有如此,臺灣未來的電影方能擺脫過往那種

人爲語言、戲劇邏輯操弄下的狹隘的「單面人」(one dimensional man)電影視野。

愛情與蒙太奇

你(弗烈德里哥)就是我(凱瑟琳)的宗教。你是我僅有的一切。

——海明威：《戰地春夢》

1.愛情的物理與化學

W 失戀距今已有二年了，聽聞那女子也已結婚一年多了，然至今我仍忘不了這段事。常常在日落的那段時刻，我心裏是悠柔的不想和這世界爭辯記憶中的不平點，然而，當我每次看到辦公室旁那條大水溝又飛來了那隻孤零零的白鷺鷥時，心裏的哀傷便不自已的湧了出來，就像是看到牧師便要聯想到上帝和禱告那般自然。

W 的戀情，事實上簡單的只用一句話便可說完：女方家人不滿意 W 的條件(學歷、身高)，於是兩人的未來便爲那班人「強硬的理性」分裂開來，而過去則無奈地化爲個人柔弱情感中一點哀傷的烙痕。

這段平凡的戀情，在往後平凡的日子裏，因著幾分談話的熱情，或者偶發的激動，繼繼續續地透露出整個事情令人愛恨歡怨的各個層面，隱隱約約的，也令人聽著覺得悲劇或不全在「外力」的壓迫。似乎，這個看似簡單且平凡的事，仍有讓人用不平凡的思考去對命運作另一種想像上的掙扎的可能。

「最初，我看她極善良，性格隨和，生命中似少個親人以外的人去照顧她，於是，在她柔和的眼神與親切的聲音的鼓勵下，我便作了

那人。」我很直接地問 W 當初追求她的心情時，他此時尚露點那種初識時的歡愉神采。「有一天，她打電話給我說道分手之事，那股堅毅的口吻令我不敢相信！」她在 W 的描述裏是個沒有主見的女子，個性柔弱，且「很多事都聽人家的安排」。說來也許諷刺，善良與柔弱如果說是當初趨引 W 去發散男女之情的主因，却也正是埋下他二人後來分手的導火線。然而，這樣的釋詞對那女子是不太公平的，因為，在這裏 W 的「照顧」之說和其自身的人格特質，是該為這悲劇負起另一部分責任的。不幸的是，W 的個性在男子中也是個善良又柔弱的（消極的）「道家」式人物——他極少去與人抗爭什麼。

然而，整件事情就是這樣脆弱得只剩下傷嘆作為「結論」，只留得初識的回憶可作為「收穫」？如此，生命的力量——那種使人有勇氣在各種環境下活下去的那股勁——何在？在這種「死的結局」中，是不是有可能埋伏著什麼我們還沒抓著的「生的秘密」在其中？在近日的一個令我無所適從的夜晚，我跟隨著（錄音帶中的）嗩吶高亢的聲音入了夢，却在它一串柔和的聲調中轉醒了過來，腦子裏似有火焰閃過：「這是什麼？」、「愛情是什麼？」，這兩個念頭我相信是同時迸發的。是啊！在 W 的戀情裏，愛情對他們而言又意味著什麼？嗩吶的淒愴聲依然不絕，然而，此時我忽然驚覺，原本處在這虛無的黑暗中的我，靈魂裏起了一點微微的化學作用：難道 W 的戀情中，愛情只有著物理作用而沒有著化學變化（如發酵）？——殘酷而剖白來說，這意思就是愛情對這兩人而言不過似如由「外」添加進來的歡樂綵帶，而不是這兩人「內」相互聯繫的某種力量？夜是這樣的冷，雨仍無情的滴落著，或許，四個月的愛情仍脆弱得如一張紙——一張只寫了幾個風花雪月字樣的稿紙？

2. 電影的「善」

千百年來，無論是東西方的歷史裏，或是初民(primitive man)的記憶中，一樁愛情故事的來龍去脈得以流傳下來，幾乎是依附在人的口(口傳)中與手(文字)上。而一直要到廿世紀，拜科學之賜，藉著電影的影像，人類似嚐到了「如歷其境」的幻妙情緒之激動中。然而，諷刺的是，這個時代卻也正是人們對「情為何物」不知所以的年頭。這正如人們的「空間」距離愈來愈近(有人稱之為「地球村」)，但是「心理」距離却愈來愈遠(左鄰右舍二十年如一日似陌路人)──這二者間，背後是否有何共通的「神秘邏輯」在支配著，也許非得上下千年人類社會史中去找尋不可；但是，「反諷地」是，卽使在今日量子力學稱霸的年代裏，牛頓力學的威力仍在「指引」著這個世界的動向：作用力等於反作用力(上面兩個例子不正是此方程式的「典範」嗎)。

然而，人類的前途真的悲觀到：科技的進步(電影)，反而使得我們離真理愈來愈遠嗎(真正的愛情不可得)？

我曾問過友人：「你看電影是在看什麼？」當然這樣的問詞很含混，然而，當我們都理清了「種種形而下的理由」(如視覺藝術、導演風格等)，沒有「生離死別」到不可拋時，很多人發直了眼。甚至，有人忽然明瞭，事實上「形而上」的真(觀念、主題等)也可拋。微妙的是，當窗前的風鈴在偶然的撞擊下發出空靈的聲音時，有人方用怯怯而不敢置信的口吻說著：「希望、愛與勇氣!?」看來要今日受西方科學教育的知識分子丟棄知識的糟粕，重新拾回生命的力量，不靠點「奇蹟」(那近似寺院鐘聲的風鈴聲)是很難的。

因此，從這樣一種「倫理學」(善)的領悟，引動我再次對科技(電

影)懷抱著幾分幽幽的幻想：電影與愛情間的關係。

3.蒙太奇式的愛情

　　幾乎從我們每個人出生到現在，有句話不只我們常聽人們說，有時候我們自己也說，甚至也有人這麼說著我們：「你不了解我！」可見了解人是多麼困難。但是，問題是：爲什麼了解一個人是那麼困難？

　　人類學的基本精神是：站在他人的立場來了解他人(的文化)。然而，出過田野或當過記者的人都知道，能如此做的人微乎其微。不錯，時間是一個相當重要的因素，但是，也許，「了解是否立基於愛(關懷)」這才是整個問題的關鍵。因爲，了解如果不以關懷爲動機，則是空虛的」(《愛的藝術》第41頁，志文出版社，佛洛姆著，孟祥森譯)。換句話說，光憑理性(站在他人的立場來了解他人)並無法達到理性的目標。因此，理性「必」得以感性作基礎，而感性「必」憑靠理性爲支柱——這句陳腔濫調的說詞幾乎每個人都會，但也幾乎無一人眞正體會並實踐其精髓。

　　但是，跟著「以關懷爲動機的了解」而來的問題是：這個關懷者易於以自己的「關懷模式」加之於被關懷者的身上。這個現象是很容易理解的，每個人皆有其獨特的時空背景下孕育出來的熱情與理性，因爲這是根植他靈魂最深處之地，而今他將最誠摯的心與熱情放了出來，客體的主體性不免爲這熱度烘烤得扭曲變形。

　　我們所謂的「蒙太奇式的愛情」中的「蒙太奇」，乃指個人用一種旣定的邏輯或概念，來化約、武斷地強加在外界經驗或另一主體上(這就是 André Bazin 所說的「利用世界所獲得的意義」)。如今，更重要的問題出現在愛情乃牽涉到兩性不同特質的問題上。也就是說，若以男方爲例，易產生二種「了解」：用男性的觀點來看待女性，或

用一般對女性的刻板印象來對待眼前這個「獨一無二」的女性。

因此，「蒙太奇式的愛情」先是立基於「異性相吸」的熱情基礎上，繼之則以「單一性別觀點」來籠蓋「雙性觀點」，或用「單一主體觀」來武斷、扭曲「相互主體觀」。

4. 愛情的蒙太奇

我們皆明白，艾森斯坦的蒙太奇理論的基礎，乃立基於用兩種不同影像（或概念）的連接，以產生另一個全新的意義來。愛情得之這一層面的靈感，那麼存在於愛情中的兩個蒙太奇元素便是：男/女（性觀點）。但是，經由這樣的元素之撞擊，我們所企求的是什麼？

根據蒙太奇的理論，這個結果既不是男性社會觀，也不是女性社會觀，那麼是這兩者的「相加」吧？可是，「相加」亦不過是「等於」這兩者的「和」，如此，何來另一個全新的意義來？

讓我們回想一下上面所談的「蒙太奇式的愛情」，從其弊端我們便可尋得這個問題的出發點。

原來，愛情的蒙太奇作用便在於因著愛的力量（佛洛姆說一切的愛皆包含有：給予、照顧、責任、尊重和了解），在深入地面對異性的生活時，打破個體當初只用「單一性別觀」來了解人類社會，而明白原來地球上還存在著「另一種」人類，他（她）們是這樣看待世界的。他（她）透過她（他），發現原來世界竟還有超乎他（她）想像之外的意義；他更慢慢驚覺到，原來男子中亦有柔情似水者，而女子中亦有「喊水會結冰」者；原來女人竟也有自己獨特的理性，而男人也有他們嫵媚是地方。

然而，這都還不是愛情的蒙太奇的最大可能。

愛情的蒙太奇的最大可能，乃在於經由突破「半個人」的生命

觀，而抵達「全人」的生命觀，再由這全人的生命觀，反思到：原來人的生命在這地球上並不是「完全」可由人主宰的。換句話說，地球是所有這地球上的生物、無生物所共有。如果，今天人類作一件事，完全只從人的眼光來著手，那麼一旦其他人類的「鄰居」受了傷害，則人類到後來所承受的或為當初傷害的多少倍數。

因此，愛情的蒙太奇予人最大的意義，乃在於創發出人類的「世界觀」──不再以人為中心。這正與當代法國電影現象學者 Amédée Ayfre 對電影的潛力的看法，有異曲同工之妙。Ayfre 認為電影的價值之一，乃是他顯示了人類和物質世界不絕的對流溝通；因此，電影所蘊藏的便不只是人的語言。

電影和愛情在它們的最大潛力上，竟皆在「地球不只是人的地球」的前提下來開放人類更長久的遠景上相交會，這不僅教我們想起哥白尼在天文學上的革命性發現：太陽系並不以地球為中心，也似乎使我們更能領悟到佛家所說的「空」，道家所言之「無」的另一種積極意義。

表演與愛情？

幾乎在每次批鬥之後，都有人來找我，或者談話或者要我寫思想匯報，總之他們要我認罪，承認批鬥我就是挽救我。我當然照辦，因為頭一兩次我的確相信別人所說，後來我看出批鬥我的人是在演戲，我也照樣對付他們。

——巴金：《隨想錄第一集》

近來在各類傳播媒體上，屢屢見到關於「愛」之如此字眼：「把

人生的愛找回來」，「把交通的愛找回來」……。其句型之一致，言辭中的情感之失意與迷惘，在在皆敎人沉默在舊約中「人類被逐出伊甸園」的「告解」氛圍中。昔日之「奇(特)」情轉成今日之無情，昨日之熱戀變換爲今日之失戀。於是，人類遂用時間與空間(伊甸園)如此壯大的宇宙力量，一筆概化渺小自我的惆悵與迷亂，也用此自欺欺人地掩蓋了那個渺小的人，作爲在一份奇特的情感中，一種奇特的生物載負著如何的責任與能力(記得我們在第二回的文章中所提之「天、地、人」三才的觀念嗎？)。

那是台北迪化街霞海城隍廟生日的前兩天，在八家將出巡的慶祝活動中，我遇見了大四下和我一起唸著 Eco 的符號學的 Thy。我愉悅且好奇的問他最近如何，他頑皮地眨著眼說：「還記得 Eco 嗎？」，我很激動的點頭，心中充滿天安門示威的學生羣的話語「人只年輕過一次」。然而，當他嘴裏告訴我他在「符號市場」存活的同時，卻用嘲弄的眼神觀看我震驚而傷感的表情。就在我對人「理想淪喪」作各種揣測和悵惘之際，他笑著對我說：「我知道你最近如何對待電影。」我楞了一下才領悟過來，他又說：「想聽聽我的愛情嗎？」他那一雙大眼珠不停地轉動，一下子我似乎驚覺：不只這話「別」有一番風情，卽使他的投入「符號市場」或當另有一種理想與現實間的調和作用，因爲這是他向來的作風。爲著這一點遲鈍，我用一份歉然的心情聽他訴說他的情事：

> 如果你知道《暫時停止呼吸》是引發我「談愛」的動機和氣氛，你會很吃驚的，對不!?哇！黑色喜劇、殭屍──中國式的《魔鬼終結者》，嗯!?引人對一個女子──年輕的女子，說起自己的愛情觀。我不明白，我眞的不明白，我竟然完全沉浸到這一片抽

象的言詞中去。對啊！我這片「言詞」中並無具體的事件發生，只是論述一組觀念而已！我真的不明白，是什麼引起我如此的情緒，這才是最吸引人的地方，你知道嗎？而且，我就用這份昂揚的情緒去忽視楊惠姍「變胖」——那被大眾傳播媒體宣揚得該死的「事實」，就是它改變了原本電影「虛構」的意義。是，那就是沉悶的《我這樣過了一生》，我竟在一個二輪戲院，用如此原本多引人遐思的議題，「收拾了」當年最轟動的二部國片。事情是這樣的：那個戲院是位在我當兵時我們營區附近，那時我以作為一名壯年男子的苦悶心情認識了營區近旁的一名年輕女子。退伍後那陣子，求職那種等待的心情令我苦悶。一個禮拜天，下著雨，我看了報，便去那家戲院，約了那女子同去。在漆黑的空間裏，我和她說「該找個對象了吧」之後，不知道為什麼，我談起半年前我讀過的一本書中有關情愛的理論。我幾乎以為自己曾如此去實踐過這句話：「愛是需要學習的」，我用一種誠摯且滿懷著『親身體驗』的熱情，滔滔不絕的申論者，並駁斥一般人錯誤且可悲的想法：「用『緣』的被動心態去等待愛情的降臨，那根本就是錯認了愛情是『對象』的問題——『找』對人了，『碰』對人了，而殊不知原本當該是『能力』的問題——自己是否具備去愛對方的能力？」我懷疑是那名年輕女子專注的眼神，鼓勵著我用一種溫暖且充滿情感的語調，把原本抽象的言詞，化為過去似曾發生過的一段浪漫而使人掙扎的回憶。而今想來，這段「空談」的經歷，確實使我對那些理論產生了血肉般的感覺，雖然，讀過書後的那半年，我沒有這方面的經驗；雖然，談過話後我再也沒和那名女子相遇過。這使我確認到，自我實現與社會期望中不可割捨的某種神秘關係；而我懷疑「社會表演」雖不完全佔有

這份關係的全部，但却拉近了這二者間的距離。你知道我的意思嗎？我眞正的意思是：難道是台上的表演（電影、虛構），竟促使了台下我的「表演」（當然還包括那名女子「觀衆」的注視）？而這竟使人獲得了一種更接近眞實的體驗感覺？」

在《巴黎最後探戈》劇終前那幕探戈比賽場景中，男女主角加入舞羣，用舞表現出男女之愛，但是裁判却跑出來大叫：「比賽不需要愛，電影才需要愛！」冷漠的話語，使人想起影片開始不久，女主角的電影導演男友親吻她（到車站接她時），只是爲了拍片功利之需。有人說這是個「大衆傳播媒體的時代」，也是個「表演的時代」。君不見甘迺迪在電視上出現的頻率若何，而雷根又是以如何之功掩過其在政治實際作爲上的敗績。古老的中國人，爲了「面子」作出各種「善行」；今之中國人，爲了「形象」幹下各種譁衆取寵、爭奇鬥艷的行徑來（君不見立法院在攝影機的陪伴下方有「驚人之作」）！人類當初以爲攝影機必有助於人與人之間的瞭解與溝通，或忘了一切科技產物皆爲「中性」，其旣可以是上帝的助手，又可以是撒旦的走狗，因此，影像又何以不會反而造成人的誤解、引人詐欺呢？然而，這類影像傳播媒體，前所未有地帶給這個時代的人一種更嚴重的問題。卽使觀者看了一部長達三小時的礦工電影，但觀者又能「眞正瞭解」礦工多少？又，卽使我們天天由電視看到立法院在打架、由報紙上讀到委員們爭吵不休，我們又對「立法院爲何物」明白多少？又，卽使一個多月來，電視媒體不眠不休的報導「六四天安門事件」的「眞相」——吾爾開希却不知道天安門死了多少人啊！因此，「看到」並不等於「瞭解」。所以，影像的世界無所謂眞、假，只要影像組織得令人覺得眞實，那就是眞實的。更且，只有在每個人腦海中顯現的想像（此

人是對影像怎麼個想法），才是「真正的真實」。然而，現代人分工愈精細，彼此間專業領域差距愈大；而諷刺的是，傳播媒體「以為自己最大的貢獻」正在於報導「更多不同領域」，「以增進人類彼此的瞭解」。於是，「迅速」、「大量」的影像（且常「變換不同的題材」——以滿足現代觀眾的「口味」——由這「口味」便很可見出這時代的人是怎麼樣去「瞭解他人」的）只有造成人們對不同領域更多的「刻板印象」，人們便以此「想像地」與他人「溝通」，此乃這個時代最大的隱憂。無可置疑地，「新、奇」便成為影像媒體最終勝利者。這也正是為何這年代「批評」、「糾正」之風尤盛，這個世紀「迷亂」、「複雜」之象最熾之因。而只要這個時代「進步」的輪子轉得愈快，無疑地，人與人之間的瞭解便愈「刻板化」；人與人之間的互動便愈「形象化」；人與人之間的行為則愈趨「表演化」。

　　似乎從來沒有人正視這個問題：現代人對於理想中的愛情與婚姻的「想像真實感」，有多少成分是來自影像媒體的報導（關於他／她是如何瞭解其他人的）與虛構（各類電影中的愛情是如何幻造了觀者對愛情的企求與盼望）。

　　由 Thy 告訴我的那段「弄假反成真」的經歷，使我明白：這個時代，這個社會，談問題、思關聯，「天（時間）、地（空間）、人（對象／能力）」三才的觀念這還是單純的，人之所以複雜乃是因為它創造了文化，而文化反過來再重新模塑了人。尤其是城市中的人，他們近乎完全用文化取代了原本人與自然的關係。在電影《編織的女孩》有這麼一句話：「城市是蓋來給人賺錢用的，而不是蓋來給人住的。」遂此，愛情與城市間的關係，不只《編織的女孩》為之下了個悲觀的註腳，《巴黎最後探戈》的最後一幕，以近乎儀式性的影像，宣告了城市中人與人之間產生誠摯之情的不可能（馬龍白蘭度跟那女的說：「我愛

你，告訴我妳的名字。」那女子極驚懼的用鎗殺了「他」，「他」走上公寓的陽台而死，如被置於在祭壇上的「犧牲」）。

我問 Thy 相不相信愛情，他教我回去翻翻《青春的天空》中袁瓊瓊問楊德昌同樣問題的那段文字：

> 問他相不相信愛情。楊德昌微笑，很秘密地向內凝視自己，說：「有一天，我到墾丁去……」。
>
> 他到墾丁海邊去，整個海邊空無一人，「只有我，海灘，海與天空，四者。那時，我真的相信天地間有簡單的愛情。」他用「簡單」兩個字，然後又說：「可是我們現在並不活在那種世界裏。」楊德昌大概覺得現代人的愛都太不簡單了，感情的悲與複雜皆在這裏。

Thy 臨走前尚告我：「你知道知識分子的弊病之一嗎？別把『活動的知識』取代了『活動本身』！」說完狂笑而去。讀者諸君，在這回的文章中，實在我也無法告訴諸位我知道什麼，我只能很坦白的告訴您們「我知道我不知道什麼」。Thy 的話則讓我知道，我實在不該再佔用《電影欣賞》的篇幅了。

發表索引

跳出歷史的「陰影」——試論《恐怖的伊凡》

　　《電影欣賞》第 2 期(1983.3)

中國超現實主義表現手法——「鬼」的初探

　　《電影欣賞》第 1 期(1983.1)

中國超現實主義表現手法——「鬼」的再探

　　《電影欣賞》第 10,12,13,14 期(1984.7-1985.3)

靈魂的世界，而非世界的靈魂——倩女幽魂

　　《長鏡頭》第 9 期(1987.9)

個人知識初稿：社會科學思考方式下的電影內涵

　　台大人類學系系刊《人類與文化》第 23 期(1987.5)

詩意寫實主義——台灣新電影語言初稿

　　《電影欣賞》第 26 期(1987.3)

超越視覺的麥當勞——台灣新電影的社會與文化意義

　　《當代》第 13 期(1987.5)

中國電影美學初稿

　　(第 32 屆亞太影展學術研討會「亞太電影與文化變遷學術討論會
論文」：1987,10,28)

那等在季節裏的容顏——試論《葛楚》

　　《電影欣賞》第 15 期(1985.5)

化蝶與飛碟——八零年代的《梁祝》觀

　　《第三十二屆亞太影展特刊》(1987)

被埋沒的中國電影新靈感——試評《六祖慧能傳》

　　《長鏡頭》第 8 期(1987.8)

婚禮‧A 片‧喪禮

　　《長鏡頭》第 11 期(1987.11)

電影中的愛情（一～五）

　　《電影欣賞》第 34,35,36,39,41 期(1988.7-1989.9)

國立中央圖書館出版品預行編目資料

神聖與世俗:從電影的表面結構到深層結構／顏匯增著.

--初版. --臺北市: 遠流, 民81

面；　公分. --(電影館；28)

ISBN　957-32-1663-9(平裝)

1.電影 - 批評,解釋等

987.07　　　　　　　　　　　　81004139

電影館 ——思索電影的多方面貌

＊本書目所列定價如與書內版權頁不符以版權頁定價爲準

電影館 ——思索電影的多方面貌